一笑

古龍

國際學術研討會

與

武俠小說

古龍武俠小說 領先時代半世紀

【記者賴素鈴／報導】江湖代有才人出，這廂古龍凋零二十載，那廂今朝懸賞百萬獎新秀，浪淘不盡，唯有武俠熱愛，不隨時間變易，在學術研討會上更見分明。以「一代鬼才：古龍與武俠小說」爲主題，淡江大學第九屆文學與美學國際學術研討會昨起在國家圖書館，展開爲期兩天的議程，紀念武俠小說家古龍逝世二十周年，新生代學者與古龍故舊齊聚一堂，以文論劍話武俠。

日前與淡大中文系教授林保淳共同發表《台灣武俠小說發展史》，武俠小說評論家葉洪生昨天在專題演講中，直批胡適1959年底發表「武俠小說下流論」是「胡說」，學界泰斗的不當發言以及隨即展開的「暴雨專案」，反而促成1960年起台灣武俠新秀的繁興，「武俠小說迷人的地方，恰恰在門道之上。」，葉洪生認定，武俠小說審美四原則在文筆、意構、雜學、原創性，他強調：「武俠小說，是一種『上流美』。」

集多年心血完成《台灣武俠小說發展史》，葉洪生認爲他已爲從十歲起迷上武俠小說的半世紀畫上完美句點，並且宣布他「以後決心退出武俠論壇，封劍退隱江湖」。

雖然葉洪生回顧武俠小說名家此起彼落，套太史公名言「固一世之雄也，而今安在哉？」，認爲這是值得深思的嚴肅課題，昨天意外現身研討會而備受矚目的溫世禮，則爲了紀念同是武俠迷的哥哥溫世仁，推出第一屆「溫世仁武俠小說百萬大賞」，即日起至今年10月3日截止收件，經兩階段評選後於明年12月7日公布首獎得主，預料將會是一場武林新秀的龍虎爭霸戰。

看明日誰領風騷？風雲時代出版社發行人陳曉林眼中的古龍，其實領先他的時代半世紀，以致如今雖然古龍逝世20年，陳曉林認爲大家對古龍的了解仍然有限，預言未來世代更能和古龍的後設風格共鳴。

昨天這場研討會，也凸顯武俠小說作爲一項文學研究門類，仍有待開發學習空間。多位與會者都指出，武俠小說的發表、出版方式和管道具考證難度，學術理論與論文格式的建立待加強。而武俠名家的版權之爭、市場競爭力，也增加出版推廣困難，古龍武俠小說的版權糾紛、司馬翎作品的版權官司也成爲研討會的場外話題。

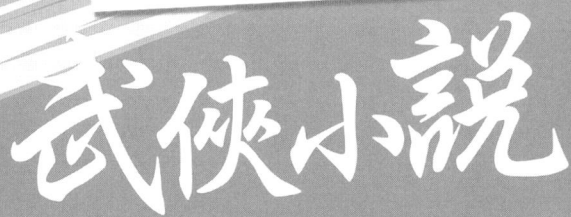

第九屆文學與美

古龍兄為人慷慨豪邁，跌蕩自如，變化多端，文如其人，且復多奇氣。惜英年早逝，余與古兄當年交好，且喜讀其書，今既不見其人，又無新作可讀，深自惋惜。

金庸

一九九六、十、十一、香港

絕代雙驕

(一)

【導讀推薦】

風格的形成是艱苦的

在新武俠的百花園裡，《絕代雙驕》是一部大得稱許、讀者眾多的書；在古龍寫作史上，其又是一部承前啓後、風格一新的書。

細細閱讀一遍，筆者的感覺卻有些複雜：太多的人物與太多的情節讓人難理端緒（有時作者似乎也顧此失彼），然在隨意開合轉換的表象下又分明暗蘊著人性的思考。《絕代雙驕》是古作中的名篇，卻不是古作中的精品。然書中畢竟有許多令人難忘的精采筆墨，畢竟有幾個鮮活真摯的人物形象，仍是一部漸脫舊武俠窠臼的值得一讀的書。

一、用愛和恨挽結的故事

《絕代雙驕》是一部逾百萬字的長篇，其間也有武功秘笈與藏寶圖，也有門派之爭與血腥捕殺，也有珍寶洞與秘窟絕境，也有瞞和騙、嫖與賭，有賭鬼也有癡漢……通常的武俠書套路在本書中無一不存在，則其超拔出俗之處又何在？

曰：在其敘事，在其以愛和恨挽結故事，推動情節。

整部《絕代雙驕》可看作一連串的愛情故事。對移花宮兩宮主，這是一曲愛的悲歌。該書的序幕打開時已是兩宮主愛情的落幕，緊接著上演的則是瘋狂變態的報復。對小魚兒和花無缺，其愛之曲也常常被彈奏出變徵之音，常出現令人痛惜的誤解和絕望。「願普天下有情人都成爲眷屬」，《西廂記》的結局並不是該書的終局，最後一章中「雙驕」擁「雙嬌」，英雄伴美人，紅綢繫寶刀，卻仍是錯綜交纏，仍有著不少遺憾。

應設問：以邀月、憐星二宮主之美麗冷傲，以其蓋世武功與財富，以其愛意之濃密熱烈，爲何竟遭遺棄？

邀月宮主其來何自？作者未作交代，但聊聊數筆，已寫出移花宮大宮主在武林中至高無上的地位與聲名。她不需要官位權力，不需要金銀珍玩，世間的一切財富和名譽她可說應有盡有，這一切也養成了她的冷酷與專斷。然她也渴求愛情，其冷冽外表也包藏不住心中的寂苦和愛的奔突。她救下了江楓又愛上了江楓，愛得癡迷且專橫，武林的地位使她的愛也充滿專橫，予與予取。古龍用工筆描摹了這種專橫的愛是多麼兇殘悍厲，這是一幅由愛轉恨的血腥畫卷。

憐星宮主則不同，她愛上江楓時不敢與姐姐爭風，將愛私藏心底，千方百計爲遮掩回護，是「雙驕」的另一位真誠保護神。她的愛雖不夠果決和堅定，沒能在危難關頭挺劍而出，然到底沒釀成恨和殘暴。

情分七色，色色入妙。作爲性情與行爲，邀月與憐星的愛情觀都是無足取的；作爲文學描寫，又皆有一段動人警人。愛與恨常是相反相成、相追相隨的。愛到極處，恨也到極處。縱恨到極處，也不應泯絕人性。古龍寫愛的扭曲變態，寫變異後邀月的人性泯絕，卻不寫天地與武林同此泯絕，演繹出了一曲迴腸蕩氣的人性之歌。

這曲長歌的主人公是小魚兒與花無缺，他們是一母同胞，又是兩種教育環境養成的不同品類。「絕代雙驕」，既可稱風華絕代、武功絕代，又可說身世之悲慘絕代。世事如棋，兩兄弟則長期爲棋盤上的卒子，相隔著楚河漢界，自覺地或曰被迫地準備著殊死的對決。古大俠作此書時正神州大動亂之際，其設物賦形，有深意否？

二、大俠・君子・浪子

作爲一部武俠小說，又應將友情與義氣當做一書之主線。是以該書以濃墨寫燕南天，寫燕南天的坦蕩襟懷與錚錚鐵骨，寫其對於友情的深摯和對友人之後的愛惜呵護，燕南天是俠客中的君子，是大俠。

正因爲是君子，燕南天才對故人的骨血珍視如己出，才對賣友求榮之敗類必欲除之而後快，才對踏入悍徒聚集的「惡人谷」如入平川，也才會爲一句虛言放了千辛萬苦捉住的江別鶴……「高尚是高尚者的墓誌銘」。在龍蛇雜處、宵小叢生的江湖，君子之途必也荊榛遍佈、虎狼環伺，燕大俠便是一例。

或也正如此，方成就了「大俠」的一世英名。大俠有超絕的武功，大俠有高尚的靈魂，大俠不懼怕也不能忍受公然的邪惡，其總是人間正義和公道的擔荷者，總是陰暗歹毒輩流必欲加害的目標。大俠是亂世和濁世中的一面旗幟。燕南天是所謂「俠之大者」，正在於這種旗幟的作用。若論武功心智，他不如邀月宮主，甚至也強不過魏無牙之輩；論機巧敏捷，他不如小魚兒，不止一次上當受騙，如江琴之騙、十大惡人之騙；論財富及門派，他更是無從談起。就這樣一人一劍，縱橫於天地之間，俠骨柔腸，浩然正氣，燕南天是真正的大俠，是有君子風的大俠。

大俠是受人崇敬的，像十大惡人之輩算是惡名昭彰，其心底對燕大俠除懼怕外，恐怕還有掃除不去的崇敬。他們對燕南天曾有過殘害，卻不曾有過鄙夷。這是一種人格魅力的證明，凡大俠，都是具有一種卓然而立的獨立人格的。

真正的大俠必然是真正的君子。然現實生活是如此之嚴酷：毋論廟堂與市井，武林與江湖，君子常孤寂獨存，是一個稀有物種。小人常戚戚，君子徒耿耿。更多的則是扯起俠義道與君子大旗的僞君子，《絕代雙驕》中便塑造了這樣一個典型形象。

曾幾何時，這個以數千兩銀子便出賣了主人兼朋友的江琴，風雲際會，竟成了名傳遐邇的「江南大俠」。他奸狡陰狠，富於機心，好話說絕，壞事做盡，一時也蒙蔽了不少人。魯迅論《金瓶梅詞話》「摹寫世情，盡其情僞」，則僞君子是俗世的寵物，在滔滔僞情中常如魚得水。看書中之江別鶴，到處是名流簇擁，到處得如潮好評，財富與名聲齊飛，陰謀共濁世一色，讀來令人觸目驚心。

生物鏈的法則在人類中亦存在。武林中僞君子、僞大俠常是大俠客、君子俠的剋星，而他們也自有一剋，其剋星便是浪子。《邊城浪子》中的馬空群是一位有大俠之名的僞君子，他設謀殺死了結拜兄長白大俠，最後卻敗落在葉開手中。葉開是武林中的浪子，是一位萍蹤俠影的武林奇才，然與「不要命的小方」比較，他身世顯赫，師從高貴，做事表面上放蕩形骸，實則有明確的目的性，應說小方更是武林浪子。我們只知道他是江南人，家中有一位困苦清貧的母親，其他就更無所知了。

古大俠筆下的浪子可謂各具神韻，即如本書而言，那一襲黑衣，飛簷走壁，倏忽去來的黑蜘蛛是浪子，疾心暗戀著慕容家九姑娘，讓人歎息；動輒豪賭、逢賭必輸的軒轅三光也是浪子，是老一輩更多頑劣本色的浪子。而大俠燕南天也不乏浪子的許多特徵，其率性而爲，其喜怒隨心，其碌碌於人生長途，其爲義氣而不計後果，都像浪子之所爲，算是一位修得了正果的浪子。小魚兒是浪子麼？是。就「雙驕」而論，花無缺是君子，是心無纖塵的真君子；小魚兒是浪子，是出污泥而不染的真浪子。造化弄人，真不可說。

三、綠林中有多少禽獸

自西漢末荆州農民嘯聚綠林山起事，「綠林」一詞便常見於書史。漢臧洪《報陳琳書》：「光武創基，兆於綠林，卒能龍飛受命，中興帝業。」是綠林竟也通向廟堂。韋莊《自孟津舟西上雨中作》：「百口寄安滄海上，一身逃難綠林中。」是綠林竟也供士子逃難。綠林與「山林」、「士林」、「儒林」大不同，屬於「好漢」，屬於俠客，當然也屬於強盜和賊人。《絕代雙驕》中的「十二星相」，就是這樣的強盜和賊人。或因其行爲中更多地帶有禽獸特徵，作者便各予以一種美稱：司晨客（雞）、黑面君（豬）、金猿星（猴）、碧蛇神君（蛇）……這些綠林中人物各成團夥又相互勾連，翦徑劫財，心狠手辣，也令行走江湖之人聞風喪膽。至於其傑出者魏無牙（鼠），雖已開山稱派，廣招門徒，儼然武林一宗，到底兇殘貪酷之本性無改，作惡仍多。

「十二生肖」是中華文化中頗有幽默色彩的一筆。肖者肖也，以人肖物，大得物趣，亦覺物種相通、生機盎然。再深求之，老祖宗們是否發現了人自身所殘存深埋的禽獸習性，各以賦人，使相戒懼？《絕代雙驕》中以形象展示：雞之詭異，豬之貪酷，蛇之陰毒，猴之乖戾……共構成一幅恐怖長卷。以往的作品中常以「衣冠禽獸」指斥士林敗類，此則以之指斥武林敗類，綠林中有多少這般禽獸？

所寫又不獨「十二星相」，如峨嵋洞窟中的灰蝙蝠和貓頭鷹，桀桀咯咯，聲如梟鳥，亦非善類；如五臺山雞鳴寺的黃雞大師和鷹爪門的王一抓，雖稱出之名刹名派，行事卻不地道；再如頗有幾分俠氣的黑蜘蛛，行爲詭秘怪僻，也不可愛。古龍作文常用諧筆，以物擬人，因人賦物，也算一謔。

以「十二星相」寫武林中「禽獸」，是以側鋒明寫。然武林中禽獸又何止「十二星相」？如「不吃人頭」的李大嘴，雖有誇張，到底是吃過人肉的，一死難洗其罪。再如深鷙險刻、害人取譽的江別鶴，如以男童爲嬪妃的蕭咪咪，如到處挑唆生事、害死人看出殯的羅氏兄弟，雖無禽獸之名，皆可謂得禽獸之實也。

《絕代雙驕》的結尾雖真相大白，兄弟相殺的場面一變而爲兄弟相擁，到底是一齣悲劇，是愛情與家庭的悲劇。而悲劇的製造者便是邀月宮主，她是禽獸麼？至少，她在變態後的殘酷狠辣是禽獸不如的。

四、風格的形成是艱苦的

古龍是一位極具個性光采的新武俠作家，長期的寫作使他形成了獨具的文風，其作品構思之奇與情節之幻，其文筆之清暢諧趣，均讓讀者愛重。久而久之，一展讀而能判爲是否「真古龍」矣！以《絕代雙驕》爲標誌，應說是古龍漸形成獨特風格的創作期。

然風格的形成也是長期和艱苦的，能洗卻俗氣，脫離舊武俠的窠臼，更非易事。《絕代雙驕》正也呈現了這種轉型期的特點；精采紛呈，敗筆和破綻亦紛呈；主要人物形象鮮活，草率匆促造作的扁平角色亦所在多多。這也是閱讀時應注意的。

武俠小說常用一種極寫筆法，「文革」中那一度被奉爲金科玉律的「三突出」創作原則，或也與「極寫」大有淵源。《絕代雙驕》已致力於寫複雜的或曰雜色的人，致力於寫複雜性格和複雜事件，然整個故事的設置打理，仍用「極寫」。我們看邀月宮主因愛生恨，恨到消滅所愛之人的肉體還不夠，還要其遺孤兄弟相殘。繞指柔情化爲百煉鋼刃，愛恨本一線之間，然兇殘至此，哪裡還是一位曾經海誓山盟的女人？還有燕南天大俠，結拜兄弟遺孤在抱，嗷嗷待哺，卻要聽金猿星哄騙之語，闖入惡人谷去搜尋江琴，豪爽乎？愚蠢乎？要之爲塑造燕氏之大俠胸襟，爲鋪設小魚兒這生存環境，一切都在所不惜了。

正由於此，類型化的寫作傾向便不可避免。主要人物如邀月之冷酷、燕南天之粗豪筆致尙細膩，尙存回護；而狀「江南大俠」之僞則既僞且貪、陰毒狠辣，常又缺乏內在依據，如何會爲數千兩賞銀背叛恩主？又何以不數年後而成「江南大俠」？寫惡人無一處不惡，亦覺牽強。

武林本來就是男性叱吒縱橫的地方，雖常寫到女俠女傑有超絕之功法，到底爲點綴和副線，且多惡謔之筆。如金庸《鹿鼎記》中韋小寶揚州之行的「七女大床」，是一種俗惡筆墨矣。

古龍筆下亦不免。本書中開篇便寫逼娶，逼娶不成還要追殺；後寫強嫁，如狂獅硬要將女兒嫁與花無缺。作者還反覆寫及女性之裸：慕容九妹爲名門俠女，卻要一裸再裸，自迷迷人，成爲花癡；鐵萍姑爲繡花谷之婢，相隨小魚兒逃出，不久便成了江玉郎的玩物，一裸竟高掛樹梢，任人觀覽；白夫人要佈置陷阱，用的是溪中裸遊之策，與鐵萍姑（好在已裸過一回）大呈天體之美，小魚兒飽餐秀色，卻不上當；鐵心蘭似也不甘衣飾遮掩，盡褪入水……此類惡謔之筆，書中甚多。

然這些畢竟是作者「不經意處」，而非大旨所在。《絕代雙驕》畢竟是一部成功的作品，作者信筆塗寫雖散見各處，整個故事則見構造結撰的精緻和苦心。這是一部寫情感且展示了複雜和變異情感的小說，是一部寫人性且濡染了性善與性惡雜糅交纏的小說，是一部以無情鋪寫真情，以背叛襯寫友情，以江湖險惡映照人間親情至愛的小說，稱其爲世情書亦可矣！風格的形成是長期和艱苦的，以《絕代雙驕》爲標誌，古龍已開始形成自己的風格。

中國武俠文學會副會長、南京大學教授

卜鍵

古龍精品集 6

絕代雙驕（一）

目・錄

目・錄

一 名劍香花

江湖中有耳朵的人，絕無一人沒有聽見過「玉郎」江楓，和燕南天這兩人的名字，江湖中有眼睛的人，也絕無一人不想瞧瞧江楓的絕世風采，和燕南天的絕代神劍，只因爲任何人都知道，世上絕沒有一個少女能抵擋江楓的微微一笑，也絕沒有一個英雄能抵擋燕南天的輕輕一劍！任何人都相信，燕南天的劍，非但能在百萬軍中取主帥之首級，也能將一根頭髮分成兩根，而江楓的笑，卻可令少女的心粉碎。

但此刻，這出生豪富世家的天下第一美男子，卻穿著件粗俗的衣衫，趕著輛破舊的馬車，匆匆行駛在一條久已荒廢的舊道上，此刻若有人見到他，誰也不會相信他便是那倚馬斜橋，一擲千金的風流公子。

七月，夕陽如火，烈日的餘威仍在，人和馬，都悶得透不過氣來，但江楓手裡的鞭子，仍不停的趕著馬，馬車飛駛，將道路的荒草，都輾得倒下去，就好像那些曾經爲江楓著迷的少女腰肢。

突然，一聲雞啼，撕裂了天地間的沉悶。

但黃昏時，舊道上，哪裡來的雞啼？

江楓面色變了，明銳的目光，自壓在眉際的破帽邊沿望過去，只見一隻大公雞站在道旁殘柳的樹幹上，就像釘在上面似的動也不動，那雄麗的雞冠，多彩的羽毛，在夕陽下閃動著令人眩目的金光。公雞的眼睛裡，竟也似有種惡毒的、妖異的光芒。

江楓的面色變得更蒼白，突然勒住了車馬。

健馬長嘶，車緩緩停下，車廂中卻有個甜美而溫柔的語聲問道：「什麼事？」

江楓微一遲疑，苦笑道：「沒有什麼，只不過走錯路了。」撥轉馬頭，兜了半個圈子，竟又向來路奔回，只聽那公雞又是一聲長嘶，像是在對他冷笑。

江楓打馬更急，路上的荒草已被輾平，車馬自是走得更快了，但還未奔出四十丈，道上竟又有樣東西擋住了去路。

這久已荒廢，久無人跡的舊道上，此刻竟突然有隻巨大的肥豬橫臥在路中，又有誰能猜透這隻豬是哪裡來的？

馬車方才還駛過這條路，這條路上，方才明明連半斤豬肉都沒有，而此刻卻有了整整一隻豬。

江楓再次變色，再次勒住馬車。

只見那隻豬在地上翻滾著，但全身上下，卻被洗得乾乾淨淨，那濃密的豬毛，在夕陽下就像是金絲織成的氈子一樣。

門窗緊閉的車廂裡，又傳出人語道：「你又走錯了？」

江楓滿頭汗珠滾滾而落，道：「我……我……」

那甜美溫柔的人語輕嘆著道：「你又何苦瞞我？我早已知道了。」

江楓失聲道：「你早已知道了？」

「我方才聽見那聲雞啼，便已猜出必定是『十二星相』中人找上咱們了，你怕我擔心，所以才瞞著我，是麼？」

江楓長嘆一聲，道：「奇怪……你我此行如此秘密，他們怎會知道？但……但你只管放心，什麼事都有我來抵擋！」

車廂中人柔聲道：「你又錯了，自從那天……那天我準備和你共生共死，無論有什麼危險患難，也該由咱們倆共同承當。」

「但你現在……」

「沒關係，現在我覺得很好。」

江楓咬了咬牙，道：「好，你還能下車走麼？道路兩頭都已有警象，看來咱們也只有棄下車馬，穿過這一片荒野……」

「為什麼要棄下車馬呢？他們既已盯上咱們，反正已難脫身，倒不如就在這裡等著，『十二星相』雖然有兇名，但咱們也未必怕他們！」

「我……我只是怕你……」

「你放心，我沒關係。」

江楓面上忽也現出溫柔的笑容，輕輕道：「我能找著你，真是最幸運的事。」他在夕陽下笑著，連夕陽都似失卻了顏色。

車廂中人笑道：「幸運的該是我才對，我知道，江湖中不知道有多少女孩子在羨慕我，妒忌我，只是她們……」

語聲未了，健馬突然仰首驚嘶起來——暮風中方自透出新涼。這匹馬卻似突然覺出了什麼驚人的警兆！一陣風吹過，豬，在地上翻了個身，遠處隱隱傳來雞啼，荒草在風中搖舞，夕陽，黯淡了下來，大地竟似突然被一種不祥的氣氛所籠罩，這七月夕陽下的郊野，竟突然顯得說不出的淒涼，蕭索！

江楓變色道：「他們似已來了！」

突然馬車後有人喋喋笑道：「不錯，咱們已來了！」

這笑聲竟也如雞啼一般，尖銳、刺耳、短促，江楓一生之中，當真從未聽過如此難聽的笑聲。

他大驚轉身，輕叱道：「誰？」

雞啼般的笑聲不絕，馬車後已轉出五、六個人來。

第一個人，身長不足五尺，瘦小枯乾，卻穿著一身火紅的衣裳，那模樣正有說不出的猥瑣。

第二個人，身長卻赫然在九尺開外，高大魁偉，黃衣黃冠，那滿臉全無表情的橫肉，看來比鐵還硬。

後面跟著三個人打扮得更是奇怪，衣服竟是一塊塊五顏六色的綢緞縫成的，竟像是戲台上乞丐穿著的富貴衣。

這三人身材相貌不相同，卻都是滿面兇光，行動慓悍的漢子，舉手投足，也是一模一樣，誰也不快上一分，誰也不慢上一分。

還有個人遠遠跟在後面，前面五個人加起來，也未見會比這人重上幾斤，整整一匹料子，也未見能為此人做件衣服，他胖得實在已快走不動了，每走一步，就喘口氣，口中不住喃喃道：「好熱，熱死人了。」滿頭汗珠，隨著他顫動的肥肉不住的流下來。

江楓躍下馬車，強作鎮定，抱拳道：「來的可是『十二星相』中之司晨客與黑面君麼？」

紅衣人咯咯笑道：「江公子果然好眼力，但咱們不過是一隻雞、一隻豬而已，司晨客、黑面君，這些好聽的名字，不過是江湖中人胡亂取的，咱們承當不起。」

江楓目光閃動道：「閣下想必就是……」

紅衣人截口笑道：「紅的是雞冠，黃的是雞胸，花的是雞尾，至於後面那位，你瞧他模樣像什麼，他就是什麼。」

江楓道：「幾位不知有何見教？」

紅衣雞冠道：「聞得江公子有了新寵，咱兄弟都忍不住想來瞧瞧這位能令玉郎動心的美人兒究竟美到什麼地步，再者，咱兄弟還想來向公子討件東西。」

江楓暗中變色，口中卻仍沉聲道：「只可惜在下此次匆匆出門，身無長物，哪有什麼好東西，能入得了諸位名家法眼。」

雞冠人喋喋笑道：「江公子此刻突然將家財完全變賣，咱們雖不知爲的是什麼，卻也不想知道，但江公子以田莊換來的那袋明珠……嘿嘿，江公子也該知道咱們『十二星相』向來賊不空手，公子就把那袋明珠賞給咱們吧。」

江楓突也大笑道：「好，好，原來你們倒竟已打聽得如此清楚，在下也知道『十二星相』從來不輕易出手，出手後從不空回，但……」

雞冠人道：「但什麼？你不答應？」

江楓冷笑道：「若要我答應，只有……」

語聲未了，閃閃銀光，已到了他胸口。

這雞冠人好快的手法，霎眼間，手中已多了件銀光閃閃的奇形兵刃，如花鋤、如鋼啄，閃電般擊向江楓，霎眼間已攻出七招，那詭異的招式，看來正如公雞啄米一般，沿著江楓手足少陰經俞府、神藏、靈墟、步廊……等要穴，一路啄了下去。

江楓平地躍起，凌空一個翻身，堪堪避過了這七啄，但這時卻又有三對雞爪鐮在地上等著。

雞冠一動，雞尾立應，那三個花衣雞尾人的出手之快，正也不在紅衣雞冠之下，三對雞爪鐮刀，正也是江湖罕睹的外門功夫，一個啄，三個抓，招式配合得滴水不漏，就算是一個人生著七隻手，呼應得也未必有如此微妙。

江楓自然不是等閒人物，但應付這四件外門兵刃，應付這從來未見的奇詭招式，已是左支右絀，大感吃力，何況還有個滿臉橫肉，目光閃兇的黃衣雞胸正在一旁目不轉睛的瞪著他，只等著他破綻露出。

黑面君嘻嘻笑道：「哥兒們，加加油，咱們可不是女人，可莫要對這小子生出憐香惜玉的心，兄弟我且先去瞧瞧車子裡的小美人兒。」

江楓怒喝道：「站住！」

他雖想衝過去，怎奈那七件兵刃卻圍得他風雨不透，而這時黑面君已蹣跚地走向車廂，伸手去拉門。

就在這時，車窗突然開了一線，裡面伸出一隻白生生的玉手，那纖柔、毫無瑕疵的手指中，卻挾著枝梅花。

黑色的梅花！

盛夏中有梅花，已是奇事，何況是黑色的梅花！

白的手，黑的梅花，襯托出一種無法形容的、神秘的美，車廂中甜美的語聲一字字緩緩道：「你們瞧瞧這是什麼？」

黑面君的臉，突然扭曲起來，那隻正在拉門的手，也突然不會動了，雞嘴啄、雞爪鐮，更都在半空頓住！這六個兇名震動江湖的巨盜，竟似都突然中了魔法，每個人的手、腳、面目，都似已突然被凍結。

黑面君嗄聲道：「繡玉谷，移花宮。」

車廂中人道：「你的眼力倒也不錯。」

黑面君道：「我……小人。」

牙齒打顫，竟是一句話也說不出來。

車廂中人柔聲道：「你們想不想死？」

「小人，不……」

「不想死的還不走！」

這句話還未說完，紅的、黃的、花的、黑的，全都飛也似的走了──黑面君腳步也不再蹣跚，口中也不喘氣了，若非親眼瞧見，誰也不會相信這麼胖的人會有如此輕靈的身法。

江楓一步竄到車窗前，道：「你……你沒事麼？」

車廂中人笑道：「我只不過招了招手而已。」

江楓鬆了口氣，嘆道：「不想你竟從宮中帶出了朵墨玉梅花，連『十二星相』這樣的兇人，竟也對她們如此懼怕。」

車廂中人道：「由此你就可想到她們有多可怕，咱們還是快走吧，別的人來了都不要緊，但若是……」

突然間，只聽「嗖，嗖，嗖」衣袂破風之聲驟響，方才逃了的人，此刻竟又全部回來了，來的竟比去時還快。

黑面君哈哈笑道：「咱們險些上當了，車子裡若真是『移花宮』中的人，方才還能活著走麼？你幾時聽說過『移花宮』手下留得有活口？」

車廂中人道：「我饒了你，你竟還……」

黑面君大喝道：「冒牌貨，出來吧！」

突然出手一拳，那車門竟被他一拳擊碎！

車廂裡坐著的乃是個雲鬢蓬亂，面帶病容的婦人，卻仍掩不住她的天香國色——她眼睛並不十分媚秀，鼻子並不十分挺直，嘴唇也不十分嬌小，但這些湊在一起，卻教人瞧了第一眼後，目光便再也捨不得離開，尤其是她那雙眼睛裡所包含的情感、了解與智慧，更是深如海水。

只是她的腹部卻高高隆起，原來竟已身懷六甲。

黑面君怔了一怔，突然大笑道：「原來是個大肚婆娘，居然還敢冒充移花宮的……」

話未說完，那少婦身子突然飛了出來，黑面君還未弄清是怎麼回事，臉上已「劈劈啪啪」被她摑了幾個耳光。

那少婦身子又已掠回，輕笑道：「這大肚婆如何？」

黑面君怒吼一聲，道：「暗算偷襲，又算得什麼？」一拳擊了出去，這身子雖臃腫，但這一拳擊出，卻是又狠、又快、又辣！

那少婦面上仍帶著微笑，纖手輕輕一引，一撥，也不知她用了什麼手法，黑面君這一拳竟被她撥了回去，「砰」的一拳，竟打在自己肩頭上，竟偏偏不能收勢，也不能閃避，他一拳擊碎車門，是何等氣力，這一拳竟自己將自己打得痛吼著跌倒在地上。

雞冠雞尾本也躍躍欲試，但此刻卻又不禁怔住了，目瞪口呆的瞧著這少婦，連手指都不敢動一動。

黑面君顫聲道：「移花接玉，神鬼莫敵……」

那少婦道：「你既然知道，便也該知道我是不是冒充的。」

黑面君道：「小……小人該死、該死……」掄起手來，正反摑了自己十幾個耳括子，打得他那張臉更黑更胖了。

那少婦嘆了口氣，道：「我要為孩子積點陰德，你們……你們快走吧。」

這一次他們自然逃得更快，霎眼間便逃得蹤影不見，但暮色蒼茫中，遠處卻有條鬼魅般的人影一閃，向他們追了過去。

江楓瞧見他們去遠，才又鬆了口氣，嘆道：「幸虧你還有這一手，又將他們駭住，否則……」

突然發現那少婦面上已變了顏色，身子顫抖著，滿頭冷汗，滾滾而落，竟似已疼得不能忍受。

江楓大驚道：「你怎麼了？」

那少婦道：「我……我動了胎氣……只怕……只怕已……快要……」

她話還沒說完，江楓已慌得亂了手腳，跺足道：「這如何是好？」

那少婦嘶聲道：「你快將車子趕到路旁……快……快……快！」

江楓手忙腳亂的將車子趕到路旁長草裡，健馬不住長嘶著，江楓不停地抹汗，終於一頭鑽進車廂裡。

破了的車門，被長衫擋了起來。

大約數盞茶的時間，車廂中突然傳出嬰兒嘹亮的哭聲。

過了半晌，又聽到江楓狂喜歡呼道：「兩個……是雙胞胎……」

又過了兩盞茶時分，滿頭大汗，滿面興奮的江楓，一頭鑽出車廂，但目光所及，整個人卻又被驚得呆住了！

方才鼠竄而逃的黑面君、司晨客，此刻竟又站在車廂前，六對冷冰冰的目光，正瞬也不瞬的瞧著他！

江楓想強作鎮定，但面容也不禁驟然變了顏色，失聲道：「你……你們又回來了？」

雞冠人詭笑道：「公子吃驚了麼？」

江楓大聲道：「你們莫非要來送死不成？」

黑面君哈哈大笑道：「送死？……」

江楓厲喝道：「瞧你們並非孤陋寡聞之輩，繡玉谷，移花宮的厲害，你們難道不知道？」他平日雖然風流蘊藉，溫文爾雅，但此刻卻連眼睛都紅了。

黑面君大笑道：「姓江的，你還裝什麼蒜？你知道，我也知道，移花宮兩位宮主，此刻想要的是你們兩人的命，可不是我們。」

汗珠，已沿著江楓那挺秀的鼻子流到嘴角，但他的嘴唇卻乾得發裂，他舐了舐嘴唇，縱聲大笑道：「我瞧你倒真是瘋子，移花宮的宮主會想要我的命？……哈哈，你可知道現在車子裡的人是誰？」

雞冠人冷冷道：「現在車子裡的，不過是移花宮的宮女、丫頭，只不過是自移花宮逃出來的叛徒！」

江楓身子一震，雖然想強作笑聲，但再也笑不出了。

黑面君哈哈笑道：「江公子又吃驚了吧？江公子只怕還要問，這種事咱們又怎會知道？嘿嘿，這可是件秘密，你可永遠也猜不到。」

這的確是件秘密，江楓棄家而逃，爲的正是要逃避「移花宮」那二位宮主的追魂毒手！但這件秘密除了他和他妻子外，絕無別人知道，此刻這些人偏偏知道了，他們是怎會知道的？江楓想不出，也不能再想了，車廂中產婦在呻吟，嬰兒在啼哭，車廂外站著的卻是些殺人不眨眼的惡徒！

他身子突然箭一般竄了出去，只見眼前刀光一閃，黃衣雞胸掌中一雙快刀，已擋住了他的去路！

江楓不避反迎，咬了咬牙，自刀光中穿過去，閃電般托住黃衣人的手腕，一擰一扭，一柄刀已到了他手中。

他飛起一腳，踢向黃衣人的下腹，反手一刀，格開了雞冠人的鋼啄，身子卻從雞爪鐮中竄了過去，刀光直劈黑面君！

這幾招使的當真是又狠又準、又快又險，刀光、鋼啄、雞爪，無一件不是擦著他衣衫而過。

黑面君雖擰身避過了這一刀，但也不禁驚出了一身冷汗，抽空還擊二拳，口中大喝：「留神！這小子拚上命了！」

這些身經百戰的兇徒，自然知道一個人若是拚起命來，任何人也難攖其鋒，瞧見江楓刀光，竟不硬接，只是游鬥！

江楓左劈一刀，右擊一招，雖然刀刀狠辣，刀刀拚命，但卻刀刀落空，黑面君不住狂笑，黃衣人雙刀雖只剩下一柄，但左手刀專走偏鋒，不時削來一刀，叫人難以避閃，三對雞爪鐮配合無間，攻擊時銳不可擋，防守時密如蛛網，就只這些已足以奪人魂魄！

更何況還有那紅衣雞冠，身法更是快如鬼魅，紅衣飄飄，倏來忽去，鋼啄閃閃，所取處無一不是江楓的要穴！

江楓髮髻已蓬亂，吼聲已嘶裂，爲了他心愛人的生命，這風流公子此刻看來已如瘋狂的野獸！

但他縱然拚命，卻也無用了，獅已入陷，虎已被困，縱然拚命，也不過只是無用的掙扎而已。

暮雲四合，暮色淒迷。

這一場惡戰雖然驚心動魄，卻也悲慘得令人不忍卒睹，他流汗、流血，換來的不過只是敵人瘋狂的訕笑。

車廂中又傳出人語，呻吟著呼道：「玉郎，你小心些……只要你小心些，他們絕不是你的敵手！」

黑面君突然一步竄過去，一把撕開衣簾，獰笑著道：「唷，這小子福氣不錯，居然還是個雙胞胎！」

江楓嘶聲呼道：「惡賊，滾開！」

他衝過來，被擋回來，又衝過去，又被擋回來，再衝過去，再被擋回來，他目皆盡裂，已裂出鮮血！

那少婦緊擁著她的兩個孩子，嘶聲道：「惡賊，你……你……」

黑面君哈哈笑道：「小美人兒，你放心，現在我不會對你怎樣的，但等你好了，我卻要……哈哈，哈哈……」

江楓狂吼著道：「惡賊，只要你敢動她……」

黑面君突然伸手在那少婦臉上摸了摸，獰笑道：「我就動她，你又能怎樣？」

江楓狂吼一聲，刀法一亂，快刀、利爪、尖啄，立刻乘隙攻進，他肩頭、前胸、後背，立刻多了無數條血口！

那少婦顫聲道：「玉郎，你小心些！」

黑面君大笑道：「你的玉郎就要變成玉鬼了！」

江楓滿身鮮血，狂吼道：「惡賊，我縱成厲鬼，也不饒你！」

大地充滿仇怒的喝聲，得意的笑聲，悲慘的狂叫，嬰兒的啼哭！混成一種令鐵石人也要心碎的聲音。

二 刀下遺孤

血！江楓臉上、身上，已無一處不是鮮血！
那少婦嘶聲喝道：「我和你拚了！」
突然拋下孩子，向黑面君撲去，十指抓向他咽喉，但黑面君抬手一擋，就將她擋了回去！
黑面君大笑道：「美人兒，你方才的厲害哪裡去了……女人，可憐的女人，你們爲什麼要生孩子……」
狂笑未了，那少婦突又撲了上來，黑面君再次揮掌，她卻亡命似的抱住了，一口咬住他的咽喉。
黑面君痛吼了一聲，鮮血已沿著她的櫻唇流出來。這是邪毒、腥臭的血，但這腥臭的血流過她齒頰，她卻感覺到一陣快意，復仇的快意！
黑面君痛極之下，一拳擊出，那少婦便飛了出去，撞上車廂，跌倒在地，再也爬不起來了。

但仇人血的滋味，她已嚐過了。

她淒然笑著，流著淚呼道：「玉郎，你走吧……快走吧，不要管我們，只要我死了，宮主姊妹仍然不會對你不好的……」

江楓狂吼道：「妹子，你死不得！」

他再次衝過去，刀、爪、啄雨點般擊下，他也不管，他身中刀削、爪抓，他血肉橫飛！

只是他還未衝到他妻子面前，便已跌地倒下！

那少婦慘呼一聲，掙扎著爬過去，他也掙扎著爬過去，他們已別無所求，只要死在一起！

他們的手終於握住了對方的手，但黑面君卻一腳踩了下去，把兩隻手骨全都踩碎了！

那少婦嘶聲道：「你……你好狠！」

黑面君獰笑道：「你現在才知道我狠麼！」

江楓狂吼道：「我什麼都給你……都給你，只求你能讓我們死在一起！」

黑面君大笑道：「你此刻再說這話，已太遲了……嘿嘿，你們方才騙我、打我時，想必開心得很，此刻我就讓你們慢慢的死，讓你們死也不能死在一起！」

那少婦道：「爲什麼？……爲什麼？……我們和你又有何仇恨？」

黑面君道：「告訴你也無妨，我如此做法，只因我已答應了一個人，他叫我不要讓你們兩人死在一起。」

江楓道：「誰？這人是誰？……」

黑面君笑道：「你慢慢猜吧……」

那黃衣雞胸突然竄過來。那赤面橫肉，仍冷冰冰，死板板的，絕無任何表情，口中冷冷道：「斬草除根，這兩人的孽種也留不得！」

黑面君笑道：「正是！」

黃衣人再也不答話，抬起手，一刀向車中嬰兒砍下。

江楓狂吼，他妻子卻連聲音都已發不出來。

哪知就在這時，那柄閃電般劈下的鋼刀，突然「喀」一聲，竟在半空中生生一斷爲二！

黃衣人大驚之下，連退七步，喝道：「誰？……什麼人？」

除了他們自己與地上垂死的人外，別無人影。

但這百煉精鋼的快刀，又怎會平空斷了？

雞冠人變色道：「怎麼回事？」

黃衣人道：「見鬼……鬼才知道。」

突又竄了過去，用半截鋼刀，再次劈下。

哪知「喀」的一聲，這半截鋼刀，竟又一斷爲二，這許多雙眼睛都在留神看著，竟無一人看出刀是如何斷的。

黃衣人的面色終於變了，顫聲道：「莫非真的遇見鬼了？」

黑面君沉吟半晌，突然道：「我來！」

輕輕一腳挑起了江楓跌落的鋼刀，抓在手中，獰笑著一刀向車廂裡劈下，這一刀劈得更急、更快！

刀到中途，他手腕突然一抖，刀光錯落……只聽「噹」的一聲，他鋼刀雖未打斷，卻多了個缺口！

雞冠人變色道：「果然有人暗算！」

黑面君也笑不出來了，顫聲道：「這暗器我等既然不見，想必十分細小，此人能以我等瞧不見的暗器擊斷鋼刀，這……這是何等驚人的手法，何等驚人的腕力！」

黃衣人道：「世上哪有這樣的人！莫非是……」忍不住打了個寒噤，竟再也不敢將那「鬼」字說出口來。

垂死的江楓，也似驚得呆了，口中喃喃道：「她來了……必定是她來了……」

黑面君道：「誰？……莫非是燕南天？」

突聽一人道：「燕南天？燕南天算什麼東西！」

語聲靈巧、活潑，彷彿帶著種天真的稚氣，但在這無人的荒郊裡，驟然聽得這種語聲，卻更令人吃驚。

江楓夫婦不用抬頭，已知道是誰來了，兩人俱都慘然變色，黑面君等人亦不禁吃了一驚，扭首望去，只見風吹草長，波浪起伏，在淒迷的暮色中，不知何時，已多了條人影，纖弱而苗條的女子人影！以他們的耳目，竟絲毫覺不出她是自哪裡來的。

一陣風吹過，遠在數丈的人影，忽然到了面前。

聽得那天真稚氣的語聲，誰都會以爲她必定是個荳蔻年華，稚氣未脫，既美麗、又嬌甜的少女。

但此刻，來到他們面前的，卻是至少已有二十多歲的婦人，她身上穿的是雲霞般的錦繡宮裝，長裙及地，長髮披肩，宛如流雲，她嬌靨甜美，更勝春花，她那雙靈活的眼波中，非但充滿了不可描述的智慧之光，也充滿了稚氣——不是她這種年齡該有的稚氣。

無論是誰，只要瞧她一眼，便會知道這是個性格極爲複雜的人，誰也休想猜著她的絲毫心事。

無論是誰，只要瞧過她一眼，就會被她這驚人的絕色所驚，但卻又忍不住要對她生出些憐惜之心。

這絕代的麗人，竟是個天生的殘廢，那流雲長袖，及地長裙，也掩不了她左手與左足的畸形。

黑面君瞧清了她，目中雖現出敬畏之色，但面上的驚惶，反而不如先前之甚，躬身問道：「來的可是移花宮的二宮主？」

宮裝麗人笑道：「你認得我？」

「憐星宮主的大名，天下誰不知道？」

「想不到你口才倒不錯，很會奉承人嘛。」

「不敢。」

憐星宮主眨了眨眼睛，輕笑道：「看來你倒不怕我。」

黑面君躬身笑道：「小人只是……」

憐星宮主笑道：「你做了這麼多壞事，居然還不怕我，這倒是一件奇事，你難道不知道我立刻就要你們的命麼！」

黑面君面色驟然大變，但仍強笑著道：「宮主在說笑了。」

憐星宮主嫣然笑道：「說笑？你傷了我的宮女花月奴，我若讓你痛痛快快的死，已是太便宜了，誰會跟你們這樣的人說笑？」

黑面君失聲道：「但……但這是邀月宮主……」

話未說完，只聽「劈劈啪啪」一陣響，他臉上已著了十幾掌，情況正和他方才被江楓夫人所摑時一樣，但卻重得多了，十幾掌摑過，他已滿嘴是血，哪裡還能再說得一個字來。

憐星宮主仍站在那裡，長裙飄飄，神態悠然，似乎方才根本沒有動過，但面上那動人的笑容卻已不見，冷冷道：「我姊姊的名字，也是你叫得的麼？」

雞冠、雞胸、雞尾也早已駭得面無人色，呆若木雞。雞冠人顫聲道：「但……但這的確是邀……」

這次他連「月」字都未出口，臉上也照樣被摑了十幾個耳光，直打得他那瘦小的身子幾乎飛了出去。

憐星宮主笑道：「奇怪，難道你真的不相信我會要你的命麼？……唉……」輕輕一聲嘆息，嘆息聲中，突然圍著黃衣人那高大的身子一轉，眾人只覺眼前一花，也未瞧見她是否已出手，但黃衣人已靜靜的倒了下去，連一點聲音都未發出。

花衣人中一個悄悄俯下身子去瞧了瞧，突然嘶聲驚呼道：「死了，老二已死了……」

憐星宮主笑道：「現在，你總相信了吧。」

那花衣人嘶聲道：「你好……好狠。」

憐星宮主道：「死個人又有什麼大驚小怪？你們自己殺的人，難道還不夠多麼？你們現在死，也滿值得了。」

雞冠人目中已暴出兇光，突然打了個手勢，三雙雞爪鐮立刻旋風般向憐星宮主捲了過去。只聽「叮噹，呼嚕，哎呀……」一連串聲響，只見那纖弱的人影在滿天銀光中一轉。

三個花衣人已倒下兩個，剩下的一個竟急退八尺，雙手已空空如也，別人是如何擊倒他同伴，如何閃開他一擊，又如何奪去他的兵刃，他全不知道，在方才那一刹那間，他竟似糊糊塗塗的做了一場噩夢！

憐星宮主長袖一抖，五柄雞爪鐮「嘩啦啦」落了一地，她手裡還拿著一柄，瞧了瞧，笑道：「原來是雙雞爪子，不知道滋味如何？」

微啓櫻口，往雞爪鐮上咬了一口，但聞「喀」的一響，這精鋼所鑄，江湖中聞名喪膽的外門兵刃竟生生被她咬斷。

憐星宮主搖頭道：「哎呀，這雞爪子不好吃。」「啐」的一口，輕輕將嘴裡半截鋼爪吐了出來，銀光一閃，風聲微響，剩下的一個花衣人突然慘呼一聲，雙手掩面、滿地打滾，鮮血不斷自指縫間流出，滾了幾滾，再也不會動了。

他手掌也剛剛鬆開，暮色中，只見他面容猙獰，血肉模糊，那半截鋼爪，竟將他的頭骨全部擊碎了！

黑面君突然仆地跪了下來，顫聲道：「宮主饒命……饒命……」

憐星宮主卻不理他，反而瞧著那雞冠人笑道：「你瞧我功夫如何？」

雞冠人道：「宮……宮主的武功，我……小人一輩子也沒見過……小人簡直連做夢都未想到世上有這樣的武功。」

憐星宮主道：「你怕不怕？」

雞冠人一生中當真從未想到自己會被人問出這種問小孩的話，而此刻被人問了，他竟然也只有乖乖的回答，道：「怕……怕……怕得很。」

憐星宮主笑道：「既然你害怕，爲何不求我饒命？」

雞冠人終於仆地跪下，哭喪著臉，道：「宮主饒命……」

憐星宮主眼波轉了轉，笑道：「你們要我饒命，也簡單的很，只要你們一人打我一拳。」

雞冠人道：「小人不敢……」

黑面君道：「小人天大的膽子也不敢。」

憐星宮主眼睛一瞪，道：「你們不要命了嗎？」

雞冠人、黑面君兩人，一生中也不知被多少人問過這樣的話，平時他們只覺這句話當真是問得狗而屁之，根本用不著回答，要回答也不過只是一記拳頭，幾聲狂笑，接著刀就亮了出去。

但此刻，同樣的一句話，自憐星宮主口中問出來，兩人卻知道非要乖乖的回答不可了。

兩人齊聲道：「小人要命的。」

憐星宮主道：「若是要命，就快動手。」

兩人對望一眼，終於勉強走過去。

憐星宮主笑道：「嗯，這樣才是，你們只管放心打吧，打得愈重愈好，打得重了，我絕不回手，若是打輕了……哼！」

雞冠人暗道：「她既是如此吩咐，我何不將計就計，重重給她一啄，若是得手，豈非天幸，縱不得手，也沒什麼。」

黑面君暗道：「這可是你自己要的，可怪不得我，你縱有天大的本領，鐵打的身子，只要不還手，我一拳也可以打扁你。」

兩人心中突現生機，雖在暗中大喜欲狂，但面上卻更是作出愁眉苦臉的模樣！齊地垂首道：「是。」

憐星宮主笑道：「來呀，還等什麼？」

黑面君身形暴起，雙拳連環擊出，那虎虎的拳風，再加上他那百多斤重的身子，這一擊之威，端的可觀！

但他雙拳之勢，卻是靈動飄忽，變化無方，直到最後，方自定得方向，直搗憐星宮主的胸腹！

這正是他一生武功的精華，「神豬化象」，就只這一拳之威，江湖中已不知有多少人粉身碎骨。

雞冠人身形也飛一般竄出，雞嘴啄已化為點點銀光，有如星雨般灑向憐星宮主前胸八處大穴。

這自然也是他不到性命交關時不輕易使出的殺手！「晨雞啼星」，據說這一招曾令「威武鏢局」八大鏢師同時喪生掌下！

憐星宮主笑道：「嗯，果然賣力了。」

笑語聲中，右掌有如蝴蝶般在銀雨拳風中輕輕一飄、一引，雞冠人、黑面人突然覺得自己全力擊出的一招，竟莫名其妙地失了準頭，自己的手掌，竟已似不聽自己的使喚，要它往東它偏要往西，要它停，它偏偏不停，只聽「呼，哧」兩響，緊跟著兩聲慘呼。

憐星宮主仍然笑嘻嘻的站著，動也未動，黑面君身子卻已倒下，而雞冠人的身子竟已落入八尺外的草叢中。

草叢中呻吟兩聲，再無聲息。

黑面君的胸膛上，卻插著雞冠人的鋼啄，他咬了咬牙，反手拔出鋼啄，鮮血像湧泉般流出來，顫聲道：「你……你……」

憐星宮主笑道：「我可沒動手傷你，唉，你們自己打自己，何必哩。」

黑面君雙睛怒凸，直瞪著她，嘴唇啓動，像是想說什麼，但一個字也未說出——永遠也說不出了。

憐星宮主嘆道：「你們若不想殺我，下手輕些，也許就不會死了，我總算給了你們一個活命的機會，是麼！」

她問的話，永遠也沒有人回答了。

馬，不知何時已倒在地上，車也翻了。

江楓夫婦正掙扎著想進入車廂，抱出車廂裡哭聲欲裂的嬰兒，兩人的手，已堪堪摸著襁褓的嬰兒。

但忽然間，一隻手將嬰兒推開了。

那是隻柔軟無骨，美勝春蔥的纖纖玉手，雪白的綾羅長袖，覆在手背上，但卻比白綾更白。

江楓嘶聲道：「給我……給我……」

那少婦顫聲道：「二宮主，求求你，將孩子給我。」

憐星宮主笑道：「月奴，好，想不到你竟已爲江楓生出了孩子。」她雖然在笑，但那笑容卻是說不出的淒涼，幽怨，而且滿含怨毒。

那少婦花月奴道：「宮主，我知道對……對不起你，但……孩子可是無辜的，你饒了他們吧。」

憐星宮主目光出神的瞧著那一對嬰兒，喃喃道：「孩子，可愛的孩子……若是我的多好……」

眼睛突然望向江楓，目光中滿含怨毒、懷恨，也滿含埋怨、感傷，望了半晌，幽幽道：「江楓，你爲什麼要這樣做？爲什麼？」

江楓道：「沒什麼，只因爲我愛她。」

憐星宮主嘶聲道：「你愛她……我姊姊哪點比不上她，你被人傷了，我姊姊救你回來，百般照顧你，她一輩子也沒有對人這麼好過，但……但她對你卻是那樣好，你，你……你……竟跟她的丫頭偷偷跑了。」

江楓咬牙道：「好，你若要問我，我就告訴你，你姊姊根本不是人，她是一團火，一塊冰，一柄劍，她甚至可說是鬼，是神，但絕不是人，而她……」

目光望著他妻子，立刻變得溫柔如水，緩緩接著道：「她卻是人，活生生的人，她不但對我好，而且也了解我的心，世上只有她一人是愛我的心，我的靈魂，而不是愛我這張臉！」

憐星宮主突然一掌摑在他臉上，道：「你說……你再說！」

江楓道：「這是我心裡的話，我爲何不能說！」

憐星宮主道：「你只知她對你好，你可知我對你怎樣？你……你這張臉，你這張臉縱然完全毀了，我還是……還是……」

聲音漸漸微弱，終於再無言語。

花月奴失聲道：「二宮主，原來你……你也……」

憐星宮主大聲道：「我難道不能對他好？我難道不能愛他？……是不是因爲我是個殘廢……但殘廢也是人，也是女人！」

她整個人竟似突然變了，在刹那之前，她還是個可以主宰別人生死的超人，高高在上，高不可攀。而此刻，她只是個女人，一個軟弱而可憐的女人。

她面上竟有了淚痕。這在江湖傳說中近乎神話般的人物，竟也流淚！江楓、花月奴望著她面上的淚痕，不禁呆住。

過了良久，花月奴黯然道：「二宮主，反正我已活不成了，他……從此就是你的了，你救救他吧，我知道唯有你還能救活他。」

憐星宮主身子一顫，「他從此就是你的了……」這句話，就像是箭一般射入她心裡。

江楓突然嘶聲狂笑起來，但那笑卻比世上所有痛哭還要淒厲、悲慘。

他充血的目光凝注花月奴，慘笑道：「救活我？……世上還有誰能救活我？你若死了，我還能活麼？……月奴，月奴，難道你直到此刻還不了解我？」

花月奴忍住了又將奪眶而出的眼淚，柔聲道：「我了解你，我自然了解你，但你若也死了，孩子們又該怎麼辦？……孩子們又該怎麼辦？」

她語聲終於化爲悲啼，緊緊捏著江楓的手，流淚道：「這是我們的罪孽，誰也無權將上一代的罪孽留給下一代去承受苦果，就算你……你也不能的，你也無權以一死來尋求解脫。」

江楓的慘笑早已頓住，鋼牙已將咬碎。

花月奴顫聲道：「我也知道死是多麼容易，而活著是多麼艱苦，但求求你……求求你爲了孩子，你必須活著。」

江楓淚流滿面，似已癡了，喃喃道：「我必須活著？……我真的必須活著……」

花月奴道：「二宮主，無論爲了什麼，你都該救活他的，若是你真有一分愛他的心，你就不能眼見他死在你面前。」

憐星宮主悠悠道：「是麼？……」

花月奴嘶聲道：「你能救活他的……你必定會救活他的。」

憐星宮主長長嘆息了一聲道：「不錯，我是能救活他的……」

話未說完，也不知從哪裡響起了一個人的語聲，緩緩道：「錯了，你不能救活他，世上再沒有一個人能救活他！」

這語聲是那麼靈動、縹緲，不可捉摸，這語聲是那麼冷漠、無情，令人戰慄，卻又是那麼輕柔、嬌美，懾人魂魄。世上沒有一個人聽見這語聲再能忘記。大地蒼穹，似乎就因爲這淡淡一句話而變得充滿殺機，充滿寒意，滿天夕陽，也似就因這句話而失卻顏色。

江楓身子有如秋葉般顫抖起來。憐星宮主的臉，也立刻蒼白得再無一絲血色。

一條白衣人影，已自漫天夕陽下來到他們面前。她不知從何而來，也不知是如何來的。

她衣袂飄飄，宛如乘風。她白衣勝雪，長髮如雲，她風姿綽約，宛如仙子，但她的容貌，卻無人能描敘，只因世上再也無人敢抬頭去瞧她一眼。

她身上似乎與生俱來便帶著一種懾人的魔力，不可抗拒的魔力，她似乎永遠高高在上，令人不可仰視！

憐星宮主的頭也垂下了，咬著櫻唇，道：「姊姊，你……你也來了。」

邀月宮主悠悠道：「我來了，你可是想不到？」

憐星宮主頭垂得更低，道：「姊姊你是什麼時候來的？」

邀月宮主道：「我來得並不太早，只是已早得足以聽見許多別人不願被我聽見的話。」

江楓心念一閃，突然大聲道：「你……你……你……原來你早已來了，那雞冠人與黑面君敢去而復返，莫非是你叫他們回來的，那所有的秘密，莫非是你告訴他們的？」

邀月宮主道：「你現在才想到，豈非已太遲了！」

江楓目眥盡裂，大喝道：「你……你爲何要如此做？你爲何如此狠心！」

邀月宮主道：「對狠心的人，我定要比他還狠心十倍。」

花月奴忍不住慘呼道：「大宮主，這一切都是我的錯，您……您不能怪他。」

邀月宮主語聲突然變得像刀一般冷厲，一字字道：「你……你還敢在此說話？」

花月奴匍匐在地，顫聲道：「我……我……」

邀月宮主緩緩道：「你很好……現在你已見著了我，現在……你已可以死了！」

花月奴見了她，怕得連眼淚都已不敢流下，此刻更早已闔起了眼簾，耳語般顫聲道：「多謝宮主。」張開眼睛，瞧了瞧江楓，又瞧了瞧孩子——她只是輕輕一瞥，但這一瞥間所包含的情感，卻深於海水。

江楓心也碎了，大呼道：「月奴！你不能死……不能死……」

花月奴柔聲道：「我先走了……我會等你……」

她再次闔起眼簾，這一次，她的眼簾再也不會張開了。

江楓嘶聲大呼道：「月奴！你再等等，我陪著你……」

他也不知是哪裡來的力氣，突然躍起來，向月奴撲了過去，但他身子方躍起，便已被一股勁風擊倒。

邀月宮主道：「你還是靜靜的躺著吧。」

江楓顫聲道：「我從來不求人，但現在……現在我求求你……求求你，我什麼都已不要，只望能和她死在一起。」

邀月宮主道：「你再也休想沾著她一根手指！」

江楓瞪著她，若是目光也可殺人，她早已死了。若是怒火也會燃燒，大地早已化爲火窟。

但邀月宮主卻只是靜靜地站在那裡……

江楓突然瘋狂般大笑起來，笑聲久久不絕。

憐星宮主輕嘆道：「你還笑？你笑什麼？」

江楓狂笑道：「你們自以爲了不起！你們自以爲能主宰一切，但只要我死了，便可和月奴在一起，你們能阻擋得了麼？」

狂笑聲中，身子突然在地上滾了兩滾，俯身在地，狂笑漸漸微弱，終於沉寂。

憐星宮主輕呼一聲，趕過去翻轉他身子，只見一截刀頭，已完全插入他胸膛裡。

月已升起，月光已灑滿大地。

憐星宮主跪在那裡，石像般動也不動，只有夏夜的涼風，吹拂著她的髮絲，良久良久，她終於輕輕道：「死了……他總算如願了，而我們呢？……」

突然站起來，掠到邀月宮主面前，嘶聲大呼道：「我們呢？……我們呢？他們都如願了，我們呢？」

邀月宮主似乎無動於衷，冷冷道：「住口！」

憐星宮主道：「我偏不住口，我偏要說！你這樣做，究竟又得到了什麼？你……你只不過使他們更相愛！使他們更恨你！」

話未說完，突然「啪」的一聲，臉上已被摑了一掌。

憐星宮主倒退幾步，手撫著臉，顫聲道：「你……你……你……」

邀月宮主道：「你只知道他們恨我，你可知道我多麼恨他？我恨得連心裡都已滴出血來……」

突然捲起衣袖，大聲道：「你瞧瞧這是什麼？」

月光下，她晶瑩的玉臂，竟滿是點點血斑。

憐星宮主怔了一怔，道：「這……這是……」

邀月宮主道：「這都是我自己用針刺的，他們走了後，我……我恨……恨得只有用針刺自己，每天每夜我只有拚命折磨自己，才能減輕心裡的痛苦，這些你可知道麼？……你可知道麼？……」

她冷漠的語聲，竟也變得激動、顫抖起來。

憐星宮主瞧著她臂上的血斑，怔了半晌，淚流滿面，縱身撲入她姊姊的懷裡，顫聲道：「想不到……想不到，姊姊你居然也會有這麼深的痛苦。」

邀月宮主輕輕抱住了她肩頭，仰視著天畔的新月，幽幽道：「我也是人……只可惜我也是人，便只有忍受人類的痛苦，便只有也和世人一樣懷恨、嫉妒……」

月光，照著她們擁抱的嬌軀，如雲的柔髮……

此時此刻，她們已不再是叱咤江湖，威震天下的女魔頭，只是一對同病相憐，真情流露的平凡女子。

憐星宮主口中不住喃喃道：「姊姊……姊姊……我現在才知道……」

邀月宮主突然重重推開了她，道：「站好！」

憐星宮主身子直被推出好幾尺，才能站穩，但口中卻淒然道：「二十多年來，這還是你第一次抱我，你此刻縱然推開我，我也心滿意足了！」

邀月宮主再也不瞧她一眼，冷冷道：「快動手！」

憐星宮主道：「動手……向誰動手？」

邀月宮主道：「孩子！」

憐星宮主失聲道：「孩子？……他們才出世，你就真要……真要……」

邀月宮主道：「我不能留下他們的孩子！孩子若不死，我只要想到他們是江楓和那賤婢的孩子，我就會痛苦，我一輩子都會痛苦！」

憐星宮主道：「但我……」

邀月宮主道：「你不願出手？」

憐星宮主道：「我……我不忍，我下不了手。」

邀月宮主道：「好！我來！」

她流雲般長袖一飄，地上的長刀，已到了手裡，銀光一閃，這柄刀閃電般向那熟睡中的孩子劃去。

憐星宮主突然死命的抱住了她的手，但刀尖已在那孩子的臉上劃破一條血口，孩子痛哭驚醒了。

邀月宮主怒道：「你敢攔我！」

憐星宮主道：「我……我……」

邀月宮主道：「放手！你幾時見過有人攔得住我！」

憐星宮主突然笑道：「姊姊，我不是攔你，我只是突然想到比殺死他們更好的主意，你若殺了這兩個什麼都不懂的孩子，又有什麼好處？他們現在根本不知道痛苦！」

邀月宮主目光閃動，道：「不殺又如何？」

憐星宮主道：「你若能令這兩個孩子終生痛苦，才算真的出了氣，那麼江楓和那賤婢縱然死了，也不能死得安穩！」

邀月宮主沉默良久，終於嘆道：「你且說說有什麼法子能令他們終生痛苦！」

憐星宮主道：「現在，世上並沒有一個人知道江楓生的是雙生子，是麼？」

邀月宮主一時間竟摸不透她這句話中有何含義，只得頷首道：「不錯。」

憐星宮主道：「這孩子自己也不知道，是麼？」

邀月宮主道：「哼！廢話！」

憐星宮主道：「那自稱天下第一劍客的燕南天，本是江楓的平生知交，他本已約好要在這條路上接江楓，否則江楓也不會走這條路了……」

憐星宮主微微一笑，繼續說道：「我們若將這兩個孩子帶走一個，留下一個在這裡，燕南天來了，必定將留下的這孩子帶走，必定會將自己一身絕技傳授給這孩子，也必定會要這孩子長大了爲父母復仇，是嗎？我們只要在江楓身上留下個掌印，他們就必定會知道這是移花宮主下的手，那孩子長大了，復仇的對象就是移花宮，是麼？」

邀月宮主目中已有光芒閃動，緩緩道：「不錯。」

「那時，我們帶走的孩子也已長大了，自然也學會了一身功夫，他是移花宮中唯一的男人，若有人來向我們尋仇，他自然會挺身而出，首當其衝，他們自然不知道他們本是兄弟，世上也沒人知道，這樣……」

「他們兄弟就變成不共戴天的仇人，是麼？」

憐星宮主拍手笑道：「正是如此，那時，弟弟要殺死哥哥復仇，哥哥自然也殺死弟弟，他們本是同胞兄弟，智慧必定差不多，兩人既然不相上下，必定勾心鬥角，互相爭殺，也不知要多久才能將對方殺死！」

邀月宮主嘴角終於現出一絲微笑，道：「這倒有趣得很。」

「這簡直有趣極了，這豈非比現在殺死他們好得多！」

「他們無論是誰殺死了誰，我們都要將這秘密告訴那活著的一個，那時……他面色瞧來也想必有趣得很。」

憐星宮主拍手道：「那便是最有趣的時候！」

邀月宮主突又冷冷道：「但若有人先將這秘密向他們說出，便無趣了。」

「但世上根本無人知道此事……」

「除了你！」

「我？這主意是我想出來的，我怎會說？何況，姊姊你最知道我的脾氣，如此有趣的事，我會不等著瞧麼？」

邀月宮主默然半晌，頷首道：「這倒不錯，普天之下，只怕也只有你想得出如此古怪的主意，你既想出了這主意，只怕是不會再將秘密說出的了。」

憐星宮主笑道：「這主意雖古怪，但卻必定有用的很，最妙的是，他們本是孿生兄弟，但此刻有一個臉上已受傷，將來長大了，模樣就必定不會相同了，那時，天下有誰能想得到這兩個不死不休的仇人，竟是同胞兄弟！」

那受傷的孩子，哭聲竟也停住，他似乎也被這刻骨的仇恨，這惡毒的計謀駭得呆住了。

他睜著一雙無邪的、但卻受驚的眼睛，似乎已預見來日的種種災難，種種痛苦，似乎已預見自己一生的不幸！

邀月宮主俯首瞧了他們一眼，喃喃道：「十七年……最少還要等十七年……」

三　第一神劍

乾淨的石板街，簡樸的房屋，淳善的人面……

這是個平凡的小鎮。七月的陽光，照著這小鎮唯一的長街，照著這條街上唯一酒鋪的青布招牌，照著這殘舊酒招上斗大的「太白居」三個字。

酒舍裡哪有什麼生意，那歪戴著帽子的酒保，正伏在桌上打盹兒，不錯，那邊桌上是坐著位客人。但這樣的客人，他卻懶得招呼，兩三天來，這客人天天來喝酒，但除了最便宜的酒外，他連一文錢菜都沒叫。

這客人的確太窮，窮得連腳上的草鞋底都磨穿了，此刻他將腳蹺在桌上，便露出鞋底兩個大洞。但他卻毫不在乎，他靠著牆，蹺著腳，瞇著眼睛，那八尺長軀，坐在這小酒店的角落中，就像是條懶睡的猛虎。

陽光，自外面斜斜的照進來，照著他兩條潑墨般的濃眉，照著他稜稜的顴骨，也照得他滿臉青滲滲的鬍渣子直發光。

他皺了皺眉頭，用一隻瘦骨枯乾的大手擋住眼睛，另一隻抓著柄已鏽得快爛的鐵劍，竟呼呼大睡起來。

這時才過正午不久，安靜的小鎮上，突有幾匹健馬急馳而過，鮮衣怒馬，馬行如龍，街道旁人人側目。幾匹馬到了酒舖前，竟一齊停下，幾條錦衣大漢，一窩蜂擠進了那小小的酒舖，幾乎將店都拆散了。

當先一條大漢腰懸寶劍，志得氣揚，就連那一臉大麻子，都似乎在一粒粒發著光，一走進酒舖，便縱聲大笑道：「太白居，這破屋子、爛攤子也可叫做太白居麼？」

他身後一人圓圓的臉，圓圓的肚子，身上雖也掛著劍，看來卻像是個布店掌櫃的，接著笑道：「雷老大，你可錯了，李太白的幾首詩雖寫得滿不錯，但卻也是個沒錢沒勢的窮小子，住在這種地方正合適。」

那雷老大仰首笑道：「可惜那李太白早死了好多年，不然咱們可請他喝兩杯……喂，賣酒的，好酒好菜，快拿上來！」

幾杯酒下肚，幾個人笑聲更響了，角落那條大漢，皺著眉頭，伸了個懶腰，終於坐直了，喃喃道：「臭不可聞，俗不可耐……」

突然一拍桌子，道：「快拿酒來，解解俗氣。」

這一聲大喝，竟像是半空中打了個響雷，將那幾條錦衣大漢駭得幾乎從桌上跳了起來。

那雷老大瞧了瞧，臉色已變了，身子已站起，但卻被那個瘦小枯乾，滿面精悍的漢子拉住，低聲道：「總鏢頭就要來了，咱們何必多事？」

雷老大「哼」了聲，終又坐下，喝了杯酒，又道：「孫老三，老總說的可是這地方？你聽錯沒有？」

那瘦漢笑道：「錯不了的，錢二哥也聽見了……」

圓臉漢子截口笑道：「不錯！就是這兒，老總這次來，聽說要來見一位大英雄，所以要咱們先將禮物帶來，在這裡等著！」

雷老大道：「你知道老總要見的是誰麼？」

錢二微微一笑，低低說了個名字。

雷老大立刻失聲道：「是他?!原來是他?!他也會來這裡?!」

錢二道：「他若不來，老總怎會來？」

幾個人立刻老實了，笑聲也小了，但酒卻喝得更多，嘴裡也不停在吱吱喳喳，低聲談論著。

「聽說那主兒掌中一口劍，是神仙給的，不但削鐵如泥，而且劍光在半夜裡比燈還亮。」

「嗯！不錯，若沒有這樣的寶劍，怎會在半盞茶功夫裡，就把陰山那群惡鬼的腦袋都砍了下來。」

說到這裡，幾個人情不自禁，都將腰裡掛著的劍解了下來，有的還抽出來，用衣角不停去擦。

雷老大笑道：「我這口劍也算不錯的了，但比起人家那柄，想來還是差著點兒，否則我也能像他那樣出名了！」

錢二搖頭道：「不然不然，你縱有那樣的劍也不成，不說別的，就說人家那身輕功……嘿！北京城可算高吧，人家跺跺腳就過去了。」

雷老大吐了吐舌頭，道：「真的麼？」

錢二道：「可不是真的，聽說他天黑時還在北京城喝酒，天沒亮就到了陰山，陰山群鬼只瞧見劍光一閃，腦袋就都掉下來了……嘿！聽說那劍光，簡直就像是天上的閃電一樣，連陰山外幾百里地的人都能瞧見。」

角落中那窮漢，也用衣角擦著那柄劍，擦兩下，喝口酒，此刻突然放聲大笑起來，笑道：「世上哪有那樣的人，那樣的劍！」

雷老大臉色立刻變了，拍著桌子，怒吼道：「是誰在這裡胡說八道？快給我滾過來！」

那窮漢卻似乎根本沒有聽見，還是在擦著那口鏽劍，還是在喝著酒，方才那句話，似乎根本不是他說的。

雷老大再也忍不住跳了起來，向他衝過去，但卻又被錢二拉住，先向雷老大使了個眼色，然後自己搖搖擺擺走過去，笑道：「看來朋友你也是練劍的，所以聽人說話，就難免有些不服氣，但朋友可知道咱們說的是誰麼？」

那窮漢懶洋洋抬起頭來齜牙一笑，道：「誰？」

錢二道：「燕大俠，燕南天，燕神劍，……哈哈，朋友你若真的是練劍的，聽到這名字，就總該服氣了吧！」

那窮漢卻眨了眨眼睛，嘻嘻笑道：「燕南天？……燕南天是誰？」

錢二撫著肚子，哈哈大笑道：「你連燕大俠的名字都未聽過，還算是練劍的麼？」

那窮漢笑道：「如此說來，你想必是認得他的了，他長得是何模樣，他那柄劍……」

雷老大終於還是衝了過來，「吧」的一拍桌子，吼道：「咱們縱不認得他，但卻也知道他是長得遠比你這廝帥得多了，他那柄劍更不知要比你這口強勝千百倍。」

那窮漢大笑道：「瞧你也是個保鏢，怎地眼力如此不濟，某家長得雖不英俊，但這口劍麼，卻是……」

雷老大仰天打了個哈哈，截口道：「你這口破劍難道還是什麼神物利器不成？」

「某家這口劍，正是削鐵如泥的利器。」

這句話還未說完，別人已哄堂大笑起來。

只聽雷老大道：「你這口劍若能削鐵如泥，咱家不但要好好請你喝一頓，而且……」

那窮漢霍然長身而起，道：「好，抽出你的劍來試試！」

他坐在那裡倒也罷了，此番一站將起來，雷老大竟不由自主被駭得倒退兩步，錢二雖是胖子，但和他那雄偉的軀幹一比，突然覺得自己已變成小瘦子。只見他雖然生無餘肉，但骨骼長大，雙肩寬闊，一雙大手垂下來，竟幾乎已將垂到膝蓋之下。

這時酒舖裡已悄然走進個面色慘白，青衣小帽的少年，瞧見這情況，倚在櫃檯前，不住嘻嘻的笑。雷老大終於抽出了他那柄精鋼長劍，終於又挺起了胸膛，大吼道：「好！就讓你試試。」

那窮漢道：「你只管用力砍過來就是。」

雷老大齜牙笑道：「小心些，傷了你可莫怪我！」手腕一抖，精鋼劍當頭劈了下去。

那窮漢左手持杯而飲，右手撩起鏽劍，向上一迎，只聽「噹」的一聲，雷老大又倒退兩步，手中劍竟已只剩下半截。眾人全都呆住了，幾乎不相信自己的眼睛。

那窮漢子手撫鏽劍，哈哈大笑道：「如何？」

雷老大張口結舌，吶吶道：「好……好劍，果然好劍。」

那窮漢卻長嘆了一聲，道：「如此好劍，只可惜在我手裡糟蹋了。」

雷老大眼睛突然亮了起來，道：「不……不知朋友可……可有意出讓？」

那窮漢道：「雖然有意，怎奈難遇買主。」

雷老大大喜，喜動顏色道：「我……我這買主，你看如何？」

那窮漢上上下下瞧了他幾眼，頷首道：「看你也有些英雄氣概，也可配得上這口寶劍了，只是……你眼力既差，卻不知出手如何？」

雷老大喜道：「這個好說……這個好說……」將他三個朋友都拉在一邊，嘰嘰咕咕商量了一陣，接著，只瞧見四個人都在掏腰包，湊銀子。

那窮漢箕踞桌旁，瞧也不瞧，只是不住喝酒。

那窮漢眼睛一瞪，道：「多少？」

過了半晌，雷老大逡巡走過來，囁嚅著道：「不知五百兩……」

雷老大趕緊笑道：「不知一千兩夠不夠，不瞞兄台說，咱們四個人掏空腰包，也只能湊出這麼多了。」

那窮漢沉吟半晌，緩緩道：「此劍本是無價之寶，但常言說得好，紅粉贈佳人，寶劍贈英雄……好，一千兩賣給你也罷。」

雷老大再也想不到他答應得如此痛快，生怕他又改變主意，趕緊將一大包銀子雙手奉上，陪笑道：「一千兩全在這兒，請點點。」

那窮漢一手提了起來，笑道：「不用點了，錯不了的……哪，劍在這裡，神兵利器，唯有德者佩之，你以後可要小心謙虛，否則這種神兵利器怕也會變頑鐵……」

雷老大連聲道：「是！是！……」

雙手將劍接過，當真是大喜欲狂，如獲異寶。

那窮漢從布袋裡摸出錠銀子，「噹」的拋在桌上，長長伸了個懶腰，打了個呵欠，笑道：「某家去了，這裡的酒賬，全算我的。」竟頭也不回，邁開大步走了出去，那面色慘白的少年，瞧著雷老大等人一笑，也隨後跟出。

雷老大已高興得幾乎忘了自己的生辰八字。

錢二笑道：「咱們雷老大得了這口劍，可當真是如虎添翼了，日後走江湖，還怕不是咱們雷老大的天下。」

雷老大哈哈大笑道：「好說好說，這還不是各位兄弟捧場……哈哈，想來我雷老大只怕已時來運轉，否則又怎能有此良緣巧遇。」

錢二道：「雷老大有了這口劍，非但連燕南天都要大爲失色，咱們鏢局的總鏢頭，只怕也得讓讓賢了。」

雷老大笑得滿臉麻子都開了花，道：「日後咱家若真能如此，還能忘得了各位兄弟麼？」

他手裡捧著那柄劍，坐也不是，站也不是，當真是噙在口裡怕化了，頂在頭上，又怕跌下。

突聽有人笑道：「各位什麼事如此高興？」

笑聲中，一個短小精悍，目光如炬的錦衣漢子，大步走了進來，他身材雖瘦小，但氣派卻不小，舉手投足間，自有一股不凡之威傲，讓人一眼瞧見，便知道此人平日必定發號施令慣了。

錢二等人俱都迎上來，躬身陪笑道：「總鏢頭……」

幾個人七嘴八舌，將方才的奇遇說了出來。

那總鏢頭目光閃動，笑道：「真的麼？那可當真是可喜可賀之事。」

雷老大也早已陪笑迎了上去，但突然覺得自己得了這口寶劍，身份已大是不同了，是以又退了回來，此番睥睨一笑，道：「總……沈兄說得好，這不過是小弟偶然走運而已。」

他應變當真不慢，居然連稱呼也改了，那沈總鏢頭卻直如未覺，瞧著他微微一笑，道：「不瞞各位，如此利器，我倒真是從未見過，不知雷兄可能讓我開開眼界。」

雷老大哈哈笑道：「這個容易，沈兄一試便知。」

沈總鏢頭道：「錢兄，請借劍一用。」

接過錢二的劍，微微挽了挽袖子，微笑道：「雷兄小心了。」

話猶未了，「唰」的一劍削下。雷老大也學那窮漢的模樣，左手也端起酒杯，但酒杯剛端起，劍光已削下，他哪裡還顧得喝酒，慌慌張張，反手一劍撩了上去。

只聽「噹，噹，噹，砰」四聲響過，果然有半截劍跌在地上，但不是沈鏢頭掌中之劍，卻竟是雷老大的那柄「寶劍」！那一聲響是雙劍相擊，第二聲響的是劍尖落地，第三聲響的是酒杯摔得粉碎，第四聲響卻是雷老大整個人跌在地上。

這一來不但雷老大面如死灰，別的人更是目瞪口呆，一個個愣在那裡，動彈不得，作聲不得。

沈總鏢頭順手拋了長劍，冷笑道：「這也算是寶劍麼？」

雷老大哭喪著臉，道：「但方才明明……明明是……」

沈總鏢頭冷冷道：「方才明明是你上了別人的當了。」

雷老大突然跳了起來，大吼道：「我去找那廝算賬……」

沈總鏢頭叱道：「且慢！」

雷老大此刻可聽話了，乖乖的停下腳步，道：「總……總鏢頭有何吩咐？」

他又改了稱呼，這沈總鏢頭還是直如不覺，只是冷冷問道：「方才那人是何模樣？」

雷老大道：「是個無賴窮漢，只不過生得高大些。」

沈總鏢頭沉吟半晌，突然變色道：「那人雙眉可是特別濃重？骨骼可是特別大？一雙眼睛平時永遠半張半閉，彷彿有好幾天未睡覺的模樣？」

雷老大道：「正是，總鏢頭莫非認得他？」

沈總鏢頭瞧了瞧他，又瞧了瞧錢二，突然仰天長長嘆了一聲，道：「只嘆你們隨我多年，不想竟還都是有眼無珠的瞎子。」

雷老大哪裡還敢抬起頭來，只有連聲道：「是……是……」

沈總鏢頭道：「你們可知道此人是誰麼？」

眾人面面相覷，齊聲道：「他是誰？」

沈總鏢頭一字字緩緩道：「他便是當今江湖第一神劍，燕南天！也就是我此番專程來拜見的人！」

話未說完，雷老大已又一個觔斗栽在地上！

那面色慘白的青衣少年跟著走出，兩人大步而行，走盡長街，少年方自追上去，悄聲道：「是燕大爺麼？」

燕南天龍行虎步，頭也不回，口中沉聲道：「你可是我江二弟差來的？」

那少年道：「小人正是江二爺的書僮江琴。」

燕南天霍然回首，厲聲道：「你怎地此時才來？」

他雙目一張，那目光當真有如夜空中擊下的閃電一般，那江琴竟不由自主打了個寒噤，垂手道：「小人……小人怕行蹤落在別人眼裡，是以只敢在夜間行事，而……而小人雖從小跟著公子，輕身功夫卻可憐得很。」

燕南天神色大見和緩，又緩緩垂下眼簾，道：「你家公子令人送來書信，要我在此相候，信中卻不說明原因，便知其中必有極大的隱密……這究竟是什麼事？」

江琴道：「我家公子不知爲了什麼，突然將家人全都遣散了，只留下小人，然後又令小人到這裡來見大爺，請大爺由這條廢道上去接他，有什麼話等到當面再說，看情形……我家公子似乎在躲避著什麼強仇大敵。」

燕南天動容道：「哦？有這等事！他爲何不早說？……唉，二弟做事總是如此糊塗，縱是強仇大敵，我兄弟難道還怕了他們！」

江琴躬身道：「大爺說得是。」

「你家公子已動身多久？」

「計算時日，此刻只怕已在道上。」

「你本該早些趕來才是，萬一……」

突聽有人大呼道：「燕大俠……燕大俠……」

幾個人急步奔了過來，當先一人，身法矯健，步履輕靈，自然正是那精明強悍的沈總鏢頭了。

燕南天微微皺眉，沉聲道：「來的可是威遠、鎮遠、寧遠三大鏢局的總鏢頭，江湖人稱『飛花滿天，落地無聲』的沈輕虹麼？」

沈輕虹躬身拜道：「不敢，正是小人……弟子們有眼無珠，不認得燕大俠……」

燕南天大笑道：「我聽得他們竟敢說要請詩仙喝酒，便覺有氣，但瞧在你家鏢主面上，也不能揍他們一頓，若不取他們幾文銀子，怎出得了氣！」

沈輕虹躬身道：「是，是，原是他們該死。」

燕南天笑聲突頓，道：「你可是來尋我的？」

「晚輩正是專程前來拜見燕大俠。」

燕南天厲聲道：「你怎知我在這裡？」

「晚輩正值走投無路，幸得一位前輩的指點，說是燕大俠這兩天必在此間等人，是以晚輩才趕來。」

燕南天展顏笑道：「原來又是那醉鬼多口……」轉眼一望，望見了垂頭喪氣站在那裡，手裡還提著那半截劍的雷老大，不禁又笑道：「想來你此刻心裡還糊塗得很。」

雷老大垂首道：「晚輩……這口劍……實在……」

沈輕虹叱道：「你還要丟人現眼，你莫非不知道燕大俠掌中無劍，亦勝此劍，無論什麼頑鐵，到了燕大俠手裡，也成了削鐵如泥的利器！」

燕南天笑道：「你如此捧我，想必有求於我。」

沈輕虹嘆道：「不瞞前輩，晚輩接著一票紅貨，價值可說無法估計，此事本做得十分隱密，哪知不知怎地，這風聲竟走漏到『十二星相』的耳裡，竟令人送來『星辰帖』，明言劫鏢，晚輩自然不敢再走鏢上路……」

燕南天道：「你莫非是要我來爲你保鏢不成？」

「晚輩不敢……晚輩知道前輩在此，是以已將『十二星相』約在附近，只求前輩抽空一行，只要前輩吩咐兩句，『十二星相』縱有天大的膽子，想必也再不敢來打這票紅貨的主意。」

燕南天沉聲道：「你既無力護鏢，爲何又要接下？」

「晚輩該死，只求前輩……」

「十二星相惡名久著，若非他們行蹤委實隱密，我早已將之除去，此事我本非不願出手助你……」

沈輕虹大喜道：「多謝前輩。」

燕南天道：「你莫謝我，我雖有心助你，怎奈我此刻卻另有急事，那是片刻也延誤不得的。」語猶未了，便待轉身。

沈輕虹惶聲道：「前輩留步。」

揮了揮手，錢二已送上隻箱子，箱子裡竟滿是耀眼的黃金，沈輕虹躬身再拜，恭聲道：「晚輩久已知道前輩揮手千金，是以送上……」

燕南天仰天狂笑，厲聲道：「沈輕虹，你縱將天下所有的黃金都送到我面前，也不能將我與二弟相見的時候耽誤片刻……」

伸手一拍江琴肩頭，喝道：「我先去了，你跟著來！」

八個字說完，人已遠在十丈外！

沈輕虹立刻面色如土，錢二喃喃道：「這人倒當真奇怪，幾十兩銀子，他也要騙，但別人真送上鉅額黃金時，他卻又不要了……」

四 赤手殲魔

暮靄蒼茫。蒼茫的暮色中，燕南天的身形，幾乎已非肉眼所能分辨，他身形掠過時，最多也不過只能見到淡淡的灰影一閃。舊道上荒草漫漫，迎風飛舞，既不聞人聲，亦不聞馬蹄，天畔新月升起，月光也不見掩去這其間的蕭索之意。

燕南天身形不停，口中喃喃道：「奇怪，二弟已在道上，我怎地聽不見……」突見眼前黑影一閃，兩點黑影，飛了過去，月光下瞧得清楚，前面飛的是弱燕，後面追的卻是隻蒼鷹。

那燕子似已飛得力竭，雙翼擺動，已漸緩慢，那蒼鷹雄翼拍風，眼見已將追及，燕子已難逃爪下。

燕南天喝道：「兀那惡鷹，你難道也像人間惡徒一般，欺凌弱小……」只覺一股怒氣直衝上來，身子一擰，竟箭一般向那蒼鷹射了出去。

那蒼鷹雙翅一展，燕南天便撲了個空。只聽燕子一聲哀啼，已落入蒼鷹爪下，蒼鷹得志，便待一飛沖天，燕南天怒喝一聲，道：「好惡鷹，你逃得過燕某之手，算你有種！」

喝聲中，他身形再度竄起，一股勁風，先已射出，那蒼鷹在空中連翻了幾個觔斗，終於落了下來。

燕南天哈哈大笑，道：「二弟呀二弟，你瞧瞧我赤手落鷹的威風！」身形展動，接住了蒼鷹，自鷹爪中救出了弱燕。

但燕子受傷已不輕了，竟已再難飛起，燕南天喃喃道：「好燕兒，乖燕兒，忍著些，你不會死的……」在長草間坐了下來，自懷中取出金創藥，輕輕敷在燕子身上。

燕南天輕輕敷藥，小心呵護，過了半盞茶時分，那燕子雙翅已漸漸能在燕南天掌中展動。

燕南天嘴角露出笑容，道：「燕兒呀燕兒，你已耽誤我不少時候，你若能飛，就快快去吧。」

那燕子展動雙翅，終於飛起，卻在燕南天頭上飛了個圈子，才投入暮色中。

燕南天大笑道：「萬兩黃金，不能令我耽誤片刻，不想這小燕子卻拖住我了。」

開懷得意的笑聲中，他再次展動身形，如飛掠去。

突然間，一陣宏亮的嬰兒啼哭聲，遠遠傳了過來。

燕南天大喜道：「莫非二弟已有了娃兒？」

他身形更急，掠向哭聲傳來處，於是，那滿地的屍身，那慘絕人寰的景象，便赫然呈現在他身前！

燕南天身形早已不見，甚至連那江琴都已去遠了，但沈輕虹還是木立在那裡，動彈不得。

錢二囁嚅著道：「不知總鏢頭和那『十二星相』約在何時？」

沈輕虹道：「就是今日黃昏。」

錢二變色道：「今晚！……在哪裡？」

「就在前面！」

「他……他們有多少人？」

「星辰帖上具名的，乃是黑面、司晨、獻果、迎客。」

「難……難道，雞、豬、猴、狗一齊出手？」

「不錯！」

錢二聲音早已變了，顫聲道：「總鏢頭，咱們還是走吧，憑咱們，只……只怕……」

沈輕虹冷哼道：「你們走吧。」

「總鏢頭你……」

「鏢主以義待我，沈輕虹豈能無義報之，你們……」突然頓住語聲，頭也不回大步走去。

錢二呼道：「總鏢頭……」追了一步，又復駐足。

雷老大道：「怎麼？你不去麼？」

錢二悄聲道：「讓他從容就義去吧，咱們可犯不著去送死。」

雷老大勃然變色，怒罵道：「畜牲……你們作畜牲，我雷嘯虎可不能陪你們作畜牲。」

錢二道：「好，好，我是畜牲，你是義士。」

雷嘯虎喝道：「畜牲，畜牲，我今日才算認得你們……」

一路大罵，一路追了過去。

沈輕虹緩步而行，走向暮色籠罩的荒野，他輕靈的腳步，已變得十分沉重，每走一步，腳上都似有千鈞之物。

聽得身後有腳步聲趕來，他頭未回，道：「是雷嘯虎麼？」

雷嘯虎道：「總鏢頭，是我。」

沈輕虹嘆道：「我早已知道只有一人會來的。」

「聽總鏢頭這句話，雷嘯虎死也甘心，我雷嘯虎雖然是呆子，卻非無恥的畜牲，但……但總鏢頭，你……你這次……」

「你是奇怪我為何不多約人來麼？」

「正是有些奇怪。」

「十二星相，各有奇功，江湖友輩中能勝過他們的人並不多，我若約了朋友，別人爲了義氣，雖想不來，也不能不來，但我又怎忍心令朋友們爲難、送死？」

雷嘯虎仰天長嘯道：「總鏢頭畢竟是總鏢頭，我雷嘯虎縱然有總鏢頭這樣的武功，也休想能做得上三大鏢局的總鏢頭，我……」

話猶未了，突聽一聲狗吠。

荒郊黃昏，有狗吠月，本非奇事，但這聲狗吠卻分外與眾不同，這狗吠聲中竟似有種妖異之氣。

雷嘯虎聳然失色道：「莫非來……」

「了」字還未出口，滿鎮狗吠，已一聲連著一聲響了起來，霎眼之間，兩人耳中除了狗吠外，已聽不到別的聲音。

雷嘯虎平日膽子雖大，此刻手足卻也不禁微微發抖，但瞧見沈輕虹神色竟未變，他也壯起膽子，強笑道：「這『十二星相』，果然邪門……」

沈輕虹沉聲道：「十二星相專喜作詭異，爲的卻是先聲奪人，先寒敵膽，咱們莫被他騙住，折了銳氣！」

雷嘯虎挺起胸膛，大聲道：「我不怕，誰怕誰就是孫子！」

他口中雖說不怕，其實聲音也有些岔了，月夜荒郊，這狗吠如鬼哭，如狼嚎，的確懾人魂魄！

沈輕虹雙拳微抱，朗聲道：「十二星相在哪裡？『洛陽』沈輕虹前來拜見！」

他身形雖瘦小，但此刻的語聲竟自狼嗥鬼哭般的狗吠聲中直穿了出去，一個字，一個字傳送到遠方。

蒼茫的暮色中，突然躍出團黑影，驟見彷彿一人一馬，卻是隻金絲猿猴騎在隻白牙森森的大狼狗上。

這隻狗，虎軀狗吻，竟比常狗大了一倍，喉中不斷發出低吼，已足令人喪膽，這隻金絲猿更是火眼金睛，目光中帶著說不出的妖異之氣，一猴一狗，竟彷彿不是人間之物，而是來自妖魔地獄。

等這一猴一狗走過來，金絲猿「吱」的一叫，突然將隻桃子送到他面前。

沈輕虹冷笑道：「好一個『神犬迎客，靈猴獻果』，但是沈輕虹會的是『十二星相』中的人，卻不是這些畜牲！」

那金絲猿彷彿懂得人言，「吱」的又是一叫，凌空在狗背上翻了個觔斗，手中突然多了條白布，上面寫著：「你若敢吃下去，自有人來會你。」

沈輕虹冷笑道：「十二星相若是鴆人的鼠輩，沈輕虹今日也不會來了……沈輕虹信得過你們，縱是毒藥，也要吃下！」

他方待伸手拿桃子，哪知雷嘯虎卻搶了過來，三口兩口，連桃核都吞了下去，大笑道：「不要錢的桃子，不吃豈非冤枉！」

只聽一人陰森森笑道：「好，無怪『三遠鏢旗』能暢行大河兩岸，鏢局中果然還有兩個有膽子的好漢……」八條人影，隨著笑聲走了出來。

沈輕虹身形已算十分瘦小，但此刻當先走出的一人，卻比沈輕虹還瘦，身上穿著件金光閃閃的袍子，臉上凸顴尖腮，雙目如火，笑起來嘴角幾乎直咧到耳根，此人若還有三分像人，便也七分是猴子模樣。

另外六、七人卻全是黑衣勁裝，黑巾蒙面，只露出一雙閃閃的眼睛，宛如鬼眼瞅人。

沈輕虹道：「來的想必是……」

那金袍人喋喋笑道：「咱們的模樣，你自然一瞧就知道，還用得著說麼？」

沈輕虹冷笑道：「在下只是奇怪，怎地少了黑面君與司晨客？」

金猿星怪笑道：「他兩人去做另一票買賣去了，有我們這幾人，你還嫌不夠麼？」

沈輕虹朗聲大笑道：「沈輕虹今日反正是一個人來的，反正已沒打算活著回去，能多瞧見幾位『十二星相』的真面目，固然不錯，少瞧見幾個，也不覺遺憾。」

金猿星獰笑道：「我知道你膽子不小，卻不知道你口才竟也不錯，但你辛辛苦苦爬上總鏢頭的寶座並不容易，死了豈非冤枉。」

沈輕虹厲喝道：「沈輕虹此來並非與你逞口舌之利。」

「你想打？」

「正是！沈某若勝，只望各位休想再打鏢貨的主意……」

「敗了又如何？將鏢貨雙手送上麼？」

沈輕虹哈哈大笑道：「那批紅貨早已由我家副總鏢頭『雙鞭』宋德揚加急送上去了，沈某此來，不過是聲東擊西，調虎離山而已。」

金猿星招了招手，身後的黑狗星立刻送上個小小的檀木匣子。金猿星打開匣子，陰森森道：「你瞧瞧這是什麼！」

匣子裡的，竟赫然是顆人頭！「雙鞭」宋德揚的人頭！

沈輕虹面容慘變，嘶聲道：「你……你竟……」

金猿星大笑道：「十二星相若是常常被騙的人，江湖中人也不會瞧見咱們那麼頭疼了……老實告訴你，那批紅貨，早已落入咱們手中，咱們此來，不過只是要你的命罷了！」

突又揮了揮手，呼嘯道：「上去！」

一聲呼嘯，那金絲猿已凌空躍了起來，撲向沈輕虹，一雙猿爪，閃電般直取沈輕虹雙目！

那巨犬卻厲吼著撲向雷嘯虎，雷嘯虎驚吼閃避，哪知這巨犬身子雖大，動作卻出奇的靈敏，一掀、一剪！

雷嘯虎竟再也閃避不及，生生仆倒在地，只見一排森森白牙，直往他咽喉咬了過去！雷嘯虎拚命抵住狗顎，一人一狗，竟在地上翻滾起來，狗嗥不絕，雷嘯虎吼聲也不絕，他竟似也變爲野獸！

那邊沈輕虹已攻出數招，但那金絲猿卻是縱躍如飛，一雙金光閃閃的爪子，始終不離沈輕虹雙目三寸處！

金猿星怪笑道：「不想三遠鏢局的大鏢頭們，竟連兩隻畜牲也打不過！」語猶未了，突見沈輕虹伸手一探，一條九尺銀絲長鞭，已在手中，滿天銀光灑起，金絲猿立被迫退。

沈輕虹厲叱道：「哪裡走！」數十點銀星，突然自那滿天銀光中暴射而出，小半射向那金絲猿，卻有大半擊向金猿黑狗！那金絲猿雖然通靈，究竟是個畜牲，怎能避得過這大河兩岸，最著名的鏢客所發出的殺手暗器。銀星擊出，這靈猿便已慘嗥倒地。

一金猿，七黑狗，八條人影，卻已沖天飛起。

金猿星大喝道：「好個『飛花滿天』，果然有兩下子！」八條人影，全都向沈輕虹撲下，沈輕虹縱有三頭六臂，也是敵不過這八人凌空擊下的一著！

只見他身形就地一滾，銀鞭護體，化做一團銀光滾了出去，但金猿黑狗卻已佔得先機，他還能往哪裡走？

那邊巨犬已一口咬住雷嘯虎的肩喉處，雷嘯虎也一口咬住巨犬的咽喉，鮮血滿地，一人一犬都滾在血泊中。

就在這時，突聽一聲驚天動地的怒喝聲，宛如晴天霹靂，一人凌空飛墜，宛若雷神天降！

眾人齊被這喝聲震得心魂皆落，金猿黑狗俱都住手，只見一條大漢，身長八尺，頭髮蓬亂，一雙精光四射的虎目中，滿佈血絲，面上那悲憤之色，已足以令任何人心寒，那神情之威猛，更足以令任何人膽碎，但奇怪的是，這大漢身後，卻揹著個襁褓嬰兒！

沈輕虹亦是滿身浴血，此刻狂喜呼道：「燕大俠來了！」

金猿星變色道：「莫非是燕南天！」

燕南天厲喝道：「十二星相，你們的死期到了！」

金猿星道：「十二星相與你無冤無仇，你為何……」

他話還沒說完，燕南天已衝了過來，一條黑犬星首當其衝，大驚之下，雙拳齊出，急如電閃，「砰，砰」兩拳，俱都打在燕南天胸膛上，但燕南天絲毫不動，那黑犬星雙腕卻已生生折斷，慘呼一聲尚未出口，燕南天鐵掌已抓住他的胸膛，他情急反噬，拚死一腳飛出。

這一腳乃是北派「無影腳」的真傳，當真是來無影，去無蹤，但不知怎地，這無影無蹤的一腳，此刻竟被燕南天一伸手就抓住了，只聽一聲霹靂般大震，那黑犬星一個人已被血淋淋撕成兩半！鮮血飄出，落花般沾滿了燕南天的衣服。

黑狗群的眼睛紅了，驚呼、怒吼，紛紛撲了上去。

這七人一個個分開來，武功還算不得是一流高手，但七人久共生死，練得有一套聯手進擊的武功，卻是非同小可，此刻七個人雖只剩下六個，但招式發動開來，仍是配合無間，滴水不漏。

沈輕虹忍不住脫口輕呼道：「燕大俠小心了。」

呼聲未了，燕南天身子已衝了進去，竟有如虎入群羊一般，掌中兩片屍身，化做滿天血雨！

六個人已倒下五個。

剩下的最後一人瞧得燕南天不備，突然向他背後揹著的那嬰兒撲了過去，自是想搶得嬰兒作爲人質。

哪知燕南天背後卻似生著眼睛，虎吼道：「站住！」

燕南天手裡剩下的半片屍身，已向他當頭摔了下來。血雨紛飛，灑得滿頭滿臉，他靈魂早已出竅，竟駭得忘了閃避，那半片屍身已如萬鈞鐵錘般摔在他頭上。他整個人竟像是鐵釘般被釘得短了一半！

沈輕虹全身寒毛都一根根豎了起來，那金猿星雖是殺人如草芥的黨徒，此刻卻也被這股殺氣驚得呆了。

燕南天喝道：「你還要某家動手不成？」

金猿星道：「你……你為什麼……」

燕南天怒吼道：「爲什麼？你可知道江楓是某家的什麼人？」

金猿星失聲道：「莫非那……那隻豬已……」

燕南天道：「別人都已死了，你活著又有何趣味，納命來吧！」最後一個字說完，人已到了金猿星面前，鐵掌已抓住了金猿星的胸膛。

哪知金猿星竟是動也不動，也不回手。燕南天手掌一緊，七指俱都插入金猿星肉裡。金猿星竟還是挺胸站在那裡，哼都未哼一聲。

燕南天道：「不想你個子雖小，倒還是條漢子，若是換了平日，某家也能饒你一命，但今日……哼，你還有何話說？」

金猿星卻突然仰天狂笑起來，狂笑著道：「你個子雖大，卻也算不得是大丈夫。」

燕南天不禁怔了一怔，喝道：「某家這一生行事，雖得天下之名，卻也有不少人罵我，善惡本不兩立，那也算不得什麼，但你這句話，某家倒要聽聽你是憑什麼說出來的。」

金猿星冷笑道：「是非不明，恩仇不辨，算得了大丈夫麼？」

燕南天怒道：「某家……」

金猿星大聲截道：「你若是明辨是非之輩，便不該殺我。」

燕南天道：「爲何不該殺你？我二弟江楓……」

金猿星再次大聲截道：「這就對了，你若爲別的事殺我，那我無話可說，但你若爲江楓殺我，你便是不明是非，不辨恩仇。」

燕南天怒道：「你『十二星相』難道未曾對我二弟江楓出手？」

金猿星道：「不錯，『十二星相』確曾向江楓出手，但『十二星相』本是強盜，這一點你早已知道，強盜要劫人錢財，本是份內之事，既是份內之事便算不得什麼深仇大恨，那前來通風報訊，要『十二星相』向江楓出手的，才是你真正要復仇的對象，你可知道他是誰麼？」

他侃侃而言，居然像是理直氣壯，燕南天雖是滿腔怒火，片刻也不禁被他說得怔了怔。突然大喝道：「前來通風報訊的，莫非是江琴那小畜牲？我二弟之行程，只有那小畜牲一個人知道。」

金猿星面色微變，但瞬即冷笑道：「不錯，原來你非但四肢發達，頭腦也不簡單，江楓的確是被他視爲心腹的人賣了，三千兩銀子就賣了。」

燕南天目眥盡裂，嘶聲道：「畜牲……畜牲……」

金猿星冷冷道：「那畜牲此刻在哪裡，你可知道？」

燕南天突然一隻手將金猿星整個人都提了起來，嘶聲道：「你知道他在哪裡，是麼？」

金猿星神色不變，緩緩道：「我若不知道，這些話就不說了。」

燕南天吼道：「他在哪裡？說！」

金猿星身子雖被他懸空提著，但神情卻比站在地上還要篤定，瞧著燕南天微微一笑。

燕南天瞧著他那張微笑的臉，一字字緩緩道：「你若不說，我佩服你。」

他若說要把金猿星宰了、剮了、大卸八塊，金猿星都不害怕，只因金猿星明知他還未打聽出江琴的下落之前，是絕不會將自己殺死的，但片刻他說的是這句話，金猿星卻不由自主打了個寒噤，道：「我……我說了又如何？」

燕南天道：「你說了，我便挖出你一雙眼睛！」

沈輕虹聽得幾乎失聲叫了出來，暗道：「這燕南天怎地如此不解人情，人家說了，他還要挖人眼睛，這樣一來，金猿星想必是萬萬不肯說出來的了。」

哪知他心念還未轉變，金猿星已長長嘆了口氣，道：「雖然沒有眼睛，但只要能活著，也就罷了。」

燕南天道：「說吧！」

金猿星道：「只是我說出了，你也未必敢去。」

燕南天怒道：「普天之下，還沒有燕某不敢去的地方！」

金猿星眼睛半睜半閉，臉上似笑非笑，緩緩道：「那江琴不是呆子，明知我『十二星相』殺人不過如同踩死隻螞蟻，他拿了『十二星相』的銀子，難道不怕腦袋搬家？他如此大膽，只因他早已有投奔之地，拿這銀子，正是要用做路費，而他那投奔之地，『十二星相』加在一起，也不敢走近那地方半步。」

燕南天厲聲狂笑，道：「移花宮？……某家正要去的。」

金猿星道：「當今天下，也未必只有『移花宮』是武林禁地。」

「除了『移花宮』還有哪裡？」

「崑崙山，『惡人谷』……」

他這六個字還只說出五個，站在一旁出神傾聽的沈輕虹，神色大變，身子也已顫抖，大聲道：「燕大俠，你……你去不得！」

燕南天鬚髮皆張，目光逼視金猿星，厲聲道：「你說的可是真話？」

「我話已說出，信不信都由得你了。」

沈輕虹顫聲道：「那『惡人谷』乃是天下惡人聚集之地，那些人沒有一個不是十惡不赦，滿手血腥，沒有一個不是被江湖中人恨之入骨，但那許多惡人聚在一起，別人縱然恨不得吃他們的肉，也沒有人敢走近『惡人谷』一步，就連『崑崙七劍』、『少林四神僧』、『江南劍客』風嘯雨，都也……也不敢……」

燕南天沉聲道：「燕南天既非少林神僧，也非江南劍客！」

沈輕虹道：「我知道燕大俠你劍術當代無雙，但那『惡人谷』……那谷中成千成百，也不知究竟有多少的惡人……」

燕南天大喝道：「義之所在，燕某何懼赴湯蹈火！」

沈輕虹大聲道：「但說不定這根本是金猿星故意騙你的，他已對你恨之入骨，所以要你到那惡人谷去送……送……」

他雖未將「死」字說出口來，其實也等於說出了一樣。

燕南天仰天笑道：「惡人谷縱是刀山火海，也未必能要了燕南天的命！」

沈輕虹怔了一怔，苦嘆一聲，黯然無語。

金猿星亦自嘆道：「好！燕南天果然是英雄！竟連『惡人谷』也敢闖上一闖，你此去縱然有去無還，也必將博得天下武林佩服！」

燕南天道：「你還有何話呢？」

金猿星道：「沒有了，拿我的眼珠去吧！」

一聲慘呼，金猿星一雙精光四射的火眼，已變成兩個血窟窿，燕南天隨手將他拋在沈輕虹面前，道：「此人交給你了！」話聲未了，人已去遠。

那雷嘯虎橫臥在血泊中，身子下壓著那條巨犬，一人一犬，都已奄奄一息，連指頭都不會動了。

沈輕虹瞧了瞧他，目光移向金猿星，恨聲道：「你金猿星縱然一世聰明，今日卻做了件笨事。」

金猿星方才雖已疼得昏過去，片刻卻已醒來，就像是有鬼在後面推著他似的，他竟能忍住疼，自懷中摸出一包藥，塞在眼眶中，口中竟也還能說話，顫聲道：「我笨？」

「燕南天雖未取你性命，但將你送到我手中，我還會饒你？……你片刻縱有靈藥治傷，又有何用！」

「自然有用，我死不了的！」

「還有誰能救你？」

「我自己。」

「沈某倒要瞧瞧你如何能救你自己……」喝聲中，手掌直拍金猿星天靈。

金猿星大聲道：「那鏢銀你不想要了麼？」

沈輕虹手掌立刻在空中頓住。

金猿星咬緊牙關，哈哈大笑道：「我早就算準你不敢動手殺我的，你若想要鏢銀，只有我能給你，除非你有這膽子不要鏢銀。」

沈輕虹手掌不停顫動，幾次想要擊下，幾次都頓住，終於長長嘆息了一聲，收回手掌，道：「算你贏了。」

這一批鏢銀委實關係整個「三遠鏢局」的命運，沈輕虹一生從不負人，又怎能負對他義重如山的三遠鏢主？

金猿星瘋狂般笑道：「沈輕虹，如今你可知道了吧！無論誰想殺我，都沒有那麼容易！」

夜色已深，小鎮上燈火已闌珊。就連那「太白居」中的酒鬼，都已踉蹌著腳步，互相攙扶著散步去了，那酒保揉著發紅的眼睛，正待上起店門。突然間，只見一輛馬車自街頭走過來，拉車的卻不是馬，而是個人──正是那騙了人家一千兩銀子的大漢。自門裡透出來的昏黃燈光中望去，只見這大漢滿身鮮血，滿面殺氣，看來有幾分似惡鬼，又有幾分似天神！

這酒保駭得臉都白了，方自躲回去，這大漢已拉著車到了門口，要兩匹馬才拖得動的大車，在他手裡，竟似是輕若無物。

燕南天將大車靠在牆上，懷抱熟睡的嬰兒，大步走進店裡，那店伙壯起膽子，陪笑道：「大……大爺要……要什麼酒？」

燕南天眼睛一瞪，喝道：「誰說我要酒？」

酒保怔了怔，道：「大爺不……不要酒，要什麼？」

燕南天道：「米湯！」

酒保更怔住了，苦著臉道：「小店不……不賣……」

燕南天「叭」的一拍桌子，大聲道：

「先去煮幾碗濃濃的米湯，再拿酒來。」

這酒保駭得膽子都快破了，哪裡還敢說「不」字。

嬰兒喝了米湯，睡得更沉了，燕南天喝著酒，目中神光卻更驚人，那酒保連瞧也不敢瞧他一眼。

雖然不敢瞧，卻偷偷數著——不到盞茶時分，燕南天已用海碗喝下了十七碗烈酒！

那酒保駭得吐出了舌頭，幾乎縮不回去。

突見燕南天摸出兩錠銀子，拋在桌上，大聲道：「去替我買些東西來。」

「大……大爺要買什麼？」

「棺材！兩口上好的棺材！」

那酒保駭得幾乎一個觔斗跌了下去，雖張開了嘴，卻過了半晌還說不出話，他幾乎不相信自己的耳朵。

燕南天又一拍桌子，兩錠銀子突然跳了起來，竟不偏不倚，跳進他懷裡，燕南天喝道：「棺材，兩口上好的棺材，聽到了麼？」

「聽……聽……聽……」

「聽到了還不快去！」

那酒保見了鬼似的，轉身就跑，燕南天喝下第二十八碗酒時，他已乖乖的將棺材運了回來。

燕南天紅著眼睛，自車廂中將江楓和花月奴屍身捧出來，捧入棺材裡，每件事他都是親手做的。他不許別人再碰他二弟一根手指。

然後，以赤手釘起了棺蓋。他將一枚枚鐵釘釘入木頭裡，就像是釘入豆腐裡似的。那酒保眼睛更發直了，也不知今天撞見的是神是鬼？

面對棺木，燕南天又連盡七碗。他沒有流淚，但那神情，卻比流淚還要悲哀。手裡端著最後一碗酒，他呆呆的站著，直過了幾乎有半個時辰，然後，燕南天終於緩緩道：「二弟，我要你陪著我，我要你親眼瞧著我將你的仇人一個個殺死！」

夕陽滿天，照著太原大街上最大的一面招牌，招牌上三個大金字，閃閃發著光，這三個字是：「千里香」。

「千里香」可真是金字招牌，山西人個個都知道，「千里香」賣出來的香料，那是絕不會有半分摻假的。

黃昏後，「千里香」舖子裡十來個伙計，正吃著飯，大街上行人熙來攘往，正是最熱鬧的時候。突然一輛大車直馳而來，駛過長街，趕車的一聲吆喝，宛如霹靂，這大車已筆直闖入「千里香」店舖裡。伙計們驚怒之下，紛紛撲了過來，只見那趕車的大漢一躍而來，也不知怎地，十來個伙計但覺身子一麻，全都不能動了，眼睜睜瞧著他將一罈上好的香料，全都塞到兩口棺材裡去。

片刻後那大漢便又趕車子急駛而出，口中喝道：「半個時辰後你等便可無礙，香料銀價，來日加倍奉還！」

大街上的人，竟都被這大漢的神氣所懾。滿街人竟沒有一個敢攔住這輛車馬。

下午，瓜田裡散發出象徵著豐收的清香。一個農家少婦，懶洋洋的坐在瓜田旁，樹蔭下。

她半敞著衣襟，露出了那比瓜田裡的瓜還要成熟的胸膛，正以比瓜汁還甜的乳汁，餵著懷抱中的嬰兒。涼風入懷，她似乎已要睡著了。

迷迷糊糊中，她似乎覺得有雙眼睛在盯著她的胸膛。農村中本也有不少輕薄的小伙子，她平日也被人瞧得不少，兒子都有了的人，哪裡還會在乎這些？但此刻，她卻覺得這雙眼睛似是分外不同。她不由自主張開了眼，只見旁邊一株樹下，果然有個陌生的大漢，這大漢身軀並不甚雄壯，衣衫也不甚堂皇，面目間更帶著幾分憔悴之色，但不知怎地，看來卻威風得很。奇怪的是這麼條大漢，懷裡卻抱著個嬰兒。

這少婦雖覺得有些奇怪，也不理會，又自垂下了頭，只聽那大漢懷抱中的嬰兒，突然啼哭起來，哭聲倒也宏亮。她才做媽媽沒多久，心中正充滿了母性的溫柔，聽得這哭聲，忍不住又抬起頭，這一次她便發覺那大漢盯著她胸膛的那雙眼睛裡，並沒有什麼色迷迷的神情，卻充滿懇求之意，不禁一笑，道：「這孩子的娘不在麼？」

那大漢搖頭道：「不在。」

少婦沉吟半晌，道：「看來他是餓了。」

那大漢點頭道：「是餓了。」

少婦瞧了瞧自己懷中的嬰兒，突然笑道：「把你的孩子抱過來吧，我來餵他，反正這幾天我吃了兩隻雞，奶水正足，咱們小妞兒也吃不了。」

那大漢威武的面上，立刻露出喜色，趕緊道：「多謝。」將孩子抱了過去。

只見這孩子胎毛未落，出生最多也不過幾天，那細皮嫩肉的小臉上，卻已有了條刀痕。

那少婦不禁皺眉道：「你們帶孩子真該小心些，這孩子的娘也真是，竟放心把這麼小的孩子交給你一個大男人。」

那大漢慘然道：「這孩子的娘已死了。」

少婦愣了一愣，伸手撫摸著這孩子的小臉，黯然嘆道：「從小就沒有娘的孩子，真是可憐。」

那大漢仰天長長嘆息了一聲，垂目望向孩子，心裡也正有說不出的悲哀，說不出的憐惜。這孩子生來似乎就帶有厄運，初生的第一天，就遇著那麼多兇殺、死亡，他這一生的命運，似乎也注定要充滿災難，可憐他什麼也不知道，此刻，他那張小臉上，反似充滿了幸福的微笑。

五 惡人之谷

和闐河滾滾的河水，在七月的殘陽下發著光。

到了上游，河水雙分，東面的一支便是玉龍哈什河，水流處地勢更見崎嶇險峻，激起了奔騰的浪花。沿著玉龍哈什河向上游走，便入了天下聞名，名俠輩出，充滿了神秘傳說的崑崙山區。

此刻，雖仍是夏季，殘陽也猶未落，玉龍峰下，已宛如深秋，風在呼號，卻也吹不開那陰森淒迷的雲霧。燕南天終於來到了玉龍峰下，人既憔悴馬更疲乏，就連車輪在崎嶇的山路上，也似乎滾不動了，巨大的山影，沉重的壓在車馬上。

燕南天左手提著韁繩，右手懷抱著嬰兒，一陣陣惱人的香氣自車廂中傳出來，刺得他幾乎想吐。嬰兒卻又已沉睡了，這小小的孩子，竟似也習慣了奔波困苦。

燕南天無限憐惜地瞧著他，嘴角突然現出一絲微笑，喃喃道：「孩子，這一路上你可真是吃了不少人的奶，從中原，一路吃到這裡，除了你，大概沒有別的孩子能……」

說到「能」字，語聲突然頓住，身子也突然淩空躍起，就在他身子離開車座的那一剎那間。只聽「篤，哧，噗」十幾聲響，十幾樣長短不齊，形式各異的暗器，俱都釘入了他方才坐過的地方。

燕南天凌空翻身，左手已勒住了車馬，人卻藏到馬腹下，他怕的不是自己受傷，而是懷抱中的嬰兒。

這一躍、一翻、一勒、一藏，當真是矯如游龍，快若驚鴻，山麓陰影中，已有人忍不住失聲叫道：「好功夫！」

燕南天怒喝道：「暗箭傷人的是……」

「誰」字還未出口，那匹馬突然驚嘶一聲，人立而起，馬身上箭也似的噴出了十幾股鮮血。

燕南天想也不想，鐵掌掃出，「砰，砰」兩響，套馬的車軛立斷，負傷的馬，筆直竄了出去，燕南天跟著又是一拳擊出，又是「砰」的一響，車廂生生被擊破個大洞，健馬長嘶未絕，他右手將嬰兒自洞口送到車廂裡去，又是數十點寒光，已暴雨般射向他身上！

他身子也已沖天而起，只聽「哧，哧，哧」，風聲不絕，數十點暗器，俱都自他足底掃過。

應變若有絲毫之差，自己縱不負傷，那嬰兒也難免喪命，嬰兒縱不喪命，大車也難免要被那匹馬帶得自他身上輾過。

健馬倒地，燕南天身形猶在空中。

只見銀光乍起，七、八道劍光，有如天際長虹般，自暗影中斜飛而出，上下左右，縱橫交錯。哪知他身在空中，力道竟仍未消竭，雙臂一振，身子突然又向上竄起了七尺，劍光又自他腳底擦過。

但聞「叮噹」龍吟之聲不絕，七、八柄劍收勢不及，俱都撞在一起，劍光一合便分，七、八個人都遠遠落到一邊，暮色中雖瞧不清楚，但朦朧望去，這七、八人中，竟有四個是出家的道人。

燕南天雙足一蹬，方自掠到車頂，竟又箭也似的竄了出去，雙掌如風，當頭向一個藍衫道人擊下！他眼見這幾個人話也不說，便下如此毒手，此刻下手自也不肯留情，這雙掌擊下，力道何止千鈞！

那道人本待舉劍迎上，但心念一轉，面色突然大變，身形後仰，竟不敢招架，向後倒竄而去。

燕南天劍光竟似綿綿不盡，竟跟著身子追去。

那人心膽皆喪，拚命一劍迎上。

只聽「叮」的一聲，雙劍相擊，兩口劍本是同爐所煉，但不知怎地，那人掌中的劍，竟已被燕南天砍成兩段。

那人身子落地，就地幾滾，燕南天高吭長嘯，劍光如雷霆閃電，直擊而下，這一劍之威，當真可驚天動地！

滿天銀光突又飛來，接著「嗆」的一聲震耳龍吟！

只見三個藍衣道人，單足跪地，三柄劍交叉架起，替那人擋住了燕南天的一劍，那人卻已駭得暈了過去！

燕南天虎立當地，鬚眉皆張，厲聲道：「接劍的是四鷲？還是三鷹？」

那道人道：「四鷲，足下怎知……」

燕南天厲聲笑道：「當今天下，除了崑崙七劍外，還有幾人能接得住某家這一劍？」

那道人道：「當今天下，除了燕南天大俠外，只怕也再無一人能令貧道兄弟三人，同時出手招架一劍！」

燕南天笑聲突頓，喝道：「但崑崙七劍爲何要向燕某下如此毒手，卻令燕某不解。」

那道人苦笑道：「貧道等守在這裡，本是爲阻擋一個投奔『惡人谷』的人，貧道委實想不到燕大俠也會到這『惡人谷』來。」

燕南天這才收回長劍，他長劍方自收回，那三個道人掌中劍便已「噹」的垂落在地，雙臂似是再也難以提起。

「你等要阻擋的人是誰？」

崑崙道人道：「司馬煙。」

「你等怎知這惡賊要來此間？」

「川中八義一路將他追到這裡，這三位便是『川中八義』中的大義士楊平、三義士海長波、七義士海金波……」

「川中八義」在江湖中端的是赫赫有名，燕南天轉目望去，只見這三人果然風骨稜稜，氣概軒昂──雖然方自地上爬起，卻無狼狽之態。

那「川中八義」之首楊平，國字臉，通天鼻，雙眉斜飛入鬢，更是英氣逼人，此刻微一抱拳躬身道：「晚輩們直將那惡賊追到和闐河畔，才將他追丟了，若是被他逃入『惡人谷』去，晚輩們實是心有不甘，是以才將四位道長請了出來，守在這裡，哪知……哪知卻……遇見了燕大俠。」

海長波苦笑道：「晚輩們方才雖已瞧出前輩形貌不同，但素知那廝精於易容，晚輩們實將此人恨之入骨，是以……」

燕南天頷首道：「難怪你等出手那般狠毒，對付這惡賊，出手的確是愈毒愈好。」

崑崙四子之首，藏翼子忍不住問道：「但……但燕大俠卻不知怎會來到這裡？」

燕南天道：「某家正是要到『惡人谷』去！」

崑崙四子、川中三義齊地一怔。

藏翼子動容道：「燕大俠豪氣干雲，晚輩們久已深知，只是……『惡人谷』惡人雲集，古往今來，只怕從未有過那許多惡人聚在一起，更從未有一人敢孤身去面對那許多惡人，燕大俠……還望三思。」

燕南天目光火炬一般，遙注雲霧淒迷的山谷，沉聲道：「男兒漢生於世，若能做幾椿別人不敢做的事，死亦何憾！」

崑崙四子對望一眼，面上已有愧色。

楊平道：「但……據在下所知，這二十年來，在江湖中兇名最著的十大魔頭，最少有四人確實已投奔谷中……」

海長波道：「只怕還不止四個……『血手』杜殺、『笑裡藏刀，笑彌陀』哈哈兒、『不男不女』屠嬌嬌、『不吃人頭』李大嘴……」

燕南天皺眉道：「李大嘴？可是那專嗜人肉的惡魔？」

海長波道：「正是那廝，別人叫他『不吃人頭』，正是說他除了人頭外，什麼都吃，他聽了反而哈哈大笑，說他其實連人頭都吃的。」

燕南天怒道：「如此惡徒，豈能再讓他活著！」

海長波道：「除了這四人外，那自命輕身功夫天下無雙，從來不肯與人正面對敵，專門在暗中下毒手的陰九幽，據說也逃奔入谷。」

燕南天動容道：「哦！『半人半鬼』陰九幽也在谷中麼？他暗算少林俗家弟子李大元後，不是已被少林護法長老們下手除去了麼？」

海長波道：「不錯，江湖中是有此一傳說，但據深悉內幕之人言道，少林護法雖已將這『半人半鬼』的惡魔困在『陰冥谷』底，但還是被他逃了出去，此事自然有損少林派聲威，是以少林弟子從來絕口不提。」

燕南天長嘆道：「昔日領袖武林的少林派，如今日漸沒落，只怕就正是因為少林弟子一個個委實太愛面子。」

藏翼子慨然道：「要保持一派的聲名不墜談何容易？」他這話自然是有感而發——崑崙派又何嘗不是日漸凋零？

楊平又道：「這幾個無一不是極難對付的人，尤其是那『不男不女』屠嬌嬌，不但詭計多端，而且易容之術已臻化境，明明是你身畔最親近的人，但說不定突然就變成了他的化身，此人之逃奔入谷，據說並非全因避仇，還另有原因。」

燕南天道：「無論他為了什麼事逃入『惡人谷』，無論他易容多麼巧妙，反正某家此次入谷，乃是孤身一人，無論他扮成什麼人的模樣，都害不到我……哈哈，難道他能扮成出世不到半個月的嬰兒不成？」

楊平展顏笑道：「不錯，此番燕大俠孤身入谷，他縱有通天的手段，只怕也是無所用其計了，但……不過……」

燕南天不等他再說話，抱拳道：「各位今日一番話，的確使燕某人獲益匪淺，但無論如何，燕某人卻勢在必行……燕某就此別過。」

眾人齊地脫口道：「燕大俠，你……」

但燕南天卻再也不瞧他們一眼，一邊挽過大車，立刻放步而行。

眾人面面相覷，默然良久。

藏翼子終於嘆道：「常聽人言道燕南天武功之強，強絕天下，貧道還不深信，但今日一見……唉，唉……」

楊平動容道：「他武功雖高，還不足深佩，小弟最佩服的乃是他的干雲豪氣，凜然大義，當真令我輩愧煞。」

海長波望著燕南天身影消失處，喃喃道：「但願他此番入谷，還能再出來與我等相見……」

山路更見崎嶇，但燕南天拉著輛大車放足而行，竟仍毫不費力，他臂上又何止有千斤之力！

沉沉的暮色，淒迷的雲霧中，突然現出一點燈火。那是盞竹燈製成的孔明燈，巧妙地嵌在山石間避風處，在這陰冥的窮山惡谷中，碧磷磷的看來有如鬼火一般。

鬼火般的火照耀下，山石上竟刻著兩行字！

「入谷如登天，

來人走這邊。」

兩行字下，有支箭頭，指著條曲折蜿蜒的山路，用盡目力，便可瞧出這條路正是通向四山合抱的山谷。

崑崙山勢雖險絕，但這條路卻巧妙地穿過群山。那「惡人谷」便正是群山圍繞的谷底。

是以入谷的道路，非但不是向上，而且漸行漸下，到後來燕南天根本已不必拉車，反倒似車在推他。

山路愈來愈曲折，目力難見一丈之外。

但突然間，眼前豁然開朗，四面窮山中，突然奇蹟般現出了一片燈火，有如萬點明星，眩人眼目。

江湖人心目中所想像的「惡人谷」，自然是說不出的陰森、黑暗，而此刻「惡人谷」中竟是一片輝煌的燈火。

但這燈火非但未使「惡人谷」的神秘減少，反而使「惡人谷」更增加了說不出的詭異。

「惡人谷」中到底是什麼情況？

燕南天但覺自己的心，跳動也有些加速，這世上所有好人心中最大的秘密，此刻他立刻就要知道謎底了。

燈光下，只見一方石碑立在道旁。

「入谷入谷，
永不為奴。」

過了這石碑，道路突然平坦，在燈火下簡直如鏡子一般，光可鑑人，但燕南天卻也知道，這平坦的道路，正也是世上最最險惡的道路，他每走一步，距離危險與死亡便也近了一步。

沒有門，沒有牆，也沒有欄柵。

這「惡人谷」看來竟是個山村模樣，一棟棟房屋，在燈火的照耀下，竟顯得那麼安靜，平和。在這安靜平和的山村中，究竟藏有多少害人陷阱，多少殺人的毒手？

燕南天挽著大車，已淌著汗珠，他此刻已入了「惡人谷」，隨時都可能有致命的殺手向他擊出！

道路兩旁，已有房舍，每一棟屋，都造得極精巧，緊閉的門窗中，透出明亮的燈火。

突然間，前面道路上，有人走了過來。

燕南天知道，就在這瞬息之間，便將有源源不絕的毒手、血戰來到！

哪知走過的兩個人，竟瞧也未瞧他一眼，兩人衣著都是極爲華麗，竟揚長自燕南天身旁走過。燕南天的眼睛都紅了，也未瞧清他們的面容，只見道路上人已愈來愈多，但竟沒有一個人瞧他一眼！

他走入這天下武林中人視爲禁地的「惡人谷」，竟和走入一個繁華而平靜的鎮市毫無不同！

燕南天腦中一片迷亂，反倒不知如何是好，他平生所遇的兇險疑難之事，何止千百，卻從未有如此刻般心慌意亂！他平生所闖過的龍潭虎穴，也不知有多少，但不知怎地，無論多兇險之地，竟似乎都比不上這安靜平和的「惡人谷」。

車廂中，有嬰兒的啼哭聲傳了出來，燕南天深深吸了口氣，定下心神，便瞧見前面有扇門是開著的。

門裡，似有酒菜的香味透出。

燕南天大步走了進去。

雅緻的廳房中，擺著五、六張雅緻的桌子，有兩張桌子上，坐著幾人淺淺飲酒，低低談笑。這開著的門裡，竟似個酒店的模樣，只是看來比世上任何一家酒店都精緻高雅得多。

燕南天抱著嬰兒進去，找了張桌子坐下，只見這酒店裡竟也毫無異樣，飲酒的那幾人，衣衫華麗，談笑從容，哪裡像是逃亡在窮山中的窮兇惡極之輩？燕南天更是奇怪，卻不知愈是大奸大惡之人，表面上愈是瞧不出的。若是滿臉兇相，別人一見便要提防，哪裡還能做出真正的惡事？

突見門簾啓動，一個人走了出來，這人矮矮胖胖，笑臉圓圓，正是和氣生財的酒店掌櫃。

燕南天沉住了氣，端坐不動。

這圓臉胖子已笑嘻嘻走了過來，拱手笑道：「兄台遠來辛苦了。」

燕南天道：「嗯。」

那圓臉胖子笑道：「三年前聞得兄台與川中唐門結怨，在下等便已盼兄台到來，不想兄台卻害得在下等一直等到今日。」

燕南天道：「哦？」

這時他心裡才知道這些人已將自己錯認爲「穿腸劍」司馬煙了，但面上卻絲毫不動聲色。

那圓臉胖子揮了揮手，一個明眸皓齒巧笑嫣然的綠衣少女，姍姍走了過來，秋波向燕南天一瞟，萬福道：「您好！」

燕南天道：「哼，好。」

那圓臉胖子大笑道：「司馬先生遠來，沒有心情與你說笑，還不快去爲司馬先生熱酒，再去爲這位小朋友餵碗濃濃的米湯。」

那少女嬌笑道：「好可愛的孩子……」

眼波轉動，又向燕南天瞟了一眼，燕子般輕盈，嬌笑著走了。

燕南天目光凝注著那圓臉胖子，暗道：

「此人莫非便是『笑裡藏刀』笑彌陀……瞧他笑容如此親切，對孩子也如此體貼，又有誰想得到他一夜之間，便將他恩師滿門殺死！為的只不過是他那小師妹，罵了他一聲『胖豬』而已！」

思念之間，那少女竟又燕子般飛來，已拿來一盤酒菜，酒香分外清冽，菜色更是分外精美。

那圓臉胖子笑道：「兄台遠來，想必餓了，快請用些酒菜，再談正事。」

燕南天道：「嗯。」

他口裡雖答應，但手也不抬——他若是抬手，便為的是要殺人，而絕不會是為著要喝酒吃菜。

那圓臉胖子笑道：「別人只道我等在此谷中，必定受罪吃苦，卻不知有這許多聰明才智之士在一起，怎會吃苦？此間酒菜之精美，便是皇帝只怕也難能吃到，這做菜的人是誰，只怕兄台萬萬想不到的。」

圓臉胖子道：「兄台可曾聽說，昔日丐幫中有位『天吃星』，曾在半個時辰中，毒死了他本門丐幫七大長老……」

「啪」的一拍桌子，大笑道：「這當真是位大英雄、大豪傑呀，做菜的人便是他！」

燕南天暗中吃驚，面上卻淡淡道：「噢。」

那圓臉胖子突然大笑道：「司馬兄果然不愧我輩好手，未弄清楚前，絕不動箸，其實司馬兄你未來之前，在下等已將司馬兄視爲我輩兄弟一般……」

舉起筷子，對每樣菜都吃了一口，笑道：「喏……司馬兄還不放心麼？」

燕南天暗中忖道：「他們既然將我認做司馬煙，正是我大好機會，我得利用此良機，先將那惡賊江琴的下落打聽確實，再出手也不遲，此刻我若堅持不吃，豈非要動人懷疑？何況，他們既將我當做司馬煙，就絕不會下毒害我。」

此刻他算來算去，都是吃比不吃的好，當下動起筷子，道：「好！」立刻就大吃起來。

幾樣菜果然做得美味絕倫，燕南天立刻就吃得乾乾淨淨——想到吃飽也好動手，他吃得自然更快。

那圓臉胖子笑道：「天吃星手藝如何？」

「好！」

「這位小朋友的米湯想必也快來了。」

「愈快愈好。」

「等這位小朋友吃完米湯，燕大俠你就可出手了。」

燕南天倏然變色，道：「你……你說什麼？」

那圓臉胖子哈哈大笑道：「燕大俠名滿天下，又生得如此異相，我哈哈兒縱是瞎子，也認得出燕大俠的，哈哈，方才我故意認錯，只不過是先穩住燕大俠，否則燕大俠又怎肯放心吃『天吃星』以獨門迷藥作配料的酒菜？哈哈……」

燕南天怒喝道：「好個惡賊！」

飛起一腳，將整張桌子都踢得飛了出去。

那哈哈兒身子一縮，已在一丈開外，大笑道：「燕大俠還是莫要動手的好，否則藥性發作更快，哈哈，哈哈……」

燕南天只覺身子毫無異狀，還怕他是危言聳聽，但暗中一提氣，一口真氣果然懶懶的提不起。

他又驚又怒，飛撲了過去，鐵掌揮出。

那哈哈兒卻笑嘻嘻的站在那裡，動也不動。但燕南天鐵掌還未揮出，身子便已跌落下來，四肢竟突然變得軟綿綿，那千斤神力卻不知到哪裡去了。他耳畔只聽得哈哈兒得意的笑聲，那嬰兒悲哀的啼哭……笑聲與哭聲卻似乎離他愈來愈遠……

漸漸，他什麼都聽不到了！

六　毒人毒計

一盞燈，燈光照著燕南天的臉。燕南天只覺得這盞燈似乎在他眼前不停的旋轉，他想伸手掩住眼睛，但手腳卻絲毫不能動彈。他頭疼欲裂，喉嚨裡更似被火燒一般，他一咬牙用力瞪眼，瞧著這盞燈。——燈哪裡在轉？

於是他瞧見燈光後的那張笑臉。

哈哈兒大笑道：「好，好，燕大俠果然醒來了，這裡有幾位朋友，都在等著瞧瞧天下第一神劍的風采。」

燕南天也已瞧見高高矮矮的幾條人影，但燈火刺著他的眼睛，根本瞧不清這幾人長得是何模樣。

只聽哈哈兒笑道：「這幾位朋友，不知道燕大俠可認得麼？哈哈，待在下引見引見，這位便是『血手』杜殺！」

一個冷冰冰的聲音道：「二十年前，杜某便已見過燕大俠一面，只可惜那一次在下身有要事，來不及領教燕大俠的功夫。」

這人身子又瘦又長，一身雪白的長袍，雙手縮在袖中，面色蒼白，白得已幾乎如冰一般變得透明了。

燕南天忍著頭疼，厲聲狂笑道：「二十年前，我若不是看你才被『南天大俠』路仲遠所傷，不屑與你動手，你又怎會活到今日？」

杜殺面色不變，冷冷道：「在下已活到今日，而且還要活下去，而燕大俠你卻快要死了。」

哈哈兒大笑道：「但燕大俠臨死之前，還能笑得出來，這一點倒和我哈哈兒有些相似──哈哈，這一位便是『不吃人頭』李大嘴，燕大俠可聽說麼？」

一個宏亮的語聲笑道：「久聞燕大俠銅筋鐵骨，這一身肉想必和牛肉乾一樣，要細嚼慢嚥，才能嚐得出滋味，在下少時定要仔細品嚐。」

哈哈兒笑道：「李大嘴怎地三句不離本行，我爲你引見名滿天下的燕大俠，你也該客氣兩句才對，怎地一張口就是要吃人肉。」

「我說燕大俠的肉好吃，這正是我李大嘴口中最最奉承的讚美之詞，你們這些只會吃豬肉的俗人知道什麼！」

「說起來，豬又髒又臭，的確沒有人肉乾淨，我哈哈兒委實也要嚐嚐燕大俠的肉是何滋味，哈哈，卻又怕燕大俠肉太粗了，哈哈哈……」

李大嘴道：「你又不懂了，粗肉有粗肉的滋味，細肉有細肉的滋味，和尚肉有和尚肉的滋味，尼姑肉有尼姑肉的滋味，那當真是各有千秋，各有好處。」

一個嬌美的語聲突然道：「和尚的肉你也吃過麼？」

李大嘴道：「嘿，吃得多了，最有名的一個便是五台山的鐵肩和尚，我整整吃了他三天……吃名人的肉，滋味便似特別香些。」

那嬌美的語聲笑道：「你到底吃過多少人？」

「可數不清了。」

「誰的肉最好吃？」

「若論最香最嫩的，當真要數我昔日那老婆，她一身細皮白肉……哈哈，我現在想起來還要流口水。」

哈哈兒大笑道：「好了好了，莫要說了，你們瞧燕大俠已氣成如此模樣……」

「正是不可再讓燕大俠生氣，人一生氣，肉便酸了，此乃我苦心研究所得，各位不可不知。」

哈哈兒又道：「這位便是『不男不女』屠嬌嬌……」

那嬌美的語聲截口笑道：「我方才還替燕大俠端過菜，倒過酒，燕大俠早已認得我了，還用你來介紹什麼！」

燕南天心頭一凜，暗道：「原來方才那綠衣少女，竟然就是『不男不女』屠嬌嬌，這惡魔成名已有二十年，此刻扮成十六、七歲的少女，不想竟還能如此神似。」

杜殺的血手、李大嘴的吃人，都未能令這一代名俠吃驚，但屠嬌嬌這鬼神不知的易容術，當真令他變了顏色！

突聽一人道：「哈哈兒怎地如此囉嗦，難道要將谷中的人全介紹給他不成，還不快些問話，問完了也好到陰間來與我作伴。」

話聲縹縹緲緲，斷斷續續，第一句話明明在左邊說的，第二句話聽來便像是在右，別人說話縱然陰陽怪氣，一口中氣總是有的，但此人說話卻是陰氣全無，既像是大病垂死，更像是死人在棺材裡說出來的。

就連燕南天都不禁聽得寒毛直豎，暗道：「好一個『半人半鬼』陰九幽，真的連說話都帶七分鬼氣。」

哈哈兒笑道：「哈哈，陰老九做鬼也不甘寂寞，燕大俠既已來了，你還怕他不去陪你！」

陰九幽道：「我等不及了！」

話聲未了，燕南天突覺一隻手掌從背後伸進了他的脖子，這隻手簡直比冰還冷，燕南天被這隻手輕輕一摸，已自背脊冷到足底。

李大嘴大喝道：「陰老九，拿開你的鬼手，被你的鬼手一摸，這肉還能吃麼！」

陰九幽冷冷笑道：「你來動手也未嘗不可，只是要快些。」

「血手」杜殺突然道：「且慢，我還有話問他！」

屠嬌嬌笑道：「問呀，又沒有人攔著你。」

杜殺道：「燕南天，你此番可是爲著杜某才到這裡來的？」

燕南天道：「你還不配！」

杜殺居然也不動氣，冷冷道：「杜某不配，誰配？」

「江琴。」

「江琴？誰聽說過這名字？」

哈哈兒道：「哈哈，惡人谷中可沒有這樣的無名小卒。」

燕南天切齒道：「這廝雖無名，但卻比你們還要壞上十倍，只要你們將這廝交出，燕某今日便放過你們！」

哈哈兒大笑道：「妙極妙極，各位可聽到燕大俠說的話了麼？燕大俠說今日要饒了咱們，咱們還不趕緊謝謝。」

話未說完，哈哈、嘻嘻、吃吃，各式各樣的笑聲，全都響起，一個比一個笑得難聽。

燕南天沉聲道：「各位如此好笑麼？」

屠嬌嬌吃吃笑道：「你此刻被咱們用十三道牛索線綑住，又被杜老大點了四處穴道，你不求咱們饒你，反說要饒咱們，天下有比這更好笑的事麼？」

燕南天道：「哼！」

屠嬌嬌道：「但我也不妨告訴你，谷中的確沒有江琴這個人，你必定是被人騙了，那人想必是叫你來送死的。」

哈哈兒大笑道：「可笑你居然真的聽信了那人的話，哈哈！燕南天活了這麼大，不想竟像個小孩子！」

突聽燕南天暴喝一聲，道：「好惡賊！」

這一聲大喝，宛如晴空裡擊下個霹靂！眾人耳朵都被震麻了，屠嬌嬌失聲道：「不好，這廝中氣又足了起來，莫非杜老大的點穴手法，已被他方才在暗中行功破去了？」

燕南天狂笑道：「你猜得不錯！」

一句話未完，身子突然暴立而起，雙臂振處，綑在他身上的十三道牛筋鐵線，一寸寸斷落，落了滿地。

陰九幽呼嘯道：「不好，死鬼還魂了！」

短短七個字說完，話聲已在十餘丈外，此人自誇輕功第一，逃得果然不慢，卻苦了別人。

只聽「咕咚」一聲，哈哈兒撞倒了桌子，在地上連滾幾滾，突然不見了，原來已滾入了地道。

屠嬌嬌呼道：「好女不跟男鬥，我要脫衣裳了！」

竟真的脫下件衣裳，拋向燕南天。燕南天揮掌震去衣裳，她人也不見了。

李大嘴逃得最慢，只得挺住，大笑道：「好，燕南天，李某且來和你較量較量！」嘴裡說著話，突然一閃身，到了杜殺背後，道：「不過還是杜老大的功夫好，小弟不敢和老大爭鋒！」

其實燕南天人雖站起，真氣尚未凝聚，這幾人若是同心協力，齊地出手，燕南天還是難逃活命！但他算準了這些人欺軟怕硬、自私自利，若要他們齊來吃肉，那是容易得很，若要他們齊來拚命，卻是難如登天。但見陰九幽、屠嬌嬌、哈哈兒、李大嘴，果然一個個全都逃得乾乾淨淨，只留下杜殺木頭般站在那裡。

燕南天真氣已聚，目光逼視，卻仍未出手，只是厲聲道：「你爲何不逃？」

「杜某一生對敵，從未逃過！」

「你居然敢和燕某一拚？」

「正是！」語聲未了，身形暴起，衣衫飄飄，有如一團雪花，但雪花中卻閃動著兩隻血紅的掌影！

追魂血手！

無論招式如何，這聲勢已先奪人！

燕南天狂笑道：「來得好！」奮起雙拳，直向那兩隻血掌擊回去！杜殺心頭不禁狂喜，要知他以「血手」威震江湖，只因他手掌上戴著的，乃是一雙以百毒之血淬金煉成的手套！這手套遍佈芒刺，只要劃破別人身上一絲油皮，那人便再也休想活過半個時辰，當真是見血封喉，其毒絕倫！

而此刻燕南天竟以赤手來接，這豈非有如送死！

一聲暴喝，一聲驚呼！接著，「喀嚓」一響！

燕南天雙拳明明是迎著「血掌」擊出，哪知到了中途，不知怎地，明明不可能再變的招式，居然變了，杜殺掌力突然失了消洩之處，這感覺正如行路時突然一足踏空，心裡又是驚惶，又覺飄飄忽忽！就在這時，他雙腕已被捉住，一聲驚呼尚未出口，「喀嚓」聲響，他右腕已被生生折斷！

燕南天不容他身形倒地，一把抓住他衣襟，厲聲道：「谷中可有江琴其人？」

杜殺疼得死去活來！咬緊牙關，嘶聲道：「沒有就是沒有！」

「我那孩子在何處？」

「不……不知道，你殺了我吧！」

「憐你也算是條硬漢，饒你一命！」

手掌一震，將杜殺拋了出去！

好杜殺，果然不愧武林高手，此時此刻，猶自能穩得住，凌空一個翻身，飄落在地居然未曾跌倒。他雪白的衣衫上已滿是血花，左手捧著右手，嘶聲道：

「此刻你饒我，片刻後我卻不會饒你！」

燕南天笑道：「燕南天幾時要人饒過！」

杜殺跺腳道：「好！」轉身踉蹌去了。

燕南天厲聲喝道：

「先還我的孩子來，否則燕某將此谷毀得乾乾淨淨！」

喝聲直上雲霄，四下卻寂無應聲。燕南天大怒之下，「砰」地一腳將桌子踢得粉碎，「咚」的一拳，將粉壁擊穿個大洞。他一路打了出去，桌子、椅子、牆壁、門、窗……無論什麼，只要他拳腳一到，立刻就變得粉碎。方才那精緻雅觀的房子，立刻就變得一塌糊塗，不成模樣，但「惡人谷」裡的人卻像已全死光了，沒有一個露頭的。

燕南天厲喝道：「好，我看你們能躲到幾時！」

衝出門！身形一轉，飛起一腳，旁邊的一扇門也倒了，門裡有兩個人，瞧見他兇神般撞進來，轉身就逃。

燕南天一個箭步竄過去，一把抓住那人的後背。

那人一身武功也還不弱，但也不知怎地，此刻竟絲毫也施展不出，竟乖乖的被燕南天凌空提起。暴喝聲中，反臂一掄，那人腦袋撞上牆壁，雪白的牆壁上，立刻像是畫滿了桃花。另一人駭得腳都軟了，雖還在逃，但未逃出兩步，便「噗」地倒在地上，燕南天一把抓起。

那人突然大叫道：「且慢，我有話說。」

他還當這人要說出那孩子下落，是以立刻住手。

哪知這人卻道：「我等與你有何仇恨，你要下此毒手？」

「惡人谷中，俱是萬惡之徒，殺光了也不冤枉！」

「不錯，我萬春流昔年確是惡人，但卻早已改過自新，你爲何還要殺我？……你憑什麼還要殺我？」

燕南天怔了半晌，喃喃道：「我爲何要多殺無辜？我爲何不能容人改過？『惡人谷』雖盡是惡人，也並非全無改過自新之輩！」

手掌剛剛放鬆，輕叱道：「去吧！」

那人掙扎著爬起，頭也不回，一拐一拐的去了。燕南天瞧著他走出了門，長長嘆息一聲，喃喃道：「多殺無辜又有何用？燕南天呀燕南天，你二弟只有此一遺孤，你若不定下心神，熟思對策，你若還是如此暴躁，你二弟只怕就要絕後了，那時你縱然殺盡了『惡人谷』中的人，又有何用？……」

一念至此，但覺火氣全消，於是他也就發現了此間的許多奇異之處。

這是間極大的房子，四面堆滿各式各樣的藥草，佔據了屋子十之五六，其餘地方，放了十幾具火爐，爐火俱都燒得正旺，爐子上燒著的有的是銅壺，有的是銅鍋，還有的是奇形怪狀，說不出名目的紫銅器，每一件銅器中，都有一陣陣濃烈的藥香傳出。

燕南天流浪江湖多年，不但見多識廣，而且對醫藥頗有研究，閒時荒山採藥，也曾配製過幾種獨門傷藥。但此間，這屋子裡的藥草，無論是堆在屋角的也好，煮在壺裡的也好，燕南天最多也不過識得其中二三。

他這才吃了一驚：「原來萬春流醫道如此高明，幸好我未殺他，他若未改過，又怎會致力於濟世活人的醫術？」

濃烈的藥香，化做一團團蒸氣，瀰漫了屋子，有如迷霧一般，平添了這屋子的神秘。突然間，一條人影被月光投落進來，月光下，一個高瘦的黑衣人，一步步走了過來，走入了迷霧。他腳步比貓還輕，動作比貓還輕，那一雙眼睛，也比貓更狡黠，更邪異，更靈活，更明亮。

燕南天沉住了氣，凝注著他，沒有說話。

黑衣人居然走進了這屋子，居然站到燕南天面前，他目中閃動著狡黠的光芒，嘴角也帶著狡黠的微笑。

他拱了拱手，笑道：「燕大俠，你好。」

燕南天道：「哼。」

黑衣人道：「在下『穿腸劍』司馬煙！」

「原來是你！原來你已來了。」

「燕大俠還未來，在下便已來了，但燕大俠近日的故事，在下已有耳聞，所以燕大俠一來，此間便已知道。」

燕南天瞪著他，瞪了足足有半盞茶功夫之久，突然厲聲道：「你憑什麼認爲燕某不敢殺你?這倒有些奇怪。」

司馬煙笑道：「兩國相爭，不斬來使。」

燕南天皺眉道：「你是誰的使者?」

「在下奉命而來，要請問燕大俠一句話。」

燕南天動容道：「可是有關那孩子?」

「不錯!」

燕南天一把抓住他衣襟，嘶聲道：「孩子在哪裡?」

司馬煙也不答話，只是含笑瞧著燕南天的手，燕南天咬一咬牙，終於放鬆了手掌，司馬煙這才笑道：「在下奉命來請問燕大俠，若是他們將孩子交回，又當如何?」

燕南天一震，道：「這個……」

「燕大俠是否可以立刻就走，永不再來?」

「爲了孩子，我答應你!」

「一言既出!」

「燕某說出來的話，永無更改!」

「好!燕大俠請隨我來!」

兩人一先一後，走了出去，夜色正靜靜地籠罩著這「惡人谷」，月光下的「惡人谷」，看來更是平和，安靜。司馬煙走在灑滿銀光的街道上，腳步更輕得沒有一絲聲音，他腳步不停，走到長街盡頭一棟孤立的小屋。

屋門半掩，有燈光透出。

司馬煙道：「那孩子便在屋裡，但望燕大俠抱出了孩子後，立刻原路退回，燕大俠乘來的馬車，已在谷口相候。」

燕南天情急如火，不等他話說完，就箭步竄了進去！

屋子的中央，有張圓桌，那孩子果然就在圓桌上。

燕南天熱血如沸，一步竄過去，抱起孩子，慘然道：「孩子，苦了！」

一句話未說完，突然將那孩子重重摔在地上，狂吼道：「好惡賊！」

孩子，這哪裡是什麼孩子？這只是個木偶！但燕南天發覺時已太遲了，滿屋風聲驟響，數百點銀光烏芒，已四面八方，暴雨般向他射了過來！暗器風聲，又尖銳，又迅急，又強勁，顯然這數百點暗器，無一不是高手所發，正是必欲將燕南天置之死地！這些暗器將屋子每一個角落全都佔滿，當真已算準了燕南天委實再沒有可以閃避之地！

哪知燕南天狂嘯一聲，身子拔起，只聽「嘩啦啦」一聲暴響，他身子已撞破了屋頂，飛了出去！

屋子四周暗影中，驚呼不絕，十餘條人影，四下飛奔逃命，燕南天狂嘯聲中，身形如神龍夭矯，凌空而轉！但聽「咚砰，噗！」幾響，幾聲慘呼，一人被他撞上屋脊，一人被他拋落街心，一人被他插入屋瓦。

三個俱都是腦袋迸裂，血漿四濺，立時斃命，但別的人還是逃了開去，霎眼間便逃得蹤影不見！

燕南天躍落街心，厲聲狂吼道：「如此暗算，豈能奈何燕某？若是想要燕某的命，何妨出來動手！」

吼聲遠達四山，四山迴音不絕，只聽「何妨出來動手……出來動手！動手！」之聲良久不息。

燕南天龍行虎步，走過長街，叫罵不絕。但「惡人谷」中卻沒有一個人敢探出腦袋！孤身一人的燕南天，竟駭得「惡人谷」所有惡人沒有一個敢出頭，這是何等威風！何等豪氣！但燕南天心中卻無絲毫得意，他心中有的只是焦急、痛苦、悲憤！他腳步雖輕，心情卻無比沉重！

谷中的燈光，不知在何時全都熄了，雖有星光月亮，但谷中仍是黑暗得令人心膽欲裂。

突然間，一道刀光，自黑暗的屋角後直劈而下！

這一刀顯然也是刀法名家的手腳，無論時間、部位，俱都拿捏得準而又準，算準了一刀便可將燕南天的腦袋劈成兩半！這一刀刀勢雖猛，刀風卻不厲，正也算準了燕南天絕難防範！哪知看來必定猝不及防的燕南天，不知怎地，身子突然一縮，刀光堪堪自他面前劈下，竟未傷及他毫髮。

「噹」，鋼刀用力過猛，砍在地上，火星四射。

燕南天出手如電，已抓住了持刀人的手腕，厲喝道：「出來！我問你！」

突覺手上力道一輕，那隻手雖被他拉了出來，卻只是血淋淋一條斷臂，那人竟以左手一刀砍下自己的右臂！好狠的人！他竟連哼也未哼一聲！燕南天又驚、又急、又怒、又恨，取下鋼刀，拋卻斷臂，隨手一刀劈了出去，一扇門應手而裂。

但門裡卻瞧不見一條人影！燕南天有如瘋狂，一間間屋子闖了過去，每間屋子裡都瞧不見一條人影，他急得要瘋，但瘋又有何用！

他鋼牙幾已咬碎，雙目已紅赤，嘶聲道：「好！你們躲，我倒要看你們能躲到幾時！」

竟搬了張椅子出來，坐在街中央，月光，照著他身子，照著他身上的血，血一般的月光……

「惡人谷」中的若是惡鬼，燕南天便是鎮鬼的兇神！

突聽一人大笑道：「這臭孩子又有什麼了不起，你要，就還給你！」

燕南天狂吼而起，撲了過去。

只見黑暗中人影一閃，一件東西被拋了出來，看來正是個襁褓中的孩子，燕南天不由得伸手接過。

但他指尖方自觸及此物，突然厲喝道：「惡賊，還給你！」手掌一震，那包袱又筆直飛了回去，撞上牆壁，「轟」的一聲，竟將那屋子炸崩了一半！

這襁褓中包的竟是包火藥！

迴聲響過，四下又復靜寂如死，燕南天想到自己方才若非反應靈敏，指尖觸熱，便將襁褓擲回，此刻豈非已被炸得粉身碎骨？他一死縱不足惜，但那孩子！……燕南天捏緊拳頭，掌心已滿是冷汗！

毒計！惡人谷果然有層出不窮的毒計！縱是天大的英雄，只要稍一不慎，就難免死在此地！燕南天雖已逃過數劫，但他還能再逃幾次？他精力終是有限，難道真能不眠不休，和他們拚到底？

突然間，他心中靈機一閃，暗道：「他們能利用這黑暗暗算於我，我難道不能利用這黑暗來搜尋他們？」

想到這裡，燕南天又不覺精神一振，再不遲疑，微一縱身，也掠入黑暗裡，消失不見。

這正是以牙還牙，以毒攻毒，一時間他縱然尋不著那孩子，但「惡人谷」中的惡人，也再難暗算他了。

燕南天身子潛行在黑暗中，就像蛇、就像貓——就算別人有著貓一般的耳朵，也休想聽出他的聲音，就算那人有著貓一般的眼睛，也休想瞧見他身影，有這樣的敵人隨時會到身畔，「惡人谷」怎不膽戰心驚？

只是燕南天卻也找不著他們。

每間屋子，似乎都是空的，人，竟不知到哪裡去了。燕南天沉住氣，一間間房子找了過去，他這才發覺這「惡人谷」裡，屋子當真有不少。

夜，很靜、很靜。整個「惡人谷」，就像是座墳墓。

風，自山那邊吹過來，已有了寒意！突然，風中似乎有了聲音，有了種奇異的聲音，似乎人語。

燕南天的心一跳，屏息靜氣，潛行過去。

果然有極輕極輕的人語，自一棟屋子裡傳出來！

一人道：「小屠果然有兩手，竟將這孩子弄睡著了。」

這人雖沒有笑，卻顯然是哈哈兒的聲音。

另一人道：「幸好有這孩子作人質，否則……」

突聽屠嬌嬌的語聲道：「李大嘴，你要作什麼？」

李大嘴輕笑道：「我瞧這女的屍身皮肉細嫩，倒和昔日我那老婆相似。」

屠嬌嬌道：「但這屍身已死了好幾天了呀！」

李大嘴道：「只要保養得好，還是可以吃的。」

「好，你吃了她也好，這想必就是燕南天那廝的弟媳婦，你吃了她，也可替杜老大出口氣。」

燕南天怒火早已升到咽喉，哪裡還忍耐得住？狂吼一聲，閃電般掠下，一腳踢開了房門。

屋子裡連聲驚呼，人影四散，李大嘴喝道：「給你吃吧！」竟舉起那棺材，直擲過來！

棺材裡香料落了一地，屍身也掉在地上。

黑暗中，只聽哈哈兒狂笑道：「好，燕南天，算你狠，居然找到了咱們，但你莫忘了，孩子還在咱們手中，只要你追出來，哼哼！哈哈！哈哈！」

燕南天身形已撲起，聽得這語聲，頹然而落，心中更是悲憤塡膺，他方才一時不能忍耐，又壞了大事。

月光自窗戶外照進來，照著地上的屍身！這是孩子的母親，那蒼白而浮腫的臉，凌亂而無光的頭髮，被慘白的月光一映，真是說不出的恐怖淒涼。

燕南天慘然道：「二弟，我對不起你，我，我！……我非但不能妥爲照顧你的孩子，甚至連……連你們的屍身……」他語聲哽咽，實已無法再說下去，他跺了跺腳，扶正棺材，俯身雙手托起那屍身，小心的放回棺材去。他熱淚盈眶，委實不忍再瞧他弟媳的屍身一眼。

他黯然閉起眼睛，喃喃道：「但願你從此安息。」

冷月，寒棺，無邊的黑暗，可怖的艷屍……

這屍身竟突然自燕南天懷中躍起！

只聽「砰！砰！砰！砰」四響！這「屍身」雙手雙腳，俱都著著實實的擊中了燕南天的身子！

燕南天縱是天大的英雄，縱有無敵的武功，無敵的機智，卻再也想不到有此一驚人的變化！

他驚呼尚未出口，左肩「中府」、右肋「靈墟」、前胸「巨闕」、腹下「沖門」四處大穴已被擊中！

這一代英雄終於仰天倒了下去！

那「屍身」已落地，咯咯大笑道：「燕南天呀燕南天，如今可知道我的手段！」

得意的笑聲中，隨手在頭上扯了幾扯，扯下了一堆亂髮。月光，照著她的臉，那不是屠嬌嬌是誰！

燈光，忽然亮起！哈哈兒、李大嘴、陰九幽、司馬煙全都現身而出，縱然是在燈光下，這幾人的模樣還是和惡鬼相差不多。

哈哈兒大笑道：「燕南天，你只當方才真是你找著咱們的麼？……哈哈，這不過是咱們的妙計而已，好教你自己送上門來。」

李大嘴怪笑道：「燕南天，你只當方才真是咱們怕了你麼？哈哈，那只不過是咱們知道你必已難逃性命，又何苦費力與你動手！」幾個人言來語去，得意的笑聲，再也停不住。

燕南天嘆息一聲，閉起了眼睛，他知道自己此番再也難逃毒手了！

只聽陰九幽道：「你們還等什麼？難道還要等他再跳起來？」

屠嬌嬌叱道：「且慢！我出力最多，要殺他，該由我來動手才是。」

陰九幽冷森森道：「若是早聽我的，他此刻早已死了，哪裡還需費這許多手腳？我瞧你們還是讓我動手吧。」

李大嘴大聲道：「不行，你們不會殺人，一個殺不好他的肉就酸了，吃不得的，自然還是該我動手才是。」

幾個人七嘴八舌，要爭著動手——能令天下第一劍客死在自己手下，自然是極大的榮耀。

七 漏網之魚

哈哈兒看了看燕南天倒下的身體，突然大笑道：「各位也莫要爭了，我有了個好主意。」

屠嬌嬌道：「你又有什麼好主意？」

哈哈兒道：「咱們若讓燕大俠痛快的死了，豈非辜負燕大俠一番美意？自然要請燕大俠慢慢的享受享受死前的滋味，也不枉燕大俠結交咱們一場。」

陰九幽不等他說完，便已喋喋笑道：「妙極！果然妙計！我正好要他嚐嚐『陰風搜魂手』的滋味，包險他直到下輩子投胎還忘不了。」

屠嬌嬌笑道：「我『銷魂美人功』的滋味，也不比你差。」

李大嘴怪叫道：「我的『刮骨刀』難道就差了麼！」

屠嬌嬌笑道：「還得請杜老大來，他的『血手鑽心』和咱們哈哈兒的『伐髓洗腦』，這兩種滋味，才真是要人難以消受的。」

哈哈兒道：「哈哈！既是如此，誰先動手？」

屠嬌嬌道：「你出的主意，你先動手吧。」

哈哈兒大笑道：「好。」

笑聲中伸出手掌，往燕南天腦後輕輕撫摸過去。

夜色更深，生龍活虎般的燕南天，已被折磨得不成人形，只要是稍有心肝的人，便不忍描述他此刻的模樣。

哈哈兒道：「哈哈，我已出手六次，現在又輪到李兄了。」

李大嘴道：「不行不行，我不出手了。」

哈哈兒笑道：「若不出手，便是認輸了。」

李大嘴怒道：「此人十成已死了九成，縱然是才出世的嬰兒打他一拳，他也活不了啦，你爲何要我出手？」

陰九幽冷冷道：「那也未必。」

李大嘴道：「好，好！既是如此，你出手吧。」

陰九幽道：「輪到我時我自會出手的。」

李大嘴怒道：「你明知已輪不到你了，你……」

哈哈兒又笑道：「兩位也莫要爭執，不妨先找咱們那萬神醫來鑑定鑑定，瞧瞧這燕南天是否已再也出不得一絲氣力。」

陰九幽冷笑道：「找誰來鑑定都無妨。」

李大嘴道：「我去找。」

片刻間他便將萬春流帶了回來，只見萬春流瘦小精悍，目光深沉，枯瘦的面目上，絕無任何表情。

他走進來後，微微點頭，便在奄奄一息的燕南天身側坐了下去。

又過了半個時辰，他總算才將燕南天由頭到腳，仔細檢查了一遍，他靈巧的手指，竟似未沾著燕南天的皮肉。

李大嘴不耐道：「此人怎樣？」

萬春流緩緩道：「此人肺經、脾經、心經、腎經、心包絡經、三焦經、膽經、肝經，俱已殘壞，十四經脈，已毀其八，此刻還能活著，已是奇蹟。」

李大嘴笑道：「你瞧怎樣？」

陰九幽道：「他只怕錯了。」

萬春流道：「武功我雖不及你，但對醫道卻有自信。」

陰九幽冷笑道：「自信？若非你那高明的醫道，開封城一夕間也不會暴死九十七人，那些人是誰害了的？你忘了麼？」

萬春流冷冷道：「我殺的人雖多，但這幾年來在此間救的人也不少，閣下剛來時，若非有萬某在這裡，只怕也活不到今日。」

陰九幽目中雖已射出火，但口中卻說不出話來，他逃來此地，確是已傷重垂危，確是萬春流救了他的性命。

「惡人谷」的確是少不了萬春流的。

哈哈兒立刻笑道：「萬神醫法眼鑑定，自是不會錯的，既是如此，你我就算不分，大家一起動手將燕南天殺了也罷。」

萬春流沉聲道：「且慢，在下正要請各位留下他的性命。」

陰九幽怒道：「你……你要救他？」

萬春流神色不動，緩緩道：「傷勢如此沉重而還不死的人，我生平還未見過，這樣的人對各位完全無用，對在下卻大有用處。」

李大嘴道：「有什麼用處？難道你也想吃他！」

萬春流道：「此人身上傷殘不下三十處，正好作爲我試驗藥草性能之用，在下若是試驗成功，對各位也大有好處。」

陰九幽冷笑道：「縱有用處，但你試驗成功，豈非也就將燕南天救活了？等到他傷勢痊癒，你就該來救咱們了。」

萬春流淡淡道：「此人縱被救活，也勢必要成殘廢、白癡，各位若要取他性命，還是隨時都可下手，又何必急在這一時？」

陰九幽哼了一聲，再不說話，司馬煙更從來未說話，只是望著哈哈兒，哈哈兒望著屠嬌嬌，屠嬌嬌笑道：「萬神醫說什麼就是什麼吧。」

萬春流冷冷道：「此人的三十處傷，最少可試出三十種藥草之性能，這三十種藥草，說不定就有一種將來能救各位的命。」

屠嬌嬌笑道：「萬神醫，你還等什麼？這燕南天從頭到腳，已全是你的。」

萬春流面上也沒有半分高興之色，淡淡道：「多謝。」自懷中取出幾粒藥丸，塞入燕南天嘴裡，讓燕南天的唾沫將之化開，然後再慢慢流下去。

突聽一陣嬰兒的啼哭聲傳了過來。

李大嘴精神一振，笑道：「對了，還有那孩子。」

哈哈兒望著陰九幽，道：「如何？」

陰九幽道：「殺！」

屠嬌嬌突然道：「慢著！」

李大嘴皺眉道：「你又有什麼事？」

屠嬌嬌道：「這孩子也殺不得！」

哈哈兒笑道：「此番倒是小屠的不是了，這孩子留下也是個禍胎，倒不如斬草除根，落個乾淨。」

屠嬌嬌也不答話，卻反問道：「我且請教各位，咱們雖然都是惡人，但世上最兇最毒最惡的人究竟是誰，各位可知道麼？」

哈哈兒大笑道：「哈哈，若論天下最惡的人，自然便得算小屠了。」

屠嬌嬌笑道：「過獎！過獎！但……」

她還未說出下面一句話，李大嘴已怒道：「她算是什麼？會玩兩手不男不女的花樣，也可算是天下最惡的人麼？哼！她連人肉都不敢吃！」

屠嬌嬌笑道：「他說我不是天下最惡的人，我完全同意，但能吃幾斤人肉就算是天下最惡的人麼？我昔年瞧見一個趕騾車的，也能吃得下幾斤人肉。」

李大嘴怒道：「以你說來，天下最惡的人是誰？」

哈哈兒道：「哈哈！對了，陰老九！」

屠嬌嬌道：「陰老九的確夠陰、夠狠、夠毒，但他的兇惡已全擺在臉上，別人一瞧就知他是惡人，已先對他提防三分。」

哈哈兒道：「如此說來，他也不算。」

屠嬌嬌笑道：「自不算的，除非他能學到笑裡藏刀的本事，要能在一面嘴裡叫哥哥，一面在腰裡掏傢伙……」

哈哈兒道：「笑裡藏刀……哈哈！小屠在說我了。」

屠嬌嬌笑道：「不錯！哈哈兒生得一副彌陀佛的模樣，當真是誰也瞧不出他是惡人，他就算將人賣了，別人還不知是被誰賣的。」

哈哈兒拍掌大笑道：「妙極妙極，我若真是天下最兇最惡之人，倒也不錯，只可惜我一瞧見杜老大就害怕，看來還是他比我惡得多。」

哈哈兒瞧了司馬煙一眼，道：「對了，還有司馬兄，哈哈，『穿腸毒藥劍，殺人如搗蒜』，這句話江湖中又有誰不知道？」

司馬煙微微笑道：「小弟在江湖中雖也薄有惡名，但在『十大惡人』面前，小弟卻是麻繩穿豆腐，提也提不起的。」

屠嬌嬌道：「是呀，『十大惡人』中，還有五個呢？」

司馬煙笑道：「但以小弟看來，那五位也未必能比這五位惡多少，尤其是那位『狂獅』鐵戰，嚴格說來，根本就不能名列『十大惡人』之一。」

屠嬌嬌道：「狂獅若是狂起來，當真是六親不認，見人就打，就連他的兒子，都被逼得非和他打一場不可，但真被打死，卻沒有半個，何況，他還有不狂的時候。」

哈哈兒笑道：「狂獅不行，那『迷死人不賠命』蕭咪咪又如何？我瞧就算『二十四孝』中的孝子若是被她迷上，也會把老子老娘全都賣了的。」

屠嬌嬌道：「蕭咪咪的迷湯工夫雖到家，但真被她迷上的，也不過都是些十七十八二十來歲的毛頭小伙子，她若遇見李大嘴，還不是一口將她吃了。」

李大嘴冷冷道：「半男半女的人，她自然是迷不上的。」

哈哈兒趕緊道：「這也不是，那也不是，天下最兇最毒最惡的人，究竟是誰？難道是大廟裡的老和尚不成？」

屠嬌嬌笑道：「咱們這些人，論兇、論毒、論惡，大家都差不多，誰也別想強過誰，所以說，到目前爲止，世上還沒有一個人能算是最惡的！」

李大嘴道：「哼！說了半天，原來是廢話。」

屠嬌嬌也不理他，自管接著道：「現在雖沒有，但馬上就要有了。」

這句話說出來，每個人竟忍不住問道：「誰？」

屠嬌嬌眼珠一轉，緩緩道：「就是那正在哭的孩子。」

這句話說出來，每個人又不禁爲之一愣。

李大嘴終於哈哈大笑道：「你說他是天下最兇最惡的人？……哈哈，嘻嘻！嘿嘿！……吓！」

屠嬌嬌還是不理他，還是自管接著道：「這孩子現在是什麼都不懂，咱們告訴他什麼，他就聽什麼，咱們若說烏鴉是白的，他也不會說不是，是麼？」

李大嘴道：「哼！又是廢話！」

屠嬌嬌道：「他從小跟著咱們，眼睛瞧見的，都是咱們做的事，耳朵聽見的，都是咱們說的話，他長大了不但是大壞蛋，而且是世上最大的壞蛋！你們不妨想想，他若將這『惡人谷』中每個人的壞花樣全學會了，世上還有誰能比他更兇、更毒、更惡！」

哈哈兒笑道：「這樣的人，只怕連鬼見了都要害怕。」

屠嬌嬌道：「這就對了，連鬼見了都怕的人，若是到了江湖中去，又當如何？」

哈哈兒拍掌大笑道：「哈哈！那不搞得天下大亂才怪。」

屠嬌嬌緩緩道：「正是要搞得天下大亂，咱們被人逼到這裡，誰沒有一肚子氣？這孩子正是天賜給咱們，要他來爲咱們出氣的！」

聽到這裡，就連陰九幽面上也不禁泛起一絲笑容，點著頭道：「好主意！」

哈哈兒更是笑得前仰後合，不禁拍掌道：「哈哈！除了小屠外，還有誰能想出這麼好的主意！」

於是「惡人谷」中就多了個小孩子。每個人都將他喚作：「小魚兒！」

因爲他的確是條漏網的小魚。

八 近墨者黑

小魚兒漸漸長大了。

小魚兒最最親近的人，有杜伯伯、笑伯伯、陰叔叔、李叔叔、萬叔叔，還有位叔叔，哦！不對，屠姑姑。

小魚兒就是跟著這些人長大的，他跟每個人過一個月——一月是杜伯伯，二月是笑伯伯，三月是陰叔叔……

這樣到了七月，就又跟杜伯伯。

小魚兒跟著杜伯伯時最規矩。這位一隻手斷了的杜伯伯，臉上從來沒有笑容，他教小魚兒武功時，小魚兒只要有一招學慢了，屁股就得吃板子，小魚兒屁股本來常常腫，但到後來腫的次數卻愈來愈少了。

小魚兒跟著笑伯伯時最開心。這位笑伯伯不但自己笑，還要他跟著笑，最苦的是，小魚兒屁股腫著時，笑伯伯也逼著他笑，不笑不行。

小魚兒跟著陰叔叔時最害怕。

這位陰叔叔的身上好像有股寒氣，就是六月天，小魚兒只要在他身旁，就會從心裡覺得發冷。

小魚兒跟笑伯伯一個月，連臉上的肉都笑疼了，跟著陰叔叔正好趁機休息休息。就算心裡有最開心的事，但只要一見陰叔叔，再也笑不出了，見著陰叔叔，沒有人笑得出的。

小魚兒跟著李叔叔時最難受。這位李叔叔總是在他身上亂嗅，嗅得他全身不舒服。

小魚兒跟著屠姑姑時最奇怪。這位屠「姑姑」忽然是男的，忽然又會變成女的，他實在弄不清這究竟是「姑姑」？還是「叔叔」？

最特別的時候，是跟著萬叔叔。

這位萬叔叔臉上雖也沒有笑容，但卻比那杜伯伯看起來和氣得多了，說話也沒有那麼難聽。

但這位萬叔叔卻總是餵小魚兒吃藥，還將小魚兒整個泡在藥水裡，這卻令小魚兒有些受不了。

萬叔叔的屋子裡，還有位「藥罐子」叔叔。

這位「藥罐子」叔叔，像是木頭人似的，坐在那裡不動，每天只是吃藥，吃藥，不斷的吃藥。

他吃的藥實在比小魚兒還多幾十倍，小魚兒對他非常同情，只因為小魚兒自己深知吃藥的苦。

只是這位「藥罐子」叔叔從來不訴苦——他根本從來沒有說過話，他甚至連眼睛也張不開似的。

此外，還有許多位叔叔伯伯，有一個會捏泥人的叔叔，小魚兒本來很喜歡他，但有一天，突然不見了。

小魚兒到處找他不著，他去問別人，別人也不知道，他去問屠姑姑，屠姑姑卻指著李叔叔的肚子說：「在李大嘴的肚子裡。」

一個人怎會在李叔叔的肚子裡？小魚兒不懂。

其實李叔叔也失蹤過一次。

那天李叔叔大叫大嚷道：「我憋死了，我受不了！」

然後他就失蹤了。

但過了半個月，他卻又從谷外回來，只是回來時已滿身是傷，簡直差一點就沒有命了。

小魚兒五歲還不到時，有一天，杜殺將他帶到屋子裡，屋子裡有一條狗，杜殺給他一把小刀。

小魚兒很奇怪，忍不住問道：「刀……做什麼用呢？」

杜殺道：「刀是用來殺人的，也是殺狗的！」

小魚兒道：「還可以用來切菜，切紅燒肉，是麼？」

杜殺冷冷道：「這不是切菜的刀。」

小魚兒道：「我不要這把刀，我要切菜的刀……」

杜殺道：「莫要多話，去將這條狗殺了！」

小魚兒道：「這狗若不聽話，打牠屁股好了，何必殺牠？」

杜殺怒道：「叫你殺，你就殺！」

小魚兒簡直要哭了，道：「我……不要……」

杜殺道：「你不殺了？好！」

突然出了屋子，「喀嚓」一聲，把門反扣起來。

小魚兒大嚷道：「杜叔叔，讓我出去……我要出去！」

杜殺卻在門外道：「殺了狗才准出來。」

小魚兒叫道：「我殺不了牠，我打不過……」

杜殺道：「你打不過牠，就讓牠吃了你也罷。」

小魚兒在裡面哭，在裡面叫，他哭腫了眼睛，叫破了喉嚨也沒人理他，杜殺像是根本走開了。

小魚兒也不哭了。

小魚兒只有瞪著那隻狗瞧，那隻狗也在瞧他，這隻狗雖不大，但樣子卻兇得很，小魚兒實在有些害怕。

他握著刀，動也不敢動，過了很久很久，他肚子「咕咕」叫了起來，那狗也「汪汪」叫了起來，他才記起還沒吃過晚飯。

他餓得發慌，莫非那狗也餓得發慌？

小魚兒道：「小狗小狗，你莫要叫，我也沒有吃。」

那狗卻叫得更厲害，一條紅舌頭，不住往小魚兒這邊伸過來，小魚兒更害怕，握緊了刀，道：「小狗小狗，我餓了不想吃你，你餓了可也不准想吃我。」

那狗「汪」的一聲，撲了過來。

小魚兒大叫道：「我的肉不好吃……不好吃……」

杜殺負手站在門外，只聽那狗吠聲愈來愈響，愈來愈淒厲，但突然間，什麼聲音都沒有了。

又過了半晌，杜殺緩緩開了門。只見小魚兒手裡握著刀，趴在地上，也像是隻小狗似的，他滿身是血，狗也滿身是血。

只是他還活著，狗卻已死了。

小魚兒在萬春流處養了半個月的傷，才能走路，他臉上本已有條傷痕，此刻身上又添了許多。

過了幾天，杜殺又將他找去，還是將他關到那屋子裡，屋裡又有條狗，但卻比那條大了許多。

杜殺道：「那柄刀你可帶著？」

小魚兒只是點頭，臉都白了，也說不出話。

杜殺道：「好！將這狗也殺了！」

小魚兒道：「但這狗……好……好大。」

杜殺道：「你害怕麼？」

小魚兒拚命點頭，道：「怕……怕的。」

杜殺怒道：「沒出息！」

突又轉身走了出去，「喀嚓」一聲，又將門反扣上。

過了許久，門裡狗又叫得厲害，叫了盞茶功夫，便又無聲音，杜殺開了門，狗死了，小魚兒還活著。

這次他雖也滿身是血，但卻已能站在那裡，眼睛裡雖有眼淚，但卻咬著嘴唇，大聲道：「我又殺了牠，十七刀。」

杜殺道：「你還怕不怕？」

小魚兒道：「狗死了，我當然不怕了，但剛剛……」

杜殺道：「你方才怕又有何用？你害怕，我還是要你殺牠，你害怕，牠還是要吃你，這道理你明白不明白？」

小魚兒點頭道：「明白了。」

杜殺道：「你可知道你怎會受傷？」

小魚兒垂下了頭，道：「因爲我害怕，所以不敢先動手。」

杜殺道：「既是如此，你下次還怕不怕？」

小魚兒握緊拳頭，道：「不怕了。」

杜殺瞧著他，嘴角又泛起一絲微笑。

這一次小魚兒傷就好得較快了，但他的傷一好，杜殺就會又將他關到那屋子裡去，屋子裡的狗也愈來愈兇，愈來愈大。

但小魚兒受的傷卻愈來愈輕，好得也愈來愈快。

到第六次，杜殺開了門——

屋子裡已不再是狗。

屋子裡已是條小狼！

於是小魚兒又躺到床上，吃藥，不斷的吃藥。

有一天，哈哈兒來了，小魚兒想笑，但笑不出。

哈哈兒笑道：「小魚兒果然還躺在這裡，哈哈，狼果然是不吃小魚的。」

小魚兒道：「笑伯伯，你莫要生氣好麼？」

哈哈兒道：「生什麼氣？」

小魚兒道：「我實在想笑的，只是……我一笑全身都疼，實在笑不出。」

哈哈兒大笑道：「傻孩子，告訴你，笑伯伯我在笑的時候，身上有時也在疼的，但我身上愈疼，就笑得愈兇。」

小魚兒眨了眨眼睛，道：「爲什麼？」

哈哈兒道：「你可知道，笑不但是靈藥，也是武器……最好的武器，我簡直從未發現過一樣比笑更好的武器。」

小魚兒睜大眼睛，道：「武器……笑也能殺狼麼？」

哈哈兒道：「哈哈，不但能殺狼，還能殺人！」

小魚兒想了想，道：「我不懂。」

哈哈兒道：「你可知道你爲什麼每次都受傷？」

小魚兒道：「我不知道，我……我已不害怕了，真的已不害怕了，這大概是因爲我功夫不好，不能一刀就將牠殺死。」

哈哈兒道：「你為什麼不能一刀就將牠殺死？」

小魚兒道：「因為我的功夫……」

哈哈兒笑道：「不是因為你的功夫，而是因為你沒有笑，那些狗，那些狼，雖然不會說話，但也是懂事的，你一走進屋裡，牠們就知道你對牠們沒有懷好意，就在提防著你，所以縱然先下手，也沒有用。」

小魚兒聽得眼睛都圓了，不住點頭道：「對極了。」

哈哈兒大笑道：「所以下次你進屋子時，無論見著的是狼是狗，甚至是老虎都沒關係，你臉上都要堆滿笑，讓牠以為你對牠沒有惡意，只要牠不提防你，將你當作朋友，你就可一刀殺死牠！這道理雖然簡單，但卻最是有用了。」

小魚兒道：「那麼以後我就不會受傷了？」

哈哈兒道：「正是，無論是狼是狗，還是人，都不會傷害一個對他全無惡意的人的，你只要笑，不停的笑，直到你已將刀插進他身子，還是在笑，讓他到臨死前還不曾提防你，那你就不會受傷了。」

小魚兒道：「但……但這是不是不夠英雄？」

哈哈兒大笑道：「傻孩子，牠既要殺你，你就該先殺牠，你既然一定要殺牠，用什麼手段，豈非都是一樣麼？」

小魚兒展顏笑道：「不錯！我懂了。」

哈哈兒大笑道：「好孩子！哈哈！這才是好孩子。」

小魚兒果然不再受傷了。

他已殺了五條狗、四隻狼、兩隻小山貓、一條小老虎，他身上的傷疤，數一數已有二十多條。

這時他才不過六歲。

有一天，他突然問屠嬌嬌：「屠姑姑，別人都說你是個非常非常聰明的人，你究竟是不是？」

屠嬌嬌嘻嘻笑道：「這是誰說的？……但那人可真說對了。」

小魚兒道：「你是不是有許多稀奇古怪的東西？」

屠嬌嬌笑道：「你這小鬼，在轉什麼鬼心思？」

小魚兒眨著眼睛，道：「假如我替你出氣，你肯不肯送件稀奇古怪的東西給我？」

屠嬌嬌道：「我要你這小鬼出什麼氣？」

小魚兒笑道：「我看李叔叔總是惹你生氣，但你卻對他沒法子……」

屠嬌嬌驚笑道：「難道你這小鬼已有法子對付他？」

小魚兒點頭笑道：「嗯。」

屠嬌嬌道：「你有什麼法子？」

小魚兒道：「只要屠姑姑你先給我一種藥就行了。」

屠嬌嬌道：「藥?你不去找萬春流要，反來找我要?」

小魚兒道：「這種藥他是沒有的，但屠姑姑你卻一定有。」

屠嬌嬌搖頭笑道：「你這小鬼，簡直把我都弄糊塗了，好!什麼藥，你說吧!」

小魚兒笑道：「臭藥，愈臭愈好。」

屠嬌嬌瞧了他半天，突然大笑道：「小鬼，我知道了。」

小魚兒瞪大了眼睛道：「你知道?」

屠嬌嬌笑道：「小鬼，你瞞得過別人，還瞞不過我。你討厭李大嘴香你，就想弄包臭藥藏在身上，讓他嗅嗅，但卻又有些怕他，所以就繞著圈子，把我也繞進去，這樣你不但有了靠山，還可以向我討好賣乖。」

小魚兒臉有些紅了，笑道：「屠姑姑果然聰明。」

屠嬌嬌道：「你也不笨呀。」

小魚兒道：「但我比起姑姑來……」

屠嬌嬌笑道：「小魚兒，你也不想想你現在才幾歲?到你有我這麼樣的年齡時，那還得了……可愛的孩子，總算姑姑我沒有白疼你。」

小魚兒低著頭，道：「那藥……」

屠嬌嬌笑道：「藥自然有的，足可臭得死人。」

李大嘴再也不敢在小魚兒身上亂嗅了——他足足吐了半個時辰，足足有一天一夜吃不下東西。

第二天，他一把抓住小魚兒，道：「臭魚兒，那藥可是屠嬌嬌給你的？」

小魚兒只是嘻嘻的笑。

李大嘴恨恨道：「你不怕我吃了你？」

小魚兒笑嘻嘻道：「臭魚兒的肉不好吃。」

李大嘴笑罵道：「好！小鬼，我也不吃你，也不打你，只要你也去整那屠嬌嬌一次，我還有件好東西給你！」

小魚兒道：「真的？」

李大嘴道：「自然是真的。」

到了黃昏時，小魚兒和屠嬌嬌一起吃飯，桌上有碗紅燒肉，小魚兒拚命將肉往屠嬌嬌碗裡挾，笑道：「這是姑姑最喜歡吃的菜，姑姑多吃些。」

屠嬌嬌笑道：「小鬼，你倒會拍馬屁。」

小魚兒道：「姑姑對我好，我自然要對姑姑好。」

屠嬌嬌道：「你怎地不吃？」

小魚兒道：「我捨不得吃。」

屠嬌嬌笑道：「傻孩子，有何捨不得？這又不是什麼特別好的東西。」

小魚兒眨了眨眼睛，道：「但這碗肉特別好。」

屠嬌嬌道：「爲什麼？」

小魚兒道：「這碗肉是我特別從李叔叔那裡拿來的，聽說是……」

他話未說完，屠嬌嬌臉已白了，道：「這……這就是昨天他殺的……」

小魚兒滿臉天使般的笑容，點頭道：「好像是的。」

屠嬌嬌道：「你……你這小鬼……」

話未說完，已一口吐了出來。

她也足足吐了半個時辰，也足足有一天不想吃飯。

杜殺住的地方，在「惡人谷」的邊緣，他屋後便是荒山——他屋子裡其實也和荒山相差無幾。

就連他的臥室裡，都絕無陳設，可說是「惡人谷」中最最簡陋的屋子。小魚兒每次從屠嬌嬌的屋子裡，走到他屋子裡總覺得特別不舒服，更何況他屋子裡總有個吃人的野獸在等著，但小魚兒不來卻又不行。

這一天，小魚兒又搖搖擺擺的來了。杜殺筆直地坐在屋角，動也不動，他那一身雪白的衣衫，在陰暗的屋子裡看來，就好像是雪堆成的。小魚兒每次來，都瞧見杜殺這樣坐著，姿勢從來未曾改變過，小魚兒每次走到他面前，都不敢說話。

杜殺冷冷瞧著他，瞧了半晌，突然問道：「聽說你有個小小的箱子？」

小魚兒低著頭，道：「嗯。」

杜殺道：「聽說你箱子裡有不少好東西？」

小魚兒道：「嗯。」

杜殺道：「聽說你箱子裡的東西已愈來愈多了？」

小魚兒道：「嗯。」

杜殺道：「有什麼東西，說出來！」

小魚兒也不敢抬頭，囁嚅著道：「有……有一包很臭的藥，有一根可長可短的棍子，還可打出許多釘子，還有一瓶藥可以把人的骨頭和肉都化成水，還有……」

杜殺冷冷截口道：「這些東西，可都是屠嬌嬌和李大嘴給你的？」

小魚兒道：「嗯。」

杜殺道：「聽說他兩人都已上過你不少次當了，你拿了屠嬌嬌的東西，就去害李大嘴，拿了李大嘴的，就去害屠嬌嬌，是麼？」

杜殺道：「你不怕他們一怒之下殺了你？」

小魚兒道：「我……我本來也怕的，但我後來發現，我愈壞，害得他們愈兇，他們就愈高興，尤其是屠姑姑，她有時根本就是故意被我害的。」

杜殺又凝目瞧了他半晌，突然長身而起，道：「隨我來！」還沒走近那間可怕的屋子，小魚兒已聽見一陣陣吼聲，令人聽得忍不住要毛骨悚然的吼聲。

小魚兒失聲道：「是隻大老虎？」

杜殺道：「哼！」

將門開了一線，叱道：「快進去！」

小魚兒拔出了刀，硬著頭皮，走了進去。杜殺負手站在門口，他有種本事，可以站上四五個時辰都不動。

但這一次，小魚兒進去不久，虎吼聲就沒有了。過了半晌，便聽得小魚兒輕喚道：「杜叔叔，開門！」

杜殺奇道：「如此之快？」

小魚兒道：「這還不是杜叔叔教給我的本事。」

杜殺道：「哼！」將門開了一線。

突聽一聲虎吼，一隻斑斕猛虎直撲了過來！

杜殺委實做夢也未想到自那裡出來的是猛虎而非小魚兒，大驚之下，閃得慢了些，肩竟被虎爪抓破條血口。

那餓虎嗅得血腥氣，性子更猛，一撲後又是一剪，變化之快，竟比武林高手之變招還快幾分，聲勢之猛，更非普天下任何招式與之能比擬，只聞滿室腥風大作，斑爛虎影流動，但「血手」杜殺又是何等人物？身法雖緩不亂，擰身一躍，已掠上虎背，百忙中竟還不忘放聲呼道：「小魚兒，你可受傷了？」

猛虎未死，死的自然是小魚兒了。

哪知卻聽小魚兒嘻嘻笑道：「小魚兒沒有受傷，小魚兒在這裡。」

杜殺不由自主回頭一望，只見屋樑上笑嘻嘻地坐著個梳著沖天小辮的孩子，嘴裡還在嚼著半個蘋果。

一時間杜殺也不知道是驚是怒，微一疏神，那猛虎乘勢一掀，竟將他身子掀得滾下虎背。

小魚兒輕呼道：「杜伯伯，小心！」

呼聲中，那猛虎已翻過身子，向杜殺直撲而下。這一撲似是十拿九穩，杜殺似是再也逃不過虎爪，哪知他身子一縮，竟自虎腹下竄出，左手向上一抬！只聽一聲淒厲斷腸的虎吼，鮮血就像是雨點般四下飛濺出來，那猛虎左衝右撞，突然倒地，不會動了。

四面的牆，到處都染滿血花，到處都被撞得一塌糊塗，杜殺站起來時，左邊已成了半個血人。原來他左手被燕南天齊腕折斷後，便裝上個鋒利的鋼鉤，方才他便是以這隻鋼鉤，洞穿了虎腹。

小魚兒手裡的半個蘋果也駭掉了，手拍著胸口，吐著舌頭道：「好厲害，嚇死我了。」

杜殺木立當地，注視著他，面上既不動怒，也未生氣，簡直全無絲毫表情，只是冷冷的道：「下來。」

小魚兒兩隻手抓著屋樑，一溜就跳了下來，笑嘻嘻道：「老虎雖厲害，杜伯伯更厲害。」

杜殺道：「叫你殺虎，你爲何不殺？」他半邊臉染著鮮血，半邊臉蒼白如死，在這腥風未息虎屍狼藉的屋子裡，那模樣教人看來委實恐怖。

但小魚兒竟似完全不怕，眨著眼睛笑道：「杜伯伯總是要小魚兒殺虎，小魚兒總想瞧瞧杜伯伯殺虎的本事。」

杜殺道：「你想害我？」他左邊臉上的虎血已自凝成紫色，右邊臉卻愈來愈青，地獄中的魔鬼若來和他比比，可怕的一個必定是他。

小魚兒卻笑嘻嘻地瞧著他的臉，笑道：「小魚兒怎敢害杜伯伯？老虎是杜伯伯抓來的，杜伯伯怎會殺不了老虎……這道理小魚兒早就懂了。」

杜殺冷冷望著他，久久沒有說話。他簡直已說不出話。

盛夏，在這陰冥的崑崙山谷裡，天氣雖不炎熱，但太陽照在人身上，仍使人覺得懶洋洋的。

正午，是陽光能照進「惡人谷」的唯一時候，幸好「惡人谷」中的人本就不喜歡陽光，太陽露面的時候愈少愈好。一隻貓懶懶地在屋頂上曬太陽，一隻蒼蠅懶懶地飛過……這就是盛夏正午時，「惡人谷」中唯一在動的東西。但就在這時，谷外卻有個人飛奔而來。

他身後幾百丈外都沒有人，但他卻似背後附著鬼似的，雖已跑得上氣不接下氣，仍不敢停下來歇歇。他輕功倒也不弱，只是氣力十分不濟，像是因爲連日來奔波勞碌，又像是因爲已有許久未吃飯了。

他長得倒也不難看，只是臉當中卻生著個大大的鷹鉤鼻子，教人一瞧他，就覺得討厭。他身上衣衫本極華麗，而且顯然是裁縫名手裁成的，但此刻卻已變得七零八落，又髒又臭。

太陽照著他的臉，一粒粒晶亮的汗珠，沿著他那鷹鉤鼻子流下來，流進他的嘴，他也似全無感覺。直到瞧見了「惡人谷」三個字，他才透了口氣，但腳下卻跑得更快，筆直跑進了那條青石板的街道。

陽光照得屋頂上閃閃發光，每間屋子的門窗都是關著的，瞧不見一個人，聽不到一絲聲音。這人顯然也大爲奇怪，東瞧西望，提心吊膽地一步步走過去，又想呼喚兩聲，卻又有些不敢。

突聽左面屋簷下有人輕喚道：「喂！」

聲音雖不大，但這人卻當真嚇了一跳，本已蒼白的臉色更白了——驚弓之鳥，聽見琴弦的聲音都害怕的。他扭過頭望去，只見屋簷的陰影，擺著張竹椅，一個十三、四歲的少年，瞇著眼斜臥在那裡。這少年赤著上身，身上橫七豎八，也不知有多少傷疤，他臉上有條刀疤幾乎由眼角直到嘴角。

他滿頭黑髮也未梳，只是隨隨便便地打了個結，他伸直了四肢，斜臥在竹椅上，像是天塌下來都不會動一動。但不知怎地，這又懶，又頑皮，又是滿身刀疤的少年，身上卻似有著奇異的魅力，強烈的魅力。尤其他那張臉，臉上雖有道刀疤，這刀疤卻非但未使他難看，反使他這張臉看來更有種說不出的吸引力。這又懶，又頑皮，又滿是刀疤的少年，給人的第一個印象，竟是個美少年，絕頂的美少年。

鷹鼻漢子瞧了他一眼，竟瞧得呆住了——男人瞧他已是如此，若是女孩子瞧見他，那還得了？

這少年似乎想招招手，卻連手也懶得抬起，只是笑道：「你發什麼呆？過來呀。」

鷹鼻漢子果然不由自主地走了過去，輕咳一聲，陪笑道：「小哥你好。」

少年笑道：「你認不認得我？」

鷹鼻漢子道：「不……不認得。」

少年道：「你不認得我，為何要問我好？」

鷹鼻漢子怔了怔，訥訥道：「這……這……」

少年哈哈笑道：「告訴你，我叫小魚兒，你呢？」

那鷹鼻漢子終於挺了挺胸，道：「在下『殺虎太歲』巴蜀東。」

小魚兒嘻嘻笑道：「殺虎太歲……嗯，這名字不錯，你殺過幾隻老虎呀！」

巴蜀東又是一怔，道：「這……這……」

小魚兒大笑道：「我殺過好幾隻老虎，都未叫『殺虎太歲』，你一隻老虎未殺，卻叫『殺虎太歲』，這豈非太不公平了麼？」

巴蜀東愣在那裡，簡直哭笑不得，若非這裡就是「惡人谷」，這小魚兒若非在「惡人谷」中，他早已砍下他的腦袋。

小魚兒道：「瞧你這樣害怕，你得罪的人，必定來頭不小，武功不弱，那廝竟是些什麼人？你也說來聽聽。」

巴蜀東沉吟半晌，終於道：「我得罪的人可不只一個，那其中有『江南雙劍』丁家兄弟、『病虎』常風、『江北一條龍』田八……」

小魚兒笑道：「我當是誰呢，原來是這些人……這些人的名字我倒也都聽過，但卻都也沒有什麼太了不起……」

巴蜀東咬了咬牙，道：「這些人縱然沒什麼了不起，但其中還有一人，卻當真可說是人人見了，人人頭疼。」

小魚兒道：「那莫非是大頭鬼麼？」

巴蜀東不理他，自言接道：「提起此人，在今日江湖中當真是大大有名。」

小魚兒道：「他叫什麼？」

巴蜀東道：「小仙女張菁。」

小魚兒笑道：「小仙女？……聽這名字，她該是個小美人兒才是，別人見了喜歡還來不及，又怎會頭疼？」

巴蜀東咬牙道：「這丫頭長得雖不錯，但心腸之狠，手段之毒，下手之辣，縱是昔年之『血手』杜殺，也未必比得上她！」

小魚兒道：「哦，有這樣的人？」

巴蜀東牙齒咬得吱吱響，接道：「我五個兄弟，在一夜之間全被她殺了，『虎林七太歲』，到如今只剩下巴某一個。」

小魚兒笑道：「這樣的人，我倒真想瞧瞧。」

巴蜀東道：「你瞧見她時，便要後悔了。」

小魚兒道：「你再說說，你是怎麼得罪他們的？」

巴蜀東怒道：「你問的事怎地如此多？」

小魚兒笑道：「這是規矩。」

巴蜀東瞪著眼睛愣了半晌，終於笑道：「好，我說，只因我兄弟將昔年『三遠鏢局』總鏢頭『飛花滿天，落地無聲』沈輕虹的寡婦和妹妹姦了。」

九　青出於藍

小魚兒望了巴蜀東一眼道：「這也算壞事嗎？……嘿，這種壞事簡直只有趕騾車的粗漢才會做的。」

巴蜀東怒道：「不錯，這本算不得什麼，但那沈輕虹昔年雖然丟了鏢銀，自己雖也失蹤，但江湖中人對他的寡婦和妹妹卻尊敬得很，所以……」

小魚兒搖頭笑道：「無論你怎樣說，假如你做的只是這種見不得人的壞事，你還不夠資格進『惡人谷』，除非……」

「除非怎樣？」

小魚兒笑道：「除非你先孝敬兩樣稀奇之物給我。」

巴蜀東道：「我來得如此匆忙，哪有什麼稀奇之物？」

小魚兒道：「你若沒有東西，就露兩手成名的絕技給我瞧瞧。」

巴蜀東氣得臉上顏色都變了，怔了半晌，跺腳道：「好！」

他伸手一抄，便已自腰間抽出柄緬鐵軟刀，迎風抖得筆直，刀光閃動，「唰，唰，唰」露了三招。

這三招果然是他成名絕技，號稱「殺虎三絕手」，刀法果然是乾淨俐落，又快又穩又狠！

小魚兒卻搖頭笑道：「這也算是絕技麼……這簡直和你做的事一樣，完全見不得人，我看，你若想進『惡人谷』還得另想法子。」

巴蜀東道：「還……還有什麼法子？」

小魚兒眨了眨眼睛，笑道：「我看你只有跪在地上，向我磕三個響頭，喊我三聲『小祖宗』，然後雙手將這把刀送給我。」

巴蜀東道：「這也是規矩？」

小魚兒道：「不錯，這也是規矩。」

巴蜀東嘶聲道：「我……我從未聽過『惡人谷』有這樣的規矩。」

小魚兒笑道：「誰說這是『惡人谷』的規矩？」

巴蜀東又怔住了，道：「那……那麼這……」

小魚兒笑嘻嘻道：「這是我的規矩。」

巴蜀東氣得連身子都抖了起來，突然大喝道：「好，給你！」

一刀向小魚兒砍了下去！

哪知這方才連手指都懶得動的小魚兒，此刻卻真像是魚似的，輕輕一動，整個人都滑了出去。

巴蜀東這一刀雖快如閃電，卻劈了個空。

「喀嚓」一聲，那竹椅已被他生生砍成兩半。

巴蜀東大驚，只聽身後有人笑道：「我在這裡，你瞧不見麼？」

巴蜀東猛一翻身削去，哪知身後還是空空的，那笑聲卻從屋簷上傳了下來，嘻嘻笑道：「別著急，慢慢來，我在這裡。」

巴蜀東氣得簡直快瘋了，正待再撲上去。

突聽一人大呼道：「那邊的是巴二弟麼？」

一人大步奔來，只見他也和巴蜀東差不多年齡，四十出頭，不到五十，但身法卻比巴蜀東輕靈得多。

他身子瘦長，嘴角下垂，生得一臉兇狠之相，但右邊的袖子卻是空蕩蕩的束在腰裡，右臂竟已斷去。

巴蜀東瞧了兩眼，大喜呼道：「悶雷刀宋三哥，你！你果然在這裡！可找死小弟了……小弟此番正是投奔三哥來的。」

小魚兒笑道：「原來你們兩把刀是朋友。」

巴蜀東瞧見他，臉色立刻又變了，恨聲道：「宋三哥，這小鬼……」

話未說完，已被宋三一把抵了開去，笑道：「二弟既來了，我就先帶你去見見……」

小魚兒嘻嘻笑道：「慢來慢來，你要帶他走，也可以，但叫他先賠我的椅子來再說。」

巴蜀東怒道：「你……」

一個字出口，又被宋三截住，笑道：「自然自然，椅子自然要賠的，卻不知如何賠法？」

小魚兒笑道：「瞧在你面上，就叫他拿刀充數吧。」

巴蜀東怒喝道：「這把破竹椅子，也要我寶刀……」

話未說完，手中刀已被宋三搶了去，交給小魚兒。巴蜀東還想說話，但宋三卻拉了他就跑。

兩人走出很遠，宋三方自嘆道：「二弟你怎地一入谷就得罪了那小魔星？」

巴蜀東又驚又奇，道：「三哥爲何如此怕他？」

宋三苦笑道：「豈只我怕他？這谷中誰不怕他？這幾年來，這小魔星可真使人人的頭都大了三倍，誰若得罪了他，不出三天，準要倒楣。」

巴蜀東驚得目瞪口呆，道：「這小鬼有如此厲害？」

宋三嘆道：「二弟，不是我說，你栽在這小鬼手上，可一點也不冤，你且想想，這『惡人谷』中可有一個好處的？他小小年紀，就能在『惡人谷』中稱霸，他是怎樣的人，他有多厲害，你總可知道了。」

巴蜀東訥訥道：「不能相信……小弟簡直不能相信。」

突然觸及宋三那條空空的衣袖，忍不住又道：「三哥這……這難道也是……」

宋三苦笑道：「這雖不是他，也和他有些關係。」

他長嘆一聲，俯首望著斷臂，接道：「這正是他入谷那日斷去的，十四年，已有十四年了，燕南天那麼厲害的身手，若非我當機立斷，只怕已活不到今日。」

巴蜀東失聲道：「燕南天？這小鬼是燕南天的……」

突然慘呼一聲，撲地跌倒，背後已赫然多了個碗大的血洞，鮮血湧泉般往外流了出來。

宋三大駭轉身，只見一人鬼魅般站在身後，一身慘灰色的衣服，飄飄盪盪，一雙黑黝黝的眼睛，深不見底。

宋三面色慘變，顫聲道：「陰……陰公，你……」

陰九幽齜牙一笑，陰森森道：「在本谷之中，誰也不准提起小魚兒和姓燕的事，你忘了。」

宋三道：「我……我還未來得及向他說。」

陰九幽獰笑道：「你還未來得及說，我便已宰了他，你不服是麼？」

宋三身子直往後退，道：「我……我……」

身子突然跳了起來，跳起兩丈高，筆直摔在地上，身子雖全無傷痕，但卻再也不能動了！

就在他方才站著的地方，此刻卻站著個笑瞇瞇的老太婆，手拄著枴杖，佝僂著身子，笑瞇瞇道：「陰老九現在怎地也慈悲起來了？這廝方才說這一句話，你已該將他宰了的，為何到現在還不動手？」

陰九幽道：「我正要留給你。」

那老太婆笑道：「留給我？我許久沒殺人，怕我手癢麼？」

陰九幽冷冷道：「我要瞧瞧你那銷魂掌可有進步？」

那老太婆咯咯笑道：「進步了又怎樣？你也想銷魂銷魂？」她蒼老的語聲，突然變得柔媚入骨。這赫然正是屠嬌嬌的聲音。

屠嬌嬌笑道：「我問你，這兩人方才說話的時候，那小鬼頭在哪裡？他可聽見了麼？」

陰九幽道：「你不知道，我怎會知道？」

突聽小魚兒的笑聲遠遠傳了過來，笑著道：「醋罈子，皺鼻子，娶個老婆生兒子，兒子兒子沒鼻子……」

屠嬌嬌笑道：「老西又倒楣了，小鬼又找上了他。」

陰九幽道：「他既在老西那裡，想必不會聽到。」

突又聽得一人笑道：「兩位在這裡說話，卻有一男一女，一人一鬼──兩個加在一起，竟變成了四個，你說奇怪不奇怪？」

屠嬌嬌頭也不回，笑道：「李大嘴，這裡有兩個死人，還堵不住你的嘴麼？」

李大嘴笑道：「死在你兩人手下的，我還沒胃口哩。」

陰九幽道：「你倒可是也要去杜老大處？」

李大嘴道：「正是要去的，哈哈兒突然要咱們聚在一起，不知又要搞什麼鬼？」

三個人一起走向杜殺居處，但彼此間卻都走得遠遠的，誰也不願意接近到另外那人身旁一丈之內。

杜殺還是坐在角落裡，動也不動。

人都已來齊了，哈哈兒道：「哈哈，哈哈，咱們許久未曾如此熱鬧了。」

陰九幽冷冷道：「我最恨的就是熱鬧，你將我找來，若沒話說，我……」

哈哈兒趕緊拱手，截口笑道：「莫駭我，我膽子小。」

屠嬌嬌道：「你找咱們來，莫非爲了那小魚兒？」

哈哈兒道：「哈哈，還是小屠聰明。」

陰九幽道：「爲了那小鬼？爲那小鬼有什麼好談的？你們一個教他殺人，一個教他害人，一個教他哭，一個教他笑……好了，他現在不是全學會了麼。」

哈哈兒道：「就因爲全學會了，所以我才請各位來。」

李大嘴道：「爲啥？」

哈哈兒嘆了口氣，道：「我受不了啦。」

屠嬌嬌笑道：「哈哈兒居然也會嘆息，想來是真的受不了啦。」

李大嘴苦著臉道：「誰受得了誰是孫子。」

哈哈兒道：「如今這位小太爺，要來就來，要走就走，要吃就吃，要喝就喝，誰也不敢惹他，惹了他就倒楣，『惡人谷』可真受夠了他了，這幾個月來，至少有三十個人向我訴苦，每人至少訴過八次。」

「穿腸劍」司馬煙嘆道：「這小鬼委實愈來愈厲害，如今他和我說話，我至少要想上個六、七次才敢回答，否則就要上當。」

李大嘴苦笑道：「你還好，我簡直瞧見他就怕，若有哪一天他不來找我，我那天真是走了運了……那天我才能好好睡一天覺，否則我睡覺時都得提防著他。」

哈哈兒道：「咱們害人，多少還有個目的，這小鬼害人卻只是爲了好玩。」

屠嬌嬌道：「咱們本來不就正希望他如此麼？」

哈哈兒道：「咱們本來希望他害的是別人呀，誰知這小鬼竟是六親不認，見人就害……這其中恐怕只有小屠舒服些。」

屠嬌嬌道：「我舒服……我舒服個屁！我那幾手，這小鬼簡直全學會了，而且簡直學得比我自己還道地。」

哈哈兒道：「杜老大怎樣？」

杜殺道：「嗯。」

屠嬌嬌笑道：「『嗯』是什麼意思？」

杜殺默然半晌，終於緩緩道：「此刻若將他與我關在一個屋子裡，那活著出來的人，必定是他。」

屠嬌嬌嘆了口氣，道：「好了，現在好了，『惡人谷』都已受不了他，何況別人！現在只怕已是請他出去的時候……」

李大嘴趕緊截口道：「是極是極，他害咱們已害夠了，正該讓他去害害別人了，現在幸好咱們聯手還能制他，等到一日，若是咱們加起來也制不住他時，就完蛋了。」

陰九幽道：「要送他走愈快愈好。」

杜殺道：「就是今朝！」

哈哈兒道：「哈哈，江湖中的各位朋友們……黑道的朋友們，白道的朋友們，山上的朋友們，水裡的朋友們，你們受罪的日子已到了。」

李大嘴以手加額，笑道：「這小鬼一走，我老李一個月不吃人肉。」

黃昏後，「惡人谷」才漸漸有了生氣。

小魚兒左逛逛，右逛逛，終於逛到萬春流那兒。

萬春流將七種藥草放在瓦罐裡熬，此刻正在觀察著藥汁的變化，瞧見小魚兒進來，將垂下眼皮一抬，道：「今日有何收穫？」

小魚兒笑道：「弄了把緬刀，倒也不錯。」

萬春流道：「刀在哪裡？」

小魚兒道：「送給醋罈子老西了。」

萬春流以筷子攪動著藥汁，濃濃的水霧，使他的臉看來彷彿有些神秘，他道：「你那小箱子呢？」

小魚兒笑道：「小箱子早就丟了，裡面的東西已全都送了人。」

萬春流道：「你辛苦弄來，爲何要送人？」

小魚兒笑道：「這些東西拿來玩玩倒滿好的，但若要保留它，可就傷神了，又怕它丟，又怕它被偷，又怕它被搶，你說多麻煩。」

萬春流道：「好。」

小魚兒笑道：「但若將這些東西送人，這些麻煩就全是人家的了，聽說世上有些人專門喜愛聚寶斂財，卻又捨不得花！這些人想必都是呆子。」

萬春流道：「若沒有這些呆子，怎顯得你我之快樂？」

突然站了起來，道：「拿起這藥罐，隨我來。」

這間藥香瀰漫的大屋子後面，有一排三間小房子，這三間屋子裡，既沒有門，也沒窗戶。

這就是萬春流的「病房」。

萬春流在這些「病房」中時，誰也不會前來打擾，因爲他們其中任何一人，自己都有睡到這病房中來的可能。

沒有燈光的「病房」，正如萬春流的面容一般，顯得十分神秘。角落中的小床上，盤膝端坐著一條人影，動也不動，像是亙古以來，他就是這樣坐在那裡的，這正是別人口中所說的「藥罐子」。

一入「病房」，萬春流立刻緊緊關起了門，這病房就立刻變成了一個單獨的世界，似乎變得和「惡人谷」全無關係。

小魚兒神情也立刻變了，拉住萬春流的手，輕聲道：「燕伯伯的病，可有起色？」

萬春流神秘而冷漠的面容，竟也變得充滿焦慮與關切，長長的嘆息了一聲，黯然搖頭道：「這五年來，竟無絲毫變化，我已幾乎將所有的藥都試遍了，我……我累得很。」沉重地坐到椅上，似是再也不願站起。

小魚兒呆呆地出了半天神，突然道：「我今天聽見有人提起燕伯伯的名字。」

萬春流動容道：「哦，什麼人？」

小魚兒道：「死人！說話的人已死了。」

萬春流一把抓住小魚兒的肩頭，沉聲道：「可有人知道你聽到了他們的話？」

小魚兒笑道：「怎會有人知道？我聽了這話，立刻遠遠地溜了，溜到醋罈子那裡去，故意大聲罵了他一頓，所以我就將那柄刀送給了他。」

萬春流緩緩放鬆了手，默然垂首，喃喃道：「不容易，真不容易，你雖是小小年紀，但五年來，你竟能將這秘密保守得如此嚴密。」

他抬頭瞧了小魚兒一眼，苦笑道：「這秘密若是洩漏出去，我們三個人，都休想再活半個時辰，你……你要特別小心，莫把別人都當做呆子。」

小魚兒點頭道：「我知道，萬叔叔冒了生命的危險來救燕伯伯，我……我難道不感激？別人就算砍下我腦袋，我也不會說一個字的。」

說著說著，他眼圈竟已紅了。

萬春流嘆息道：「說實話，我本不敢相信你的，哪知你雖然生長在這環境中，卻還沒有失去良心，還是個好孩子。」

小魚兒展顏笑道：「小魚兒壞起來可也真夠壞的，只是，那都要看對付什麼人，而且自從我知道燕伯伯和我的關係後，我就變得更……更乖了。」

萬春流竟也展顏一笑，道：「但五年前那天晚上，你突然跑來對我說，你已知道『藥罐子』叔叔是什麼人，你已知道這秘密時，我可當真嚇了一跳。」

小魚兒垂頭笑道：「對不起。」

萬春流默然半晌，笑著又皺眉道：「你再想想，對你說出這秘密的人，究竟是誰？」

小魚兒想了想道：「那天晚上，我是睡在杜殺外面的屋子裡，半夜裡，我突然覺得身子竟似被人抱了起來……」

「那時你未叫喊？」

小魚兒道：「我喊也喊不出，何況，那時我還以爲是杜殺又不知在用什麼花樣對付我，根本沒想到是別人。」

萬春流嘆道：「的確是想不到的。」

小魚兒道：「我只覺那人身法快得簡直駭人，我躺在他懷裡，就像是騰雲駕霧似的，片刻間，就遠遠離開了『惡人谷』。」

萬春流道：「那時你真的不怕？」

小魚兒道：「老虎我都不怕，怎會怕人！」

萬春流喃喃道：「你以後就會知道，人有時比起老虎可怕得多。」

小魚兒道：「那人將我放到地上，就問我：『你姓什麼？』我說：『不知道。』那人就罵我簡直和畜牲一樣，連姓什麼都不知道。」

萬春流道：「然後，他就告訴你你姓江？」

小魚兒道：「嗯，他還說我爹爹叫江楓，是被『移花宮』中的人害死的，他叫我千萬莫忘了這仇恨，長大了一定要找『移花宮』的人復仇。」

萬春流道：「他真的沒有提起『江琴』這名字？」

小魚兒道：「沒有。」

萬春流道：「奇怪，你燕伯伯到『惡人谷』來，爲的本是要找個叫『江琴』的人，爲的也正是要代你爹爹報仇。」

小魚兒眨了眨眼睛，道：「也許江琴也是我仇人之一。」

「嗯……」

「然後，他又告訴我，有關燕伯伯的事，我想問他究竟是誰，哪知他卻像是一陣風似的，突然就消失了。」

萬春流嘆道：「我知道……我知道……」

小魚兒道：「那天晚上很黑，我只瞧見他穿著一件黑袍子，頭上也戴著個黑布罩，兩隻眼睛，又亮又大，又怕人……這雙眼睛我到現在還忘不了。」

萬春流道：「以後你再見到這雙眼睛還能認得麼？」

小魚兒道：「一定認得的。」

萬春流道：「這雙眼睛不是谷中的人？」

小魚兒道：「絕不是，谷中無論是誰的眼睛，都沒有這雙眼睛那麼亮，屠嬌嬌的眼睛雖也亮，但和他一比，簡直就是睜眼瞎子。」

萬春流嘆道：「此人竟能在『惡人谷』中來去自如，而又知道這許多秘密，唉！他究竟是誰，實在叫人猜不透。」

小魚兒道：「想必是個武功很高的人。」

萬春流道：「那是自然，江湖中能隨意進出『惡人谷』的人，除了你燕伯伯外，我簡直想不出還有幾個？」

小魚兒道：「一個都沒有了麼？」

萬春流道：「還有的就是『移花宮』中大小兩位宮主，但這人既然要你找『移花宮』中的人報仇，又怎會是這兩位宮主？」

小魚兒突然拍手道：「對了，我想起來了。」

萬春流趕緊追問道：「你想起了什麼？」

小魚兒道：「那人是女的。」

萬春流動容道：「女的？」

小魚兒道：「嗯，她雖然蒙著臉，而且故意將說話的聲音扮得很粗，但看她有時的舉動，卻必定是個女的。」

萬春流道：「什麼舉動？」

小魚兒道：「比如……她頭上雖然戴著布罩，但在無意中卻還不時去摸頭髮，還有，她雖然將我抱在懷裡，但總是不讓我碰到她的胸……」

萬春流嘆道：「她是女的，可是就更難猜了，江湖中女子除了邀月、憐星兩人外，我簡直再也想不出有一人能在『惡人谷』中來去自如。」

小魚兒道：「但總是有個人的，第一，這人認得我爹爹，也認得燕叔叔，第二，這人對我爹爹死的原因知道得很清楚。」

萬春流道：「想必如此！」

小魚兒道：「第三，這人不但知道我家的仇恨，而且，還很關心。第四，這人的武功很高。第五，這人必定和『移花宮』有些過不去。第六，這人的眼睛又大又亮，和別人的眼睛簡直完全不同……」

萬春流嘆道：「不想你小小年紀，分析事情，已有如此清楚。」

小魚兒道：「但……但我要去找她，第一先得出這『惡人谷』，我……我什麼時候才能走出去呢？他們什麼時候才會放我走？」

萬春流長嘆道：「這就難說了，但願……」

突聽外面有人大呼道：「萬神醫，小魚兒可是在這裡麼？」

萬春流變色道：「屠嬌嬌來找你了，快出去！」

十 谷外風光

一離開這屋子，兩人就又變了。

萬春流又回復成那冷漠而不動情感的「神醫」，小魚兒回復成那精靈古怪的頑皮小孩。

屠嬌嬌斜倚著門，嬌笑道：「你們一老一小在幹什麼？」

小魚兒扮了個鬼臉，笑道：「我們正在商量怎麼害你。」

屠嬌嬌笑道：「哎呀，你這小鬼，你們若商量著害人，也該商量如何才能做出一種最臭的藥來，臭死李大嘴才是，怎麼能害我！」

小魚兒笑嘻嘻道：「李叔叔太容易上當了，害他也沒意思。」

屠嬌嬌笑道：「哎呀，你聽，這小鬼好大的口氣，小心李大嘴吃了你。」

小魚兒道：「屠姑姑來找我，究竟爲的什麼事？」

屠嬌嬌道：「你笑伯伯弄了幾樣菜，李大嘴且弄了罈酒，我……我燒了好大一鍋筍燒肉，大家今天晚上要請你吃消夜。」

小魚兒眨了眨眼睛，道：「爲什麼？」

屠嬌嬌道：「你吃過就知道了。」

小魚兒搖頭笑道：「屠姑姑若不說出原因，這頓飯我可不敢吃，否則我吃過後，說不定立刻上吐下瀉，三天起不了床。」

屠嬌嬌笑罵道：「小鬼，好大的疑心病。」

小魚兒笑道：「這可是跟屠姑姑你學的。」

屠嬌嬌道：「好，我告訴你，大家請你吃消夜，只是爲了要替你送行。」

小魚兒還真嚇了一跳，失聲道：「送行……替我送行？」

屠嬌嬌笑道：「小鬼，這次你可想不到了吧。」

小魚兒道：「爲……爲什麼要替我送行？」

屠嬌嬌道：「只因爲你今天晚上就要走了。」

小魚兒張大了嘴，瞪大了眼睛，道：「我……我今天晚上就要走？我要到哪裡去？」

屠嬌嬌道：「外面呀，外面的世界那麼大，你難道不想去瞧瞧麼？」

小魚兒摸著腦袋，道：「我……我……」

屠嬌嬌咯咯笑道：「何況，你年紀也不小了，也該出去找個老婆了……唉，像你這樣的小鬼，出去後真不知要迷死多少女孩子。」

她拉起了小魚兒的手，又笑道：「萬神醫，你難道不來爲小魚兒送行麼？」

萬春流木立當地，默然良久，冷冷道：「請恕在下不想將大好時間，浪費在此等事上……兩位請走吧。」轉過身子，大步走了進去。

屠嬌嬌輕啐道：「這人一腦門子裡，除了他那些破樹皮、爛草根，就什麼都沒有了，就算他親爹要走，他都不會送行的。」

兩罈酒一個時辰裡就光了。李大嘴的臉愈喝愈紅，杜殺的臉愈喝愈青，哈哈兒愈喝笑聲愈大，屠嬌嬌愈喝愈像女人。只有小魚兒，一杯又一杯地喝著，卻是面不改色。

哈哈兒道：「哈哈，這小魚兒的酒量可真不錯，喝起酒來，簡直就像喝水。」

小魚兒笑道：「老是喝水，我可喝不下這麼多。」

陰九幽冷笑道：「喝酒又非什麼好事，有何值得誇耀之處！」

屠嬌嬌笑道：「鬼自然是不喝酒的，但人，人卻得喝兩杯……小魚兒呀小魚兒，你可知道，除了一樣事外，別的壞事你可都學全了。」

李大嘴說道：「什麼壞事！這全都是好事！一個人活在世上，若不學會這些好事，可真是等於白活了一輩子。」

他說得得意，就想喝酒，但才端起酒杯，「叮」的，整隻酒杯突然粉碎。陰九幽冷冷道：「酒是不能再喝了！」

李大嘴怒道：「爲什麼？你憑什麼打碎我的酒杯？」

陰九幽道：「再喝，小魚兒就走不成了。」

李大嘴狠狠瞪著他，瞪了半晌，突然飛起一腳，將酒罈踢得飛了出去，咬著牙道：「總有一天，我要灌幾罈酒到你肚子裡，讓你做鬼也得做個醉鬼。」

小魚兒笑嘻嘻地望著他們，笑嘻嘻道：「各位叔叔們這麼急著要趕我走，爲什麼？」

屠嬌嬌道：「小鬼，疑心病，誰急著要趕你走？」

小魚兒笑道：「你們不說，我也知道的。」

屠嬌嬌道：「你知道？好，你說來聽聽。」

小魚兒道：「因爲小魚兒愈變愈壞了，已壞得令各位叔叔伯伯都頭痛了，都吃不消了，所以趕緊要送瘟神似的把我送走，好去害別人。」

屠嬌嬌咯咯笑道：「無論如何，你最後一句話總是說對了的。」

小魚兒道：「你們要我走可以，要我去害別人也可以，但這都是爲了你們自己，我又有什麼好處？你們總得也讓我得些好處才行。」

哈哈兒道：「哈哈，問得好，你能問出這句話來，也不枉咱們教了你這麼多年……若沒有好處的事，我親爹叫我做，我也不做的，何況叔叔伯伯？」

小魚兒拍掌笑道：「對了，笑伯伯的話，正說進我心裡去了。」

李大嘴道：「你放心，我們自然都有東西送給你。」

小魚兒笑嘻嘻道：「那卻要先拿來讓我瞧瞧，東西好不好，我喜歡不喜歡，否則，我就要賴在這裡不走了。」

屠嬌嬌道：「小鬼，算你厲害，杜老大，就拿給他瞧吧。」

杜殺提出的包袱裡，有一套藏青的錦衣、一件腥紅的斗篷、一頂繡著條金魚的帽子、一雙柔軟的皮靴。

小魚兒道：「還有什麼？」

屠嬌嬌笑道：「還有……你瞧瞧。」

她打開另一個包袱，包袱裡竟是一大疊金葉子，世上能一次瞧見這麼多金子的人，只怕沒幾個。

小魚兒卻皺著眉道：「這算什麼好東西？餓了既不能拿它當飯吃，渴了也不能拿它當水喝，帶在身上又重……這東西我不要。」

屠嬌嬌笑罵道：「小笨蛋，這東西雖不好，但只要有它，你隨便要買什麼東西都可以，世上不知有多少人爲了它打得頭破血流，你還不要！」

小魚兒搖頭道：「我不要，我又不是那種呆子。」

李大嘴兩根指頭挾了一小塊金葉子，笑道：「你可知道，就只這一小塊，就可以買你身上穿的這種衣服至少三套，普通人家就可以吃兩年。」

哈哈兒道：「你不是喜歡馬麼！就只這一小塊，就可以買一匹上好的藏馬，這東西若不好，世上就沒有好東西了。」

小魚兒嘆了口氣，道：「你們既將它說得這麼好……好吧，我就馬馬虎虎收下來也罷，但除了這些還有什麼？」

屠嬌嬌道：「哎喲，小鬼，你還想要？你的心倒是真黑，你也不想想，我們的好東西，這些年來早已被你刮光了，哪裡還有什麼！」

小魚兒歪著頭，想了想，提起包袱，站起來就走。

李大嘴道：「喂喂，你幹什麼？」

小魚兒道：「幹什麼？……走呀。」

李大嘴道：「你說走就走？」

小魚兒道：「還等什麼？酒也不准喝了，東西也沒有了……」

李大嘴道：「你要到哪裡去？」

小魚兒道：「出了谷，我就一直往東南走，走到哪裡算哪裡。」

李大嘴道：「你想幹什麼？」

小魚兒道：「什麼也不幹，遇見順眼的，我就跟他喝兩杯，遇見不順眼的，我就害他一害，讓他哭笑不得。」

杜殺突然道：「你……還回不回來？」

小魚兒嘻嘻笑道：「我將外面的人都害光了，就快回來了，回來再害你們。」

哈哈兒道：「哈哈，妙極妙極，你若真的將外面的人都害得痛哭流涕，咱們歡迎你回來，情願被你害也沒關係。」

小魚兒擺了擺手，道：「再見，我很快就會回來的。」

竟真的走了，頭也不回的走了。

小魚兒穿著新衣，提著包袱，走過那條街，新皮靴在地上走得「喀喀」作響，在深夜裡傳得分外遠。

他一路大叫大嚷道：「各位，小魚兒這就走了，各位從此可以安心睡覺了。」

兩邊的屋子，有的開了窗，有的開了門，一個個腦袋伸了出來，眼睛都睜得圓圓的瞧著小魚兒。

小魚兒道：「我做了這麼大的好事，你們還不趕緊拍掌歡送我……你們若不拍掌，我可就留下來不走了。」

他話未說完，大家已一起鼓起掌來。小魚兒哈哈大笑，只有在走過萬春流門口時，他笑聲頓了頓，瞧了萬春流一眼……只瞧了一眼，沒有說話。萬春流也沒有說話，有些事是用不著說出來的。

小魚兒終於走出了「惡人谷」！

星光滿天，天高得很，雖然是夏夜，但在這藏邊的陰山窮谷中，晚風中仍帶著刺骨的寒意。小魚兒圍起了斗篷，仰視著滿天星光，呆呆的出了會兒神，如此星辰，他以後雖然還會時常瞧見，但卻不是站在這裡瞧了。他立刻要走到一個陌生的天地中，他怕？他不怕的！他心裡只是覺得有種很奇怪的滋味，也說不上是什麼滋味。

但是他沒有回頭，他筆直走了出去。

黃昏，山色已被染成深碧。

霧漸漸落下山腰，穹蒼灰黯，蒼蒼茫茫，籠罩著這片一望無際的大草原，風吹草低，風中有羊嗥、牛嘯、馬嘶，混合成一種蒼涼的聲韻，然後，羊群、牛群、馬群，排山倒海般合圍而來。

這是幅美麗而雄壯的圖畫！這是支哀艷而蒼涼的戀歌。

黑的牛，黃的馬，白的羊，浩浩蕩蕩，奔馳在藍山綠草間，正如十萬大軍，長驅挺進！

小魚兒遠遠的瞧著，臉上閃動著興奮的光，眸子裡也閃著光，這是何等偉大的景象！這是何等偉大的天地！由薄暮，至黃昏，由黃昏，至黑夜，他就那樣呆呆地站在那裡，他的心胸已似突然開闊了許多。

獸群終於遠去，遠處卻傳來了歌聲，歌聲是那麼高亢而清越，但小魚兒卻聽不出唱的究竟是什麼。他只聽出歌曲的起端總是「阿拉……」他自然不知道這兩個字的意思就是遊牧回民所信奉的神祇。他只是朝歌聲傳來處走了過去。

星光在草原上升起，月色使草浪看來有如碧海的清波。小魚兒也不知奔行多久，才瞧見幾頂白色的帳篷點綴在這無際的草原中，點點燈光與星光相映，看來是那麼渺小，卻又是那麼富有詩意。

小魚兒腳步更緊，大步奔了過去。

帳篷前，有營火，藏女們正在唱歌。她們穿著鮮艷的彩衣，長袍大袖，她們的柔髮結成無數根細小的長辮，流水般垂在雙肩。她們的身子嬌小，滿身綴著環珮，煥發著珠光寶氣的金銀色彩，她們的頭上，都戴著頂小而鮮艷的呢帽。

小魚兒瞧得呆了，癡癡的走過去，走到她們面前。藏女們瞧見了他，竟齊歇下了歌聲，擁了過來，吃吃的笑著，摸著他的衣服，說些他聽不懂的話。

藏女們本就天真、多情而爽朗。

一個辮子最長，眼睛最大，笑起來最甜的少女甜笑著道：「我們說的是藏語，你……你是漢人？」

小魚兒眨了眨眼睛，道：「大概是吧。」

「你叫什麼名字？」

大眼睛抿著嘴嬌笑道：「我的名字用漢語來說，是叫做桃花，因爲，他們許多人都說我的臉……我的臉像桃花。」

這時帳篷中又走出許多男人，個個都瞪大了眼睛，瞧著小魚兒，他們的身子雖不高大但卻都結實得很。

小魚兒道：「我要走了。」

桃花道：「你莫要怕，他們雖瞪著眼睛，卻沒有惡意。」

小魚兒笑道：「我不是怕，我只是要走了。」

桃花大眼睛轉動著，咬著櫻唇，輕輕道：「你不要走，明天……明天早上，會有很多像你一樣的漢人會到這裡來的，那一定熱鬧得很，好玩得很。」

小魚兒道：「很多人……我這一路上簡直沒有見過十個人。」

桃花道：「真的，我不騙你。」

小魚兒道：「那麼，今天晚上……」

桃花垂首笑道：「今天晚上，你就睡在我帳篷裡，我陪你說話。」她比小魚兒還高些，風吹起她的髮辮，吹到小魚兒臉上，她的眼睛亮如星光。

這一夜，小魚兒睡得舒服得很，他平日雖然警醒，但這一夜卻故意睡得很沉，故意不被任何聲音吵醒。

他醒來時，桃花已不在了，卻留了瓶羊奶在枕旁。

小魚兒喝了羊奶，穿過衣裳，走出去，便瞧見兩丈外已多了一圈帳篷，這邊的人已全都走過去那邊。

他遠遠就瞧見桃花站在一群藏人和漢人的中間，甜甜的笑著，吱吱喳喳像小鳥般說著話。

她的小辮子隨著她的頭動來動去，她的臉在陽光下看來更像是桃花，怕的只是世上沒有這麼美的桃花。

她每說幾句話，就有個藏人和個漢人走出來，握一握手，顯然是做成了一筆交易，每做成一筆交易，她的笑也就更甜。

小魚兒走過去，也沒有叫她，只是四下逛著，只見每座帳篷門口，都擺著些珍奇的玩物，奇巧的首飾。

一些胖胖瘦瘦，高高矮矮的大漢子，就守在這些攤子旁，另一些胖胖瘦瘦，高高矮矮的藏人，比手劃腳的向他們買東西。

小魚兒瞧得很有趣，他覺得這些人都愚蠢得很，他忽然發現世上愚蠢的人遠比聰明的人多得多。

一個又高又瘦的人，牽著匹健壯的小馬走了過來，雪白的馬鬃在風中飛舞著，吸引了小魚兒的目光。

小魚兒忍不住走過去，問道：「這匹馬賣不賣？」

那瘦子上下瞧了他兩眼，道：「你要買？叫你家的大人來吧。」

小魚兒笑道：「何必還要叫大人，有銀子的就是大人。」

那瘦子笑了，道：「你有銀子？」

小魚兒拍了拍腰，道：「銀子不多，金子卻不少。」

那瘦子嘴笑得更大了，眼睛死盯著他腰帶上繫著的包袱，手摸著那匹幼馬的柔毛，笑道：「這馬可是匹好馬，價錢可要高些。」

小魚兒笑道：「隨便什麼價錢，你只管說吧。」

那瘦子眼睛閃著光，緩緩說道：「這匹馬要一百……至少要一百九十兩銀子。」

小魚兒想了想，搖頭道：「這價錢不對。」

那瘦子臉上的笑立刻不見了，沉著臉道：「怎麼不對？你要知道，這是匹寶馬，這最少……」

小魚兒笑道：「這既然是匹寶馬，所以至少該值三百八十兩銀子，一百九十兩簡直太少了，簡直少得不像話。」

那瘦子愣住了，突又怒道：「你在開玩笑？」

小魚兒笑道：「金子是從來不開玩笑的……一兩金子是六十兩銀子，三百八十兩合金子六兩三錢三分三，這塊金葉又大概有七兩，喏，拿去。」那瘦子這才真的愣住了，迷迷糊糊地接過金子，迷迷糊糊地遞過馬韁，若不是手抓得緊，連金子都要掉到地上。

小魚兒笑嘻嘻的牽著馬，逛來逛去。

他發現這些人不但愚蠢的比聰明的多，醜的也比俊的多，只有個白衣少年，模樣和這些人全都不同。這少年遠遠的站在一邊，似是不屑與別人爲伍。

他負著手，白色的輕衣，在風中飄動著，就像是崑崙山頭的白雪，他的眼睛，就像是昨夜草原上的星光。

小魚兒的大眼睛不覺多瞧了他兩眼，他的大眼睛也在瞪著小魚兒，小魚兒朝他笑笑，他卻連眼睛都沒有眨一眨，小魚兒朝他皺了皺鼻子，伸了伸舌頭，做了個鬼臉，他卻將頭轉過去，再也不瞧小魚兒一眼。

小魚兒喃喃道：「你神氣什麼，你不睬我，我難道還要睬你！」他故意將聲音說得很大，故意要讓那少年聽見。

那少年卻偏偏聽不見。

小魚兒就走過去，走到離他最近的一個攤子上，攤子上的贋品首飾，也在閃著光，像是只等著別人來上當。

小魚兒拈起朵珠花，眼睛瞧著那少年，小聲道：「這賣不賣？」

答話的卻不是那少年，而是個戴著高帽子的矮胖子，笑得滿身肥肉都像是長草般起了波浪。

他嘻嘻笑道：「小少爺眼光真不錯，這種上好的珍珠，市面上可真不多。」他眼睛也瞧著小魚兒腰裡的包袱，他方才已瞧見了小魚兒買馬的情況。

小魚兒道：「多少？」

那胖子道：「四……五……七十兩。」

小魚兒叫道：「七十兩？」

那胖子嚇了一跳，道：「七……七十兩不多吧？」

小魚兒道：「但這珠子是假的呀。」

那胖子道：「假的！誰說是假的！這……簡直……是侮辱我。」他不笑的時候，那張臉就像是堆死肉。

小魚兒嘻嘻笑道：「我從兩歲的時候，就開始用珍珠當彈子打，這珍珠是真是假，我只要用鼻子嗅嗅也知道的。」

那胖子暗中幾乎氣破了肚子：「這小子怎地突然變得精明起來了？」臉上卻作出一副受了委屈的模樣，道：「那……那麼就六十兩……」

小魚兒大笑道：「你又錯了，真的珍珠，只要從海裡撈就有了，假的珍珠卻要費許多功夫去做，而且做得這麼像，那本該比真的貴才是。」

那胖子怔住了，結結巴巴，道：「這……那……嗯！」

小魚兒道：「真的要七十兩，假的最少要一百四十兩，合金子二兩多……」他就希望那少年瞧他一眼，朝他笑笑。

誰知那少年非但不瞧他，還走開了。

小魚兒趕緊將金子往地上一抛，道：「這裡是三兩。」

他也不瞧瞧胖子那張吃驚得像是被人揍了一拳的臉，趕緊去追，但那少年卻已不知到哪裡去了。

十一　旁門左道

小魚兒覺得有些失望，正咬著嘴唇發呆，突然一隻手伸過來，拉著他就跑，那柔軟溫暖的小手，正是桃花。

她拉著小魚兒，小魚兒拉著她，一路跑回她的帳篷裡，她的臉更紅，輕輕喘著氣，輕輕跺著腳，嬌嗔道：「你……你這小呆子，要買東西，也不來找我，卻去上人家的當，這匹馬連八十兩都不值，這珍珠……」

小魚兒道：「珍珠最多只值十兩。」

桃花怔了怔，道：「你……你……你知道？」

小魚兒笑道：「我這樣聰明的人，還會不知道？」

桃花道：「你知道了還要上當？」

小魚兒眨眨眼睛，笑道：「上當有時就是佔便宜。」

桃花瞪著眼睛瞧著他，像是在瞧什麼稀奇古怪的怪物似的，她實在一輩子也沒瞧見過這麼奇怪的孩子。

小魚兒將珠花插上她的鬢角，笑道：「好姊姊，莫要生氣了，你瞧，你戴上這珠花多美，就像是個公主，只可惜，這裡卻沒有配得上公主的王子。」

桃花噗哧一笑，道：「你不就是個傻王子麼！」

小魚兒又眨眨眼睛，道：「你說我傻……過一會兒你就知道我不傻了，你就會知道，方才要我上當的人，立刻就要上我更大的當了。」

桃花忍不住輕嘆道：「你真是個奇怪的孩子，你說的話，總是要人聽不懂，你做的事，也總是叫人猜不透。」

小魚兒還未說話，帳篷外突有一陣人聲傳了過來。

一個斷啞的語聲嚷道：「方才買馬的那位小少爺可在帳篷裡？」

小魚兒做了個鬼臉，輕笑道：「上當的送上門來了。」

他突然將桃花推到被窩裡，道：「乖乖的躺著，莫要動，莫要說話。」

桃花一肚子狐疑，怎肯不說話？但話還未說出口來，小魚兒卻已用被子蒙住了她的頭，大聲道：「我在這裡，你們進來吧。」

進來的最少有十個人，領頭的正是那賣馬的瘦子，十個人手裡都捧著個大大小小的包袱，那賣珠花的胖子手裡捧著的包袱最大，壓得他整個人都似已變成圓的。

小魚兒故意皺眉道：「你們幹什麼，這麼多東西……」

那瘦子躬身笑道：「常言說得好，貨要賣識家，這些人聽說小少爺是識貨的，都要將好貨色送來讓少爺您瞧瞧。」

小魚兒嘻嘻笑道：「你們不是要來讓我上當吧？」

那瘦子趕緊道：「焉有此理，焉有此理……各位還不快將包袱打開，讓這位少爺瞧瞧。」話還沒說完，包袱已一齊打開了。這些包袱的好東西果然不少，有珍寶、首飾，還有珍貴的皮毛、麝香……這些簡直就是他們剛從藏人手裡買來的。

小魚兒笑道：「這些東西都不錯，我都想買。」

十個人一齊喜笑顏開，笑得連嘴都合不攏，齊聲道：「少爺一起買下最好。」

小魚兒道：「好，全給我包起來。」

幾個人七手八腳，將十個包袱變成了一個，包袱已比小魚兒的人還大了，普通的人簡直搬不動。

那胖子終於忍不住道：「但……但貨款……」

小魚兒笑道：「你要銀子？這還不容易，多少銀子，隨你們說吧。」

幾個人立刻七嘴八舌將自己貨物的價錢說了出來，每樣東西都說得比實在價錢最少要多七、八倍。

桃花在被裡聽得已忍不住跳了起來，卻被小魚兒一隻手按住了她的頭，她連動也不能動。

只聽小魚兒笑道：「加起來一共多少？」

那瘦子算得最快，道：「一共六千六百兩。」

小魚兒搖頭道：「這價錢不對。」

那胖子和瘦子都已聽過這句話了，都知道這位小少爺有把價錢再加一倍的脾氣，別人自然也早已聽說這種「好脾氣」、「好習慣」。

大家趕緊一起陪笑道：「是，這價錢不對，少爺您說個價錢吧。」

小魚兒道：「我說？你們只怕……」

幾個又一起搶著道：「小人們絕沒有異議。」

小魚兒笑嘻嘻道：「既是如此……好，我說，這些東西加起來，我一共給你們……」他又打開那包袱，大家的眼睛又直了。

只見他用兩隻手夾下一小塊金葉子，笑道：「我一共就給你們一兩吧。」

幾個人一起呆住了，那瘦子結巴巴，強笑道：「少爺你……你在開玩笑？」

小魚兒臉一板，道：「我早已說過，你們既要我說價錢，而且聲明絕無異議，此刻要想反悔，已來不及了。」

他將那小塊金子往地上一拋，舉起包袱就走，這包袱雖比他人還大，但他舉在手上卻毫不費力。

桃花這才忍不住笑了出來，悄悄探出了頭，只見那幾個人呆了呆，一起怒喝著追了出去。

幾個人一齊大罵道：「小騙子，還咱們東西來。」

又聽得小魚兒道：「誰是騙子？你們才是騙子。」

接著，便是一連串「哎約，呀……救命……」之聲，還有一連串「砰砰咚咚」好像重物墜地的聲音。

桃花忍了半晌，終於忍不住跳了起來，跑出去一瞧，只見那些人已沒有一個是站著的。

這十來條大漢竟被小魚兒打得七零八落，有的被打腫了臉，有的摔斷了腿，一個個躺在地上，到現在還爬不起。

桃花也不覺驚得呆了，她知道這些敢到關外來做買賣的江湖客，非但力氣都不小，手底下也都有兩下子！

她實在想不到那奇怪的孩子竟有這麼大的本事。

她呆了半晌，才轉頭去瞧……陽光，照著柔軟的草地，那奇怪的孩子和那匹小白馬，卻已都不見了。

小白馬馱著包袱，小魚兒牽著白馬，一人一馬直跑出四、五里地，小魚兒一想起那些人的模樣，還忍不住要笑。

已將正午了，太陽已愈來愈熱，小魚兒雖還不覺得怎樣，但那匹馬卻已經有些吃不消了。

大草原上瞧不見人煙，也沒有遮陰的地方。

小魚兒眼珠子轉了轉，突然將包袱打開，拿了隻羚羊的角，瞧了瞧，笑了笑，遠遠拋了出去。

他一面走，一路拋，竟將那一包價值千金的珍貴之物，笑嘻嘻地隨手拋了，就像是丟字紙似的。

到最後包袱裡剩下的已不多，小魚兒耐住性將它們又包成一包，遠遠的拋入長草之間，這才拍手笑道：「痛快呀痛快……」

突然遠處有人嬌喚道：「小魚兒……江小魚……莫要走，等等我！」

一匹馬飛馳而來，馬上人衣服閃著光，十幾條又黑又亮的小辮子，在風中飛揚，那張臉正紅得有如桃花。

小魚兒拍手笑呼道：「好騎術……好漂亮！」

馬馳到近前，桃花已站到馬上，突然一個觔斗翻下來，小魚兒剛嚇了一嚇，桃花已站在他面前。她咬著嘴唇，跺著腳，大眼睛裡水汪汪的，似乎剛哭過，又似乎剛要哭，她喘息著嬌嗔道：「你……你不說一聲就走？你……」

小魚兒笑道：「我惹了麻煩，再不走就連累你了。」

桃花跺腳道：「那……那你爲什麼要騙別人？」

小魚兒道：「他們騙我，我爲什麼不可以騙他們？」

桃花又怔住了，轉著大眼睛，道：「東西呢？」

小魚兒道：「全都丟了。」

桃花吃驚道：「丟了？你……你爲什麼？」

小魚兒笑道：「讓那些東西坐馬，我卻在這麼大太陽下走路，我豈非也變成呆子了？我自然要把它們丟光。」

桃花睜大眼睛，道：「但……但那些東西都値錢得很，你不在乎？」

小魚兒笑道：「這又有什麼關係？我自然不在乎，反正天下値錢的東西又不止這些，只要我想要，我隨時都可以要得到的。」

桃花道：「你……你簡直是個小瘋子。」

小魚兒哈哈大笑，過了半晌，又道：「我將這些東西抛在地上，總有人會拾到的，他們若是好人，拾著這些東西，一定開心得要死，我只要想想他們拾著這些東西時的臉，也覺得很開心了，那總比自己還要花心思帶著它們走好得多。」

桃花道：「他們若是壞人呢？」

小魚兒道：「這些東西若被壞人拾著，一定會因爲分贓不均而打起來，打得你死我活，頭破血流，其中若有人獨吞，甚至還會將別人都打死！」

桃花失聲道：「這樣你也開心麼？」

小魚兒道：「我爲什麼不開心？我簡直太開心了！」

桃花睜大眼睛，道：「你……你簡直是個小壞蛋。」

小魚兒道：「還有，這些東西若被那些懶骨頭拾著，一定什麼事都不想做了，整天都要去草叢裡找了，四處去找……直找到餓死爲止。」

他咯咯笑著，接道：「你瞧，我只不過是拋了這些東西出去，卻顯然不知要把多少人一生的生命都改變了，這豈非天下最好玩的事？」

桃花整個人像是木頭人似的呆住，呆了半晌，輕嘆一聲，道：「你簡直是個小魔王。」

小魚兒道：「好，你方才罵我是呆子，現在又罵我是瘋子、壞蛋、魔王，我既是如此，你爲什麼還要來追我？」

桃花的頭垂了下去，道：「我……我只是……只是來問問你，爲什麼……爲什麼連招呼都不打一個，就這樣走了。」

小魚兒道：「既然反正是要走的，還打什麼招呼？打個招呼又有什麼用？……假如打個招呼能令你忘了我，我打個招呼也無妨，只可惜你總是忘不了我的。」

桃花霍然抬起頭，大聲道：「你怎知我忘不了你？」

小魚兒笑嘻嘻道：「只要見過我的人，都忘不了我。」

桃花瞪著眼瞧他，不知怎地，淚珠竟已流下面頰。

小魚兒道：「你哭什麼？反正我年紀太小，也不能做你的丈夫，何況，你生得這麼漂亮，也不怕找不著丈夫的。」

桃花嘶聲道：「你……你簡直是個……是個……」

她實在再也找不出一個名詞來形容這個「小怪物」，狠狠跺了跺腳，突然飛身上馬，拚命打著馬屁股，飛馳而去。

小魚兒搖頭嘆道：「女人……唉，原來女人都有些神經病。」

他撫摸著那小白馬柔軟的鬃毛，喃喃道：「馬兒呀馬兒，你若也和我一樣聰明，就千萬莫要接近女人，更莫要被女人騎，否則你就要倒楣了，女人生氣時，就要將你當出氣筒。……唉，那匹馬的屁股，只怕已要被桃花打腫了！」

他騎上馬，往前走，突然瞧見一個人擋住了他的去路。

陽光下，只見這人雪白的衣衫，發亮的眼睛，雖然滿面怒容，但看起來卻一點也不可怕，反覺可愛得很。

小魚兒認得他正是那「很神氣」的白衣少年，不禁笑道：「原來你到這裡來了，站在這裡曬太陽麼？」

白衣少年冷冷道：「正在等你！」

小魚兒笑了，道：「等我？你方才不理我，現在卻……」

白衣少年叱道：「少廢話，拿來！」

小魚兒奇怪道：「拿來？拿什麼？」

白衣少年道：「你騙走的東西。」

小魚兒又笑了，道：「哦，原來你是說那些東西，早知道你要，我就留給你了，但現在……唉，現在全都被我丟了。」

白衣少年怒道：「丟了？哼，你想騙誰？」

小魚兒道：「我爲何要騙你？那些廢物我留著又有什麼用？」

他又笑一笑道：「喂，你知不知道，你生氣的時候，臉紅紅的，漂亮得很，簡直就像是個女孩子……我真的認識個女孩子生氣時臉也是紅紅的，也很漂亮，看來倒和你像是天生的一對，要不要我介紹給你？……」

那白衣少年臉更紅了，想作出兇狠的樣子，卻偏偏作不出來，只有用那雙大眼睛瞪著小魚兒，厲聲道：「你若真的將那些東西丟了，就得賠。」

小魚兒道：「你真要我賠？」

白衣少年道：「當然要賠！」

小魚兒道：「你真是爲追東西來的？」

白衣少年大聲道：「當然！」

小魚兒道：「只怕未必吧，那些笨蛋是死是活，你都不會放在心上，何況只不過被騙了些東西，這本是他們罪有應得，你……你只怕不是來追東西，而是來追我的。」

白衣少年紅著臉喝道：「不錯，我就是來追你的，我瞧你小小年紀，就已這麼壞了，若是長大了那還得了！」

小魚兒摸了摸頭，笑道：「你要殺我？」

白衣少年道：「哼，殺了你本也不冤，只是……你年紀還小，還未必不可救藥，若肯拜我爲師，我好好管教管教你，也許還可成器。」

小魚兒瞧著他，突然大笑起來，彎著腰笑道：「你想收我做徒弟？」

白衣少年怒道：「這有什麼好笑？」

小魚兒笑道：「有你這樣漂亮的小伙子做師父，倒也不錯，只是，你能教我什麼？你哪點比我強？我做……你做我的徒弟倒差不多。」

白衣少年冷笑道：「你想不想學武功？」

小魚兒笑道：「你以爲你武功比我強？」

白衣少年怒道：「你可知道我乃川中第一高手！」

小魚兒緩緩道：「你若真是高手，就不會逃到這裡來了，是麼？你既不是來做生意，也不是來玩的，卻到了關外，想必是要逃避別人的追蹤，是麼？」

白衣少年面色立刻變了，小魚兒這句話，正說中了他的心事，他眼中真的射出了兇光，喝道：「你究竟是什麼人？究竟是何來歷？」

小魚兒笑道：「你莫管我是什麼人，也莫管我是何來歷，你若認為你的武功高，不妨和我比，誰輸了誰就做徒弟。」

白衣少年冷笑道：「好，我正要瞧瞧你武功是何人傳授？」

小魚兒笑道：「誰輸了誰做徒弟，這可是你自己答應的，不准賴……」話猶未了，身子突然自馬上飛起，凌空踢出兩腳，直取那少年雙目。

白衣少年倒未想到小魚兒出手竟是如此迅急，倒真吃了一驚，但這少年非但武功真的不弱，與人交手的經驗，竟也似豐富得很，驚慌之中，居然不退反進，身子一偏，已到了小魚兒背後，頭也不回，反手一掌揮出，這掌不但掌勢迅急，而且姿勢優美，認穴之準，更似背後也生著眼睛。

小魚兒本想一招就搶得先機，哪知先機卻被人佔了，突然雙足一蜷，凌空翻了個觔斗，落在五尺外，笑道：「等等再打。」

白衣少年只得停下進擊之勢，道：「等什麼？」

小魚兒道：「你真能瞧出我武功是何人傳授？」

白衣少年冷笑道：「十招之內。」

小魚兒搖著頭笑道：「我不信！」

他臉上笑容笑得正甜，雙拳卻已擊出，他笑容雖和善，出手卻狠辣，這正是他從哈哈兒那裡學來的法子。

那白衣少年果然上了當了，雖然未被這兩拳擊中，但方才佔得的先機已失，竟被小魚兒一輪搶攻逼退數步。

小魚兒嘻嘻笑道：「我看你還是……」

一句話未說完，這少年突然欺身撲了進來，竟拚著捱小魚兒兩拳，一個肘拳擊向小魚兒胸膛，用的竟是存心和小魚兒同歸於盡的招式！這次是小魚兒吃了一驚了，他可不想捱這一拳，反甩手，大仰身，身子「嗖」的倒竄了出去。

但這少年哪肯放鬆？如影隨形，跟了過去，雙拳如雨點般密密擊下，用的竟全是拚命的招式。

小魚兒兩隻手忽拳忽掌，他的招式忽而狠辣，忽而詭譎，忽而剛烈，忽而陰柔，忽又不剛不柔，不軟不硬。他正是已將杜殺武功之狠辣、陰九幽之詭譎、李大嘴之剛烈、屠嬌嬌之陰柔，以及哈哈兒之變化集於一身。這樣的武功，在江湖中本已少有敵手，誰知這少年的拳法簡直有如狂風暴雨一般，竟打得小魚兒喘不過氣來。但這少年心裡也正在暗暗吃驚，他實在也想不到這孩子武功的變化竟有如此之多，他實在瞧不出是何門路。

突聽小魚兒大聲道：「喂，住手。」

白衣少年道：「好，我住手！」

「我住手」三個字說出來時，他已攻出六拳。

小魚兒左避右閃，乘隙還了三掌，大叫道：「這樣也算住手麼？」

白衣少年冷笑道：「這次我不上你的當了。」

小魚兒邊打邊嚷，道：「但十招已過去了，早已過去了，你可瞧出我的武功門路？你若瞧不出就快住手聽我說。」

白衣少年拳勢不由一緩，小魚兒已乘機退出數尺，笑嘻嘻道：「你瞧出了麼？」

白衣少年只得也停住了手，冷笑道：「自然瞧不出，你的武功簡直沒有門路。」

小魚兒笑道：「不是沒有門路，只是門路太多，瞧得你眼都花了。」

白衣少年道：「門路太多？是哪些門路？」

小魚兒道：「告訴你，我武功是從五個人處學來的，這五個人的武功又不知包括了多少門路，每個人的武功都是又複雜、又奇怪……」

白衣少年道：「中土武林名家的武功路數，可說絕無一家我不知道，也絕無一家與你的武功路數相同，你那五個師父只怕是賣膏藥，練把式的吧！」

小魚兒笑道：「練把式的……嘿嘿，這五人的名字說出來，不嚇你一跳才怪，只是這五人歸隱時你只怕還在穿開襠褲，你自然不知道。」

白衣少年怒道：「此等旁門左道，又怎能與我的武功相比！」

小魚兒道：「你的武功……嗯，倒也不錯，但你瞧你這種文文靜靜，秀秀氣氣的模樣，實在猜不出你竟會學那種瘋子般不要命的招式。」

白衣少年道：「哼，你知道什麼？我這『瘋狂一百零八打』，在當今武林各門各派的拳法中，縱不能列第一，也可算第二。」

十二　意外風波

小魚兒拍掌大笑道：「瘋狂一百零八打，哈哈，果然是瘋子才會使的拳法，只可惜這麼漂亮的人，卻學這種瘋子的拳法，真教人看著難受。」

白衣少年道：「看起來雖難受，用出來更教別人難受。」

小魚兒笑道：「我可不難受，我也不要學……」

「學」字出口，人已撲了上去，「呼呼」就是兩掌。

這一次白衣少年卻已學乖了，早已在暗中防範。小魚兒這兩掌攻來，他早已擊出兩拳，封住了小魚兒的掌路。

這一次小魚兒也學乖了，絕不跟他硬接硬封，只是展動身形，左一拳，右一掌，圍著他打轉，和他遊鬥。

但這「瘋狂一百零八打」威力實是驚人，這種「瘋狂」的武功，委實比杜殺之「狠辣」，陰九幽之「詭譎」，李大嘴之「剛烈」，屠嬌嬌之「陰柔」都要厲害得多，果然打得小魚兒非常難受！

小魚兒又接了數十招，突又喝道：「住手，你這拳法果然不錯，我願意學了。」

白衣少年身子一轉，轉出五尺，胸膛微微起伏，也有些喘息，心想：這小魚兒可真是有點不好鬥。

小魚兒笑道：「怪不得別人常說，好好的人絕不能和瘋子打架，因爲他絕對打不過瘋子的，如今我才知道這話果然不錯。」

白衣少年道：「如今你可知道厲害了麼？」

小魚兒道：「只可惜你不是瘋子，否則你使出這套拳法，一定更加厲害……怕只怕你將這套拳法用久了，也會變得有些瘋味了。」

白衣少年皺眉道：「你既要拜我爲師，怎地如此無禮？」

小魚兒笑道：「我只說要學這套拳法，可沒說要拜你爲師。師父一樣也可以向徒弟學拳的，你說是不是？」

白衣少年怒道：「你還想打麼？」

小魚兒大笑道：「不能打了，不能打了，你只要再一出手，立刻就要七竅流血而死，我好心告訴你，你可莫要不信。」

白衣少年怒極之下，反倒不覺笑了，道：「你這小鬼滿嘴鬼話，也想來駭我！」

小魚兒道：「駭你？我可不是駭你，你可知道武林中有種絕傳的秘技，叫『七步陰風掌』？這就是說，無論是誰，只要在七步外被這種掌風擊中，除非他站著不動，否則他走不出七步，嘿嘿，就要送終。」

白衣少年道：「鬼話，世上哪有這種掌法！」

他嘴裡雖在說「鬼話」，腳卻又有些發軟，再也不敢動了。

小魚兒瞧著他的嘴，笑道：「這種掌法絕傳已有百年，你自然不知道，但我卻在無意中得到絕世奇緣，學會了這種掌法，而……」

白衣少年冷笑道：「而且還打了我一掌，是麼？」

他雖然故意要作出不信的樣子，但此刻無論是誰，也不能教他再走七步了，「七步陰風掌」名字已夠嚇人！

小魚兒拍手笑道：「這次你說對了，不過，我只打了一掌，輕輕的一掌，只要你拜我爲師，我還可將你救活。」

白衣少年冷笑道：「你若以爲幾句話就可將我嚇倒，你就大錯而特錯了。」

小魚兒道：「你不信？好，你且摸摸你左面第三根肋骨下是不是有些發疼？這就是中了『七步陰風掌』的徵象。」

白衣少年道：「哼……」

他嘴裡雖在「哼哼哈哈」，手卻不覺已向左面第三根肋骨下摸了過去，臉上也已不覺變了顏色！

小魚兒垂頭瞧著腳下的影子，道：「怎麼樣，疼吧？」

白衣少年指尖已有些發抖，口中卻大聲道：「自然疼的，任何人這地方都是最容易覺得疼的。」

小魚兒道：「但這不是普通的疼，是特別的疼，就好像被針刺，被火燒一樣，疼得熱辣辣的，疼得叫人咧嘴！」

他目光自地上抬起，瞪著白衣少年的手，緩緩道：「你再摸，不是這裡，再往左一點……再往下一點……」

白衣少年的手指，不知不覺中隨著他的話在動了。

小魚兒突然叫道：「對了，就是這裡，用力往下按！」

白衣少年手指不知不覺用力一按……

他身子突然一陣麻木，「噗」地跌倒，再也不會動了！

小魚兒拍掌大笑道：「饒你精似鬼，也要喝我的洗腳水，如今你終於上了我的當了吧！你可知道是怎麼上的當？」

白衣少年狠狠瞪住他，眼睛裡冒火，嘴裡卻說不出話。

小魚兒道：「告訴你，世上根本沒有『七步陰風掌』，我自然也不會，但世上卻真有另一門神秘的武功，叫做『點血截脈』！」

他跑過去將那匹已駭得遠遠跑開的小白馬拉了回來。白衣少年眼睛瞪得更大，似是已等不及想聽了。

小魚兒緩緩道：「這『點血』與『點穴』雖是一字之差，而且音也近似，但手法卻大不相同，點穴是死的，點血卻是活的。」

他隨手點了那少年身上的「期門」、「氣血囊」兩處穴道，口中笑道：「這是點穴，你『期門』與『氣血囊』兩處穴道，永遠都在這個部位，絕不會動，所以點穴是死的。」

說著話，他又在那少年脅下拍了兩掌，接道：「點血卻是要截斷你的血脈，你的血脈不能流通，身子自然不能動，自然要倒下去，你的血脈整天都在不停的流動著，點血就是要恰巧點在你血脈流動時前面那一點，才能恰巧將你的血脈截斷，血在流動，這一點自然也時時刻刻都不同，所以點血是活的，你懂得我的意思了麼？」

白衣少年已聽得入神，不覺應聲道：「懂了。」

小魚兒笑道：「但這閉血點穴爲時不能太久，否則被點的人就要死了，方才我已解開你閉住的血，所以你現在才能說話。」

白衣少年雖然生氣，卻忍不住道：「方才你瞧著地下的影子，可是在計算時辰，計算我血脈該流在何處？然後再叫我用力按下去！」

小魚兒拍掌大笑道：「對了，舉一反三，孺子可教也。」

白衣少年咬了咬牙，又道：「你雖然會一點『點血』的皮毛，但會的卻不多，而且根本就點不著我，所以，你就騙我，讓我自己動手？」

小魚兒大笑道：「對極對極，一點也不錯，因為教我『點血』的那人，醫道雖高明已極，武功卻不行已極，他雖對人體各部都瞭如指掌，雖能算得出人體血脈流動的系統，卻也不知道該用什麼手法去點，所以我也只有請你代勞了。」

他歇了口氣，接道：「因為你還在隨時準備動手，所以真氣仍在掌指間流動，我一叫你用力，你真氣就不覺自指間透出，這自也因為我叫你點的不是穴道，甚至根本不在穴道附近，所以，你就根本未去留意。」

白衣少年恨聲道：「詭計傷人，又算得什麼！」

小魚兒道：「詭計？你可知道要多大的學問才能使得出這樣的詭計？第一，我要先讓你時時刻刻都防備著我，這樣你的真氣才不會自指掌間撤出，第二，我要先編成『七步陰風掌』這樣一個怕人的名字，讓你不得不含糊。」

白衣少年不由得嘆了口氣，道：「這兩樣已夠了。」

小魚兒道：「不夠，我至少還得略窺『點血』術的門徑，還要算準血脈恰巧正流動在你穴道附近，讓你全不提防。」

他挺起胸膛，大聲道：「這簡直是武功與智慧的結晶，我武功若不高，怎能教你提防？我智慧若不高，又怎能教你不提防？你先提防而後不提防，可見你這兩樣都不如我，你拜我這樣的人為師，總算不冤吧？」

白衣少年怒喝道：「拜你為師，你……你做夢！」

小魚兒道：「你未動手前明明已說好的，如今怎能反悔？」

白衣少年脹紅了臉，道：「你殺了我吧！」

小魚兒笑道：「我何必殺你？你若要食言反悔，我就切下你的鼻子，挖去你的眼睛，割下你的舌頭，把你……」

白衣少年大喝道：「我死都不怕，還怕這些？」

小魚兒眨了眨眼睛，道：「你真的不怕？」

白衣少年道：「哼！」

小魚兒眼珠子一轉，嘻嘻笑道：「好！你既不怕，我就換個法子。」

白衣少年大叫道：「我什麼都不怕。」

小魚兒道：「我把你吊在樹上，脫下你的褲子打屁股，你怕不怕？」

他知道有些人縱然刀斧加身，也不會皺皺眉頭，但若要脫下他的褲子打屁股，他卻是萬萬受不了的。

白衣少年臉色果然變了，一陣青，一陣紅，青的時候青得像生鐵，紅的時候紅得像豬血。

小魚兒大笑道：「你終於還是怕了吧？快叫師父。」

白衣少年身子發抖，嘶聲道：「你……你這惡魔……」

小魚兒道：「你不叫我師父反叫我惡魔……好。」

彎下腰，就要去拉那少年的腰帶。

白衣少年突然大叫了起來，叫道：「師父！師父……」

兩聲「師父」叫出，眼淚已流了滿臉。

小魚兒立刻就爲他擦乾，柔聲道：「你哭什麼？有我這樣個師父也不錯呀，何況你既已叫了我師父，哭也沒有用了……呀，你還哭，再哭我又要打屁股了。」

白衣少年拚命咬著嘴唇，不讓眼淚流下。

小魚兒笑道：「這樣才乖，對了，你得先告訴我，叫什麼名字？」

白衣少年道：「鐵……鐵心男！」

小魚兒眨眼笑道：「蘭花的『蘭』？」

白衣少年大聲道：「自然是男兒的『男』。」

小魚兒大笑道：「鐵心的男兒，好，好名字，男兒的心，本該像鐵一樣硬，不想你模樣雖生得有些像女孩子，名字卻取得似乎剛強。」

鐵心男突然抬起目光，道：「你！」

小魚兒道：「我人雖比你剛強，名字卻沒你剛強，我叫江小魚……你知不知道，有人說江裡的魚很好吃，你吃過沒有？」

鐵心男咬了咬嘴唇，道：「我……我很想吃。」

他很想吃的，倒不是遠在江裡的魚，而是近在眼前的這條「小魚兒」，他真恨不得咬這「魚兒」一口，咬下他一塊肉來。

小魚兒笑嘻嘻地瞧著他，突然伸出手，伸到嘴邊，笑道：「你想吃，就吃吧。」

鐵心男呆住了，道：「你……你……」

小魚兒大笑道：「你不是想吃我的肉麼？……告訴你，無論你心裡在想什麼，都瞞不過我的，我一猜就猜出。」

鐵心男嘆了口氣——除了嘆氣，他還能怎樣？

小魚兒道：「你今年幾歲了？」

鐵心男道：「總比你大兩歲。」

小魚兒笑道：「就算你比我大兩歲，但學無長幼，能者為師，這……」

突然間，遠處有人嘶聲大呼道：「小魚兒！江小魚！你莫要走！不能走！」

一匹馬飛馳而來，馬上人的衣服仍閃著光，小辮子也仍在飛揚，但馬到近前，她卻幾乎是滾下來的。

她的臉也不再像桃花，簡直蒼白得像是死人，她的眼睛仍是發亮的，但卻充滿了驚慌與恐懼！

她一把抱住小魚兒，喘著氣道：「阿拉，真主，感謝你……他還在這裡。」

小魚兒道：「阿拉？是什麼事將你又『拉』來了？」

桃花道：「求求你，莫要再笑我，你打我罵我都可以，但你……你……一定要跟我走！」說到第二句話時，她眼淚已流了滿臉。

小魚兒嘆道：「唉，又多個淚人兒，真要命！」

他用衣袖擦了擦桃花臉上的眼淚，道：「你要是再哭，哭腫了眼睛，就不該叫桃花，要叫桃子。」

桃花噗哧一笑，小魚兒拍手道：「又哭又笑，貓兒撒尿……」

一句話未說完，桃花卻又哭了起來，拉過小魚兒的衣袖，「嗤」的擤了一把鼻涕，邊哭邊道：「方才我被你氣走，愈想愈氣，打著馬兜了個圈子，剛想回去，但遠遠就瞧見家裡出了事了。」

小魚兒笑道：「什麼事？新衣服被人弄上鼻涕了麼？」

桃花根本沒聽見他說什麼，「嗤」的又擤了把鼻涕，道：「我遠遠就聽見帳篷圈子裡傳來男人的驚呼，女人的哭聲，就連馬也在亂叫亂跳，亂成一團，其中還夾著皮鞭子『吧達吧達』在抽人的聲音，還有個破鑼嗓子在大吼：『誰也不准動，排成一排，小心老子宰了你……』」

小魚兒道：「你嗓子再哭啞些，就學得更像了。」

桃花道：「我本想衝過去，但想了想，又下了馬，伏下身子，在草叢裡爬了過去，幸好草很長，我爬到近前，便瞧見那一團帳篷四周，不知何時已被一群人圍上了，這些人一個個拿著大刀，又拿著鞭子，兇眉橫眼，騎在馬上，不像強盜才怪。」

小魚兒道：「哎呀，強盜來了，有意思。」

桃花道：「這些強盜將我的族人和那些做生意的漢客全都趕牛趕羊般趕成一團，我瞧見他們的鞭子抽在我的族人身上，我的心都碎了。」

小魚兒道：「草原上的強盜原來這麼兇。」

桃花道：「草原上的強盜雖是漢人，但爲了方便，也都是穿著牧人的衣服，但這些強盜的打扮，我一看就知道是從關內來的，他們騎的也不是咱們的藏馬，而是川馬，藏馬的腿長，川馬的腿短，我一瞧就能分出來。」

小魚兒不再笑了，皺眉道：「這些人不遠千里自關內趕來，自然不是爲著要搶你們的貨物牛羊，關內的有錢人，總比關外多……」

桃花道：「草原上雖有強盜，但卻不是這些人。」

小魚兒笑道：「你怎麼知不是？草原上的強盜你認得？」

桃花道：「他們不是要搶東西，而是要搶人。」

小魚兒睜大眼睛道：「搶人？搶誰？搶你？」

桃花咬著嘴唇，道：「漢家的女孩子，也總比我們漂亮得多……他們要搶的，也是個漢客，他們一路自關內將他追到這裡，而且他們的探子還瞧見這人在我們的帳篷裡，所以，他們就逼著我的族人要人！」

小魚兒道：「你的族人可給了他們？」

桃花道：「我的族人根本不知道他們要的是誰，他們自己在帳篷裡找，也沒有找著，於是他們就一定說是我的族人藏起了他，還要限半個時辰內將他交出來，否則……否則他們就要凌辱我們的姊妹，打死我們的兄弟。」

她說到此刻，又忍不住放聲大哭起來。

她撲在小魚兒身上，大哭道：「所以我來求你回去救救他們，我知道你很有本事……」

小魚兒沉吟道：「你可知他們要的那人是誰？」

桃花道：「我……我本來還以爲他們要的人是你，後來才聽見，他們要的，是一個『姓鐵的小子』，你……你可知道他是誰？」

小魚兒眼珠子一轉，笑道：「姓鐵的……我沒聽見過，我……」

鐵心男一直瞪著眼睛在聽他們的話，此刻忽然大叫道：「我就姓鐵，我就是他們要的人！」

桃花一驚，兩隻大眼睛瞪著鐵心男，再也不轉了。

小魚兒摸了摸頭，苦笑道：「呆子，你爲何要承認？」

鐵心男也不理他，大聲道：「那些強盜中可有女子？」

桃花吶吶道：「沒……沒有。」

她實在想不到那些強盜要找的竟是個這麼漂亮，這麼秀氣的小伙子，竟呆在那裡，眼淚也不流了。

鐵心男已大聲道：「好，他們既要找我，我跟你去！」

桃花道：「你去？不行！不行！」

鐵心男道：「只有我去，才能救你的族人，為何不行？」

桃花垂下頭，幽幽道：「像你這樣的人，去了豈非等於羊入虎口？我怎忍著你前去送死，你……你……你還是快逃吧。」

鐵心男冷笑道：「你以為我怕他們？……哼！像他們這種蠢才，一百個加在一起，也抵不過我一根手指頭。」

桃花道：「你不怕他們，為何要從關內逃到這裡來？」

鐵心男呆了呆，道：「我……我……」

桃花忽然抬起頭，道：「莫非你怕的只是個女人，是以一聽他們全是男的，你就不怕了？」

鐵心男臉紅了，大聲道：「這些事不用你管。」

小魚兒卻拍掌笑道：「原來你不怕男人，只怕女人，哈哈，這毛病倒和我差不多，我委實也是一見了女人就頭疼。」

鐵心男叫道：「放過我……我去！」

小魚兒道：「你若去死，我豈非連徒弟也沒了？」

鐵心男道：「我擔保一定回來。」

小魚兒歪著頭想了想，笑道：「桃花，你看我這徒弟是不是英雄？」

桃花癡癡地瞧著鐵心男，合掌道：「阿拉保佑你。」

小魚兒大笑道：「英雄救美人，這可是佳話一段，我江小魚可不能殺風景……好，你去吧。」手掌拍了兩下，鐵心男一躍而起。

桃花道：「你……」

小魚兒笑道：「你有了一個英雄還不夠麼？我……我在這裡等你們。」

桃花跺了跺腳，道：「不願救人的人，將來也沒有人救你。」

她再也不瞧小魚兒一眼，道：「鐵……你也上馬來呀。」

鐵心男卻瞧了瞧小魚兒，道：「我……你……」

終於什麼話也沒說，飛身上馬，飛馳而去。

小魚兒瞧著那漸去漸遠的蹄塵，喃喃笑道：「多情的姑娘，情總是不專的，這話可一點兒也不錯，鐵心男這下子被她纏住了，卻不知要幾時才能脫身。」

他輕輕拍著那小白馬的頭，道：「馬兒馬兒，咱們也去瞧瞧熱鬧好麼？但你瞧見漂亮的小母馬時，可要走遠點，咱們年紀還小，若被女人纏著，可就一輩子不能翻身了。」

桃花打馬飛馳，長長的秀髮被風吹起，吹到鐵心男的臉上，鐵心男卻似毫無感覺，動也不動。

桃花只覺他呼吸的熱氣吹在脖子裡，全身都像是發軟了，她小手拚命抓緊韁繩，回眸道：「你坐得穩麼？」

鐵心男道：「嗯。」

桃花道：「你若是坐不穩，最好抱住我，免得跌下馬去。」

鐵心男道：「嗯。」居然毫不推辭，真的抱住了她。

桃花都軟了，突然道：「只要你救了我的族人，我……我什麼事都答應你。」

鐵心男道：「嗯。」

桃花眸子立刻又發出了光，馬打得更急，這段路本不短，但桃花卻覺得彷彿一下子就到了。

他們已可瞧見那黃色的帳篷，已可聽見聲聲驚呼。

桃花道：「我們是不是就這樣衝進去？」

話未說完，突見一條白色的人影，突然自身後直飛了出去，本來坐在馬股上的鐵心男，已站在十丈外。

桃花又驚又喜，趕緊勒住了馬。

只見鐵心男筆直地站在那裡，雪白的衣衫雖然染了灰塵，但在陽光下，看來仍是那麼乾淨，那麼瀟灑。

這正是每個女孩子夢寐中盼望的情人。

桃花心裡飄飄盪盪，幾乎將什麼事都忘了。

但驚呼叱罵聲仍不住傳來，鐵心男已在厲聲喝道：

「鐵心男在這裡！誰要來找我？」

驚呼叱罵聲突然一起消寂。

風吹草長，鐵心男衣袂飄飄。

帳篷裡突然有人嗄聲狂笑道：「好，姓鐵的，算你還有種，總算沒叫我李家兄弟白等。」

鐵心男冷笑道：「我早已猜中你們……你們要找的是我，還耽在那裡作什麼？隨我來！」他轉過身子，緩步而行。

帳篷那邊呼嘯之聲大起，十餘匹健馬，一起奔了過來，淒厲的呼嘯夾雜著震耳的啼聲，委實叫人膽戰心驚。但鐵心男仍是慢慢的走著，連眼睛都沒有眨一眨。

桃花遠遠的瞧著，心裡又憂又喜，喜的是鐵家的兒郎果然是出色的英雄，憂的是他文質彬彬的模樣，只怕不是這些野強盜的對手。十餘鐵騎瞬即將鐵心男包圍住了，鐵心男連眼皮都不抬，馬上的漢子手裡雖拿著長鞭大刀，竟偏偏不敢出手。直走出數十丈外，鐵心男才停住腳，冷笑道：「好了，你們幹什麼找我，說吧。」

迎面一匹馬上坐著的虬髯獨眼大漢厲聲道：「我兄弟先得問問你，那東西可是在你身上？」

鐵心男笑道：「不錯，是在我身上，但就憑你們兄弟這幾塊料，可還不配動它，你們若認為我到關外是躲你們，你們就錯了。」

那獨眼大漢怒吼道：「放屁！」突然一提韁繩，迎頭飛馳而來，長鞭迎風一抖，「吧」的，帶著尖銳的破風聲，毒蛇般抽了下來。

鐵心男叱道：「下來！」

手一揚，不知怎地，已提著了鞭梢，乘勢一抖，獨眼大漢百來斤重的身子，竟被他凌空抖起，摔在兩丈外。鐵心男身子一掄，馬群驚嘶著退了開去，突然刀光閃動，兩匹馬自後面偷襲而來，鬼頭刀直砍鐵心男的脖子。

鐵心男頭也不回，身子輕輕一縮，兩把鬼頭刀呼嘯著從他面前砍了過去，他長鞭揚起，鞭梢輕輕在這兩人脅下一點，這兩條大漢就滾下馬來，一人被馬蹄踢中，慘呼著滾出幾丈，自己手中的刀將自己左臉整個削去了半邊，另一人右腳還套在馬蹬裡，急切中掙它不脫，竟被驚馬直拖了出去。

他舉手投足，霎眼間便打發了三個人，真是輕而易舉，不費吹灰之力，別的人可全都嚇得呆住了。

鐵心男微聲笑道：「李家兄弟的馬上刀鞭功夫，原來也不過如此，別人想動我懷裡的東西，還有話說，不知你們竟也不量量自己的斤兩，也想插一腳。」

笑聲未了，突聽身後一人冷冷道：「李家兄弟不配動你懷裡東西，毛家兄弟配不配？」

這語聲有氣無力，像是遠遠自風中飄來，簡直教人聽不清，但愈是聽不清，就愈是留意去聽，一聽之下，就好像有無數個瞧不見的小毛蟲鑽進自己的耳朵裡，簡直恨不得將自己耳朵割下來。

鐵心男臉色立刻變了，失聲道：「峨嵋山上三根毛……」

身後另一個人怪笑著接道：「人鬼見了都難逃……嘻嘻，這句話原來你也聽過。」這聲音卻是又尖又細，宛如踩著雞脖子，刺得人耳朵發麻。

鐵心男一寸一寸地轉過身子，這才瞧見身後一匹大馬，特製的大馬鞍上，一排坐著三個人！

第一個驟看似是五、六歲的小孩子，仔細一看，這「孩子」竟已生出了鬍鬚，鬍鬚又白又細，卻又彷彿猴毛。他不但嘴角生著毛，就連眼睛上、額角、手背、脖子……凡是露在衣服外面的地方，都生著層毛。他面上五官倒也不缺什麼，但生的地方卻完全不對，左眼高，右眼低，嘴巴歪到脖子裡，鼻子像是朝上的。這簡直不像個人，縱然是人，也彷彿老天爺造他時，造壞了模子，一生氣就索性想把他揉成稀泥，卻又不小心被他溜進了他媽的肚子。鐵心男瞧著他，雖在光天化日之下，全身也不禁起了寒慄。

他也在瞧著鐵心男，咯咯笑道：「『嚼心蛀肺』毛毛蟲這名字你總聽說過吧？那就是我，你最好莫要多瞧，多瞧兩眼，就會肚子疼的！」

鐵心男要想不去聽他說話，卻又偏偏忍不住去聽，聽完了又覺得直要噁心，趕緊去瞧第二個人。這第二個人模樣也未必比那「毛毛蟲」好看多少，但身子卻比「毛毛蟲」整整大了一倍，脖子卻比「毛毛蟲」長了三倍，那又細又長的脖子上，一個頭卻是又尖又小，簡直和脖子一般粗細，滿頭亂髮刺蝟般豎起，一張嘴卻像是椎子，上面足足可以掛五、六隻油瓶。

鐵心男拚命咬著牙，道：「你就是毛公雞？」

這人咧嘴一笑，露出排鋸子一般的牙齒，道：「你莫要咬著牙，無論誰見著我，牙齒也要發癢的。」

鐵心男恨不得趕緊掩住耳朵——這人哪裡是在說話？這簡直像是在殺雞，殺雞的聲音都比他柔和得多。

他實在不想再瞧那第三個人了，卻又忍不住去瞧，他想，這第三個人總要好看些的——世上還有比他們更難看的人麼？他不瞧倒罷了，這一瞧之下——唉，老天，前面那兩個多少還有些人形，這第三個簡直連人形都沒有了。

這第三個人簡直是個猩猩。「毛公雞」的身子要比「毛毛蟲」大上一倍，這「猩猩」的身子卻要比「毛毛蟲」整整大上四倍。「毛公雞」脖子又細又長，這「猩猩」卻根本沒有脖子，一顆方方正正的頭，簡直就是直接從肩膀上長出來的，「毛毛蟲」身上的毛又白又細，這「猩猩」身上的毛又黑又粗，連鼻子嘴巴都分不出了，只能瞧出一雙野獸般灼灼發光的眼睛。

這雙眼睛正瞧著鐵心男，道：「毛猩猩！」

遠處草叢中的小魚兒，也瞧見這三個人了！他實在忍不住要笑。他實在想不通他們媽媽是怎麼將這三人生出來的，能生出這樣三兄弟來的女人，那模樣他更不敢想像。但他卻不知這兄弟三人正是近十年來最狠毒的角色，江湖中人瞧見他們，莫說笑，簡直連哭都哭不出了！

十三　仙女懲兇

小魚兒在暗中已瞧了許久，他瞧見李家兄弟在前面追鐵心男，這毛家兄弟就在後面跟著李家兄弟。他們坐的那匹馬又高又大，但走的步子卻是又輕又快，一路在後面跟著李家兄弟，李家兄弟竟沒人知道。

現在，李家兄弟自然知道了，這些看來威風凜凜的大漢，一瞧見這三個怪物，身子竟像是彈琵琶般抖了起來。

小魚兒不禁暗中奇怪：「這三個怪物找的又不是他們，他們怕什麼？難道這些怪物竟是六親不認，見人就殺的麼？」

只見李家兄弟一面發抖，一面就想溜，這兄弟十餘人的馬上功夫果然都不錯，身子未動，馬已在後退。

毛毛蟲突然笑道：「奇怪呀奇怪，姓鐵的還未溜，姓李的卻想溜了。」

諸李中一人趕緊抱拳笑道：「我兄弟不敢與前輩爭功，這姓鐵的身上的東西，我兄弟也不想分了，是以……我兄弟先走一步。」

毛公雞咯咯笑道：「你們一瞧見我們兄弟就走，難道是嫌咱們難看麼？」

那大漢臉色已黃了，牙齒打顫道：「不！不……不敢。」

毛公雞道：「既然不敢，爲何還要走？」

毛毛蟲笑道：「老二這就錯了，腿又不是生在他們身上的，他們的腿可沒有動呀，動的只不過是馬腿而已。」

毛公雞道：「如此說來，不是他們不聽話，是馬不聽話。」

那大漢趕緊道：「不……不錯，是……是馬……」

毛公雞道：「這些馬真該死。」

「死」字剛說出口，那毛猩猩已躍了下來。

他身子雖是方的，兩條手臂卻是又粗又長，幾乎要拖到地上，他身子看來雖笨，行動倒一點也不笨。

只見他身子一晃，已到了第一匹馬前，拳頭往馬頭上舉去，那匹馬連哼都未哼，就倒在地上，馬頭竟被他一拳打得稀爛。

小魚兒不禁嚇了一跳：「這傢伙好大力氣。」

一念轉過，已又有三匹馬的頭被他打爛了。

群馬驚嘶，毛猩猩大步趕過去，就像是砍瓜切菜，十幾匹馬眨眼間就再也瞧不見一個好好的馬腦袋。李家兄弟一個個跌下馬來，一個個面無人色，其中一人突然狂呼著往後就逃，簡直已被嚇瘋了。

毛公雞道：「還有不聽話的。」

語聲中突然飛起，頭前腳後，一根箭似的射了出去，「砰」的一聲，公雞般的腦袋已撞上了那大漢的後背。那大漢逃得不慢，只聽身後風響，連回頭都來不及回頭，已被撞著，一根脊椎骨斷成十幾截。他身子竟不是倒下去的，簡直就像是麵人兒似的癱下去。毛公雞的手卻已捉著他的身子，喝道：「老大，好菜給你！」

那大漢身子竟被拋了出來，飛過眾人頭頂。

毛毛蟲笑道：「剛出籠的饅頭來了。」

眼見那大漢身子飛來，突然生出猴爪般的小手，往那大漢胸口一掏，他只不過是輕輕掏了掏。那大漢身子還是照樣往前飛，但卻有鮮血湧了出來，又飛了三丈，才跌在地上，地上多了一串鮮血，他胸口也多了一個大洞。

再瞧毛毛蟲手上已是血淋淋的，掌心一顆鮮紅的人心，似是還在微微跳動。毛毛蟲笑道：「各位誰要吃這饅頭，好香好熱的饅頭，還燙手哩。」

李家兄弟臉如死灰，鐵心男臉色也變了。

毛毛蟲大笑道：「你們既然無福消受，可又便宜我了。」竟張口咬了下去，一口就咬了一半，嚼得吱吱作響，順著嘴角直淌鮮血。

李家兄弟身子發軟，簡直已站不住了。鐵心男不由自主掩住了嘴，否則就得當場吐了出來。就連小魚兒，也不禁直犯噁心。李大嘴雖然也是吃人的，但吃得到底「文明」得多，還講究細切慢烹，煎炒蒸煮，吃相也文質彬彬的，並不嚇人。像毛毛蟲這樣的吃法，小魚兒簡直沒瞧過，簡直也瞧不起，他覺得這人，簡直太野蠻，簡直太不懂享受。就算要吃人，最少也該學學李大嘴那樣的吃法才是。

但毛猩猩的氣力實在不小，毛公雞的身法實在不錯，這毛毛蟲手上的功夫，也實在令人吃驚。

這點小魚兒還是承認的，尤其是毛毛蟲，他伸手一掏，就能將人心掏出來，這出手之快且不去說它，部位認得之準，竟不會掏錯地方，這分眼明手快，當真連小魚兒也不得不佩服。

他索性沉住了氣，瞧個明白。

只見毛毛蟲片刻間已將一顆心吃得乾乾淨淨，甚至連嘴角的血都舐乾淨了，拍了拍手，笑道：「秋風將近，進補及時，人心最補，大家不可不知，你們瞧，我剛吃完了，精神可不就來了。」

他的精神果然來了，不但說話的聲音已響亮得多，就連眼睛也亮得多，臉上也冒出了紅光。

鐵心男突然冷冷笑道：「你們這是向我示威？」

毛毛蟲笑道：「你胸口裡也藏著個饅頭，你若不想被我吃掉，就趕緊把那東西拿過來吧，免得我多花氣力動手，費了力氣就又想吃饅頭。」

鐵心男道：「你想也休想！」

身子突然倒翻而出，三十六著，最是走爲上策。

哪知那毛猩猩突然已擋住了他的去路，兩條手臂一伸，加起手足有兩丈，鐵心男竟竄不過。

毛猩猩咧嘴一笑，道：「好漂亮的小腦袋，打壞了真可惜。」

他一共只說了十三個字，鐵心男卻已攻出十四招！鐵心男固然是快，他說得也委實慢得不像人話。

這十四招擊出去，從第一拳開始便未落空，只聽「砰，砰，砰……」之聲不絕於耳，毛猩猩肩頭、胸口、肚子已捱了十四拳之多，著著實實的十四拳，可沒有半分虛假。

但毛猩猩卻當他是假的，非但身子動也不動，嘴裡還是照樣說話，鐵心男這十四拳竟像打鼓爲他話聲助威一樣。十四拳擊過，鐵心男嘴唇已發白，那第十五拳，委實再也打不出手，竟似已呆在地上。

毛猩猩透了口氣，道：「完了麼？」

鐵心男咬咬牙，道：「完了。」

毛猩猩道：「好，輪到我了！」

「呼」的一拳，直擊而出。

他的拳頭鐵心男可受不了，身子一伏，突然自他脅下穿出，乘勢在他腳上輕輕一勾，反手又添了一掌。

毛猩猩身子已推重山倒玉柱的俯面跌在地上。

鐵心男卻不敢回頭瞧他狼狽的模樣，身形不停的前竄，突見地上鑽出個毛毛的東西，竟是毛公雞的腦袋。

他再回頭去瞧，毛猩猩已從地上彈了起來，正咧著大嘴望著他笑，左面卻伸過來一隻長滿白毛的小爪子，道：「拿來。」

這兄弟三人竟有兩下子，小魚兒瞧見他們的身法，就知道鐵心男逃是絕對逃不了的，打，也打不過。

他嘆了口氣，暗暗道：「看來只好我出手了，師父雖然未必幫著徒弟打架，但徒弟身上若有好東西時，做師父的可不能讓它被別人搶走。」

只見鐵心男已被圍在中央，他摩了摩拳頭，就要出手！但就在這時，突聽一陣鈴聲遠遠傳了過來。接著，他便瞧見了一個大紅的影子，像是火。這團火竟是一人一馬，火紅的馬，火紅的衣服，人馬本來極遠，但來得好快，簡直像是在飛！

鈴聲傳來，李家兄弟、毛家兄弟、鐵心男已全都一驚，再瞧見這火紅的人馬，十幾人竟似一齊嚇呆了。

只聽一個又嬌又脆的聲音喝道：「一共十九個，誰也不准走！」

人馬已火雲般飛到眼前，馬上人紅衣如火，手裡揮動著根火紅的鞭子，鞭子雨點般落下，霎眼間李家兄弟已被抽得倒在地上打滾，那鞭子就像毒蛇，就像火，但李家兄弟眼見這鞭子抽下來，非但不敢逃，不敢招架，竟像慘呼都不敢呼出聲來，只是咬著牙直哼。火紅的人馬兜著圈子，李家兄弟在地上直滾。

小魚兒不禁暗中鼓掌道：「好鞭法，打得好，不想鐵心男有這樣的朋友，看來用不著我出手了。」

他卻未瞧見這其中臉色變得最慘的，就是鐵心男，他目光委實已被馬上的人吸住了，且也沒空去瞧別人。

毛家兄弟實在太醜，這人卻實在太美，毛家兄弟醜得不像人，這人美得也不像人，簡直像是仙子。

她的衣服紅如火，她的面靨上也帶著胭脂的紅潤，她的鞭子若是地獄中的毒蛇，她的眼睛就是天上的明星。她的鞭子飛舞，她的眼波流動。

小魚兒暗嘆道：「只要能被她瞧兩眼，捱幾鞭子也沒關係，但她這鞭子卻未免太毒了，別人說過愈美的人愈狠心，這話果然不錯。」

他瞧見李家兄弟身子本來還在打滾，嘴裡本來還在哼哼，到後來卻連滾也滾不動了，哼也哼不出。但這紅衣少女手裡的鞭子還是不停，她瞪著眼睛，咬著牙，嫣紅的面靨上，沒有半分笑容，竟冷得怕人。

鐵心男突然大喝道：「他們和你有什麼仇恨，你要下如此毒手？」

那紅衣少女冷笑道：「天下的惡人，都和我仇深如海。」

鐵心男嘶聲道：「你……你住手！」

紅衣少女道：「你要我住手，我偏要打！偏要打！」

又抽了十幾鞭子，她卻霍然住手，兜轉馬頭，面對著毛家兄弟，她的眼睛發著光，冷笑道：「很好，你們沒有走，很聰明，但我也沒有忘記你們。」

毛毛蟲咯咯笑道：「姑娘叫咱們留下，咱們自然遵命。」

紅衣少女道：「你可知道我為什麼未用鞭子對付你們？」

毛毛蟲道：「不知道。」

紅衣少女道：「挨鞭的人能活，不挨鞭子的就得死！」

毛毛蟲道：「姑娘可知道咱們為什麼不走？」

紅衣少女道：「你敢走麼？」

毛毛蟲怪笑道：「咱們不走是因別人怕你，我們兄弟卻不怕你！」

三個人像是早已打好商量，此刻突然同時飛起。毛公雞一頭撞向那少女的腰，毛猩猩一拳擊向馬頭，毛毛蟲一雙猴爪，閃電般直抓她的眼睛。

這兄弟三人不但出手迅急，配合佳妙，而且所攻的部位，更是上、中、下三路全都照顧得周周到到。小魚兒實在想不出她怎能擋得住這三招，她就算能保住頭，也保不住腰，就算能保住腰，也保不住馬。

只聽這少女冷冷叱道：「找死！」

接著，又是輕輕一聲呼嘯，那匹胭脂馬竟突然人立而起，一雙馬腿，直往毛猩猩頭上砸了下去。

毛猩猩縱能受得了人的拳頭，卻也受不了這馬腿，拚命一躲，肩頭還是被踢中，踢得滿地打滾！小魚兒瞧得幾乎要拍起手來，他雖已猜出這少女武功必定厲害，卻未料到連她座下的馬也有兩下子。再瞧毛毛蟲與毛公雞，兩人也躺了下來，毛毛蟲一雙手已齊腕折斷，毛公雞的腦袋卻分成了兩半。小魚兒眼睛雖然快，但畢竟只有一雙眼睛，瞧得這邊，便顧不了那邊，他竟未瞧出這少女是如何出手的！

他簡直瞧得連眼睛都發直了，脖子裡直冒涼氣，這少女連馬鞍都未下，已打發了這三個怪物，這是什麼樣的本事！

草原晝短，日夕西沉。

夕陽，照著這少女嫣紅的臉，照著她嫣紅的面頰，也照著這些「死屍」——一個騎著紅馬的美麗小姑娘，慢慢走在滿地死屍間，風吹草長，夕陽將暮，這……這又像是幅什麼樣的圖畫？

鐵心男站在那裡，像是絲毫也沒有想逃的念頭，只是瞪大了眼睛瞧著她，臉色和躺在地上的人也差不了多少。

穿紅衣的小姑娘終於將馬兜到他面前，小魚兒雖瞧不見她的臉，卻猜她此時一定笑了，她不笑已是那麼美，笑的時候模樣更不知有多可愛了，只可惜自己瞧不見，他又想，這小姑娘只怕也對鐵心男很有意思，所以才會將和鐵心男作對的人都打在地上。

哪知這小姑娘卻冷笑道：「好，鐵心男，算你有本事，竟能一直逃到這裡，能從我手裡逃得這麼遠的人，除了你，還沒有第二個。但現在你可再也逃不了啦。」

鐵心男道：「所以我根本沒有逃。」

紅衣姑娘道：「你很聰明，你果然比這些人都聰明得多，但你若是真聰明，就快些將那東西交出來，免得我費事。」

小魚兒愈聽愈不對了，他這才知道這小姑娘雖然出手救了鐵心男，卻是黃鼠狼給雞拜年，沒存好心。

他眼珠子一轉，自懷中摸出件東西，悄悄爬了出去，風吹草長，不住作響，恰巧掩飾了他的聲音。

只聽紅衣姑娘道：「你拿不拿來？」

鐵心男道：「什麼東西，我根本不知道。」

紅衣姑娘大怒道：「我從來沒有對別人這樣好好說過話，你……你……你還要裝蒜？」鞭子突然飛起，一鞭子抽了過去。

「啪」的，鞭子抽在鐵心男身上，用的力卻不重，鐵心男動也不動地挨著，神色不變，淡淡道：「你打死我，我也不知道是什麼東西。」

紅衣姑娘喝道：「好，你這是逼我動手，你可知我一動手就不會停手，你難道不知道我的脾氣？你難道……」

她的氣愈來愈大，全未覺察小魚兒已爬到她的馬後，將手裡的東西迎風一晃，便有一股火燄飄了出來，立刻燃著了馬股和馬尾巴，這胭脂馬雖然神駿，但畢竟是畜牲，世上哪有不怕火燒的畜牲？當下驚嘶一聲，直竄了出去。

紅衣姑娘一句話沒說完，馬已將她帶到十丈外，她要是躍下馬來，小魚兒和鐵心男還是逃不了。怎奈她對這匹馬愛逾生命，怎捨得丟下？這自然是小魚兒早已算準了的，否則他又怎會使出這一著！

那火燒得好厲害，燒得馬瘋了似的向前跑。

紅衣姑娘驚呼道：「櫻桃，莫要怕，櫻桃……站住！」

她跳下馬雖容易，但要勒住匹受驚的馬，可不簡單，何況她簡直根本捨不得使力勒馬。這「櫻桃」腿力也實在真快，霎眼間便跑得不見了。

小魚兒自然也早已拉著鐵心男的手，向另一個方向飛逃而去，那小白馬遠遠瞧見了，居然像是認得他，也跟著他跑。也不知跑了多遠，小魚兒不敢停住腳，鐵心男更不敢停住腳，兩人臉已發青，汗珠已和黃豆差不多大。

天色已暗了，這一趟直跑了不少里路，莫說小魚兒，就連鐵心男一生也沒有一口氣跑得這麼遠過。跑著跑著，只見前面有個破破爛爛的小木屋，小魚兒也不管裡面有人沒人，一頭就衝了進去。

一衝進去，兩人可忍不住全躺下了，喘氣的聲音，簡直比牛還粗，小魚兒就在鐵心男懷裡，鐵心男心跳的聲音像是在打鼓。

幸好這屋子果然沒人，只見蜘蛛網不少，顯然已有許久無人居住，兩人衝進來時，自然沾得滿頭滿臉。小魚兒剛想去弄掉它，哪知鐵心男一喘過氣來，突然用力一推，幾乎將他推得遠遠滾了出去。

小魚兒瞪起眼睛道：「我救了你命，你就這樣謝我？」

鐵心男臉紅了紅，道：「對……對不起，謝謝你。」

小魚兒笑道：「對不起，行個禮，放個屁，臭死你……」鐵心男竟真的放了個屁，小魚兒早已笑得滿地打滾。鐵心男臉更紅得像茄子似的，恨不得一頭鑽進地裡。

小魚兒爬了起來，笑道：「放屁有什麼要緊，人在害怕時，不撒尿就算好了，放個屁又算得什麼？你怎麼像個大姑娘似的，動不動就臉紅。」

鐵心男道：「我……我……」

他說話的聲音簡直像是蚊子叫，連他自己都聽不清。

小魚兒道：「莫說你害怕，就連我……連我這天不怕地不怕的人都怕了她，還有誰不怕她……喂！你可知道她叫什麼名字？」

鐵心男道：「她姓張，別人都叫她『小仙子』張菁。」

小魚兒拍掌道：「呀，這名字我聽過……」

他突然想起自己出谷那天下午，逃入「惡人谷」的那「殺虎太歲」巴蜀東，就在他面前提起過這名字。

那巴蜀東的確也是怕她怕得要死，但小魚兒那時候未想到這人人聞名喪膽的角色，竟是個無錫泥娃娃般的小姑娘。

小魚兒想到她，騎著小紅馬，穿著紅衣裳，闖蕩江湖，走過的地方，人人都向她磕頭……小魚兒不覺想得出神了。

過了半晌，鐵心男輕輕道：「你能將我從她手裡救出來，可真不容易，但……但她必定恨你入骨，你以後可要小心。」

小魚兒笑道：「我不怕，她根本沒瞧見我，不認得我，何況……就算真的打起來，我也未必一定會輸給她。」

鐵心男笑道：「你打不過她的，她的武功也不知是誰傳授的，出道才不過一年多，最少已有五六十個武林高手栽在她手裡。」

小魚兒笑道：「那些一裝一簍的高手算什麼？」

鐵心男道：「但其中卻也有不少功夫是真硬的，譬如……」

小魚兒大聲道：「這些且不去管它，你且將那東西拿來給我瞧瞧。」

鐵心男身子微微一震，道：「什……什麼東西？」

小魚兒道：「就是他們不要命地來搶的東西，也就是你寧可不要命也不肯給他們的東西，你自然知道是什麼的。」

鐵心男道：「我……我不知道。」

小魚兒一把拉住了他的衣襟，大聲道：「我救了你性命，要你拿那東西給我瞧瞧，你都不肯，你這人還有良心麼，何況我只不過想瞧瞧，又不要你的。」

鐵心男道：「你……你放手，我告訴你。」

鐵心男嘆了口氣，道：「但我這是件秘密，你可不能告訴別人。」

小魚兒道：「我會去告訴誰？呆子，你才是我最喜歡的人呀，別人害你，我不要命地救你，我怎會去告訴別人！」

鐵心男臉又一紅，但立刻抬起頭來，輕聲道：「那東西不在我這裡。」

小魚兒瞪著眼睛瞧了他半天，突然大笑起來。

鐵心男道：「你笑什麼？」

小魚兒道：「那東西既不在你身上，他們爲何要追你？你爲什麼要逃？」

鐵心男嘆道：「只因那東西是我一個最親近的人拿去的，我怕別人去害他，所以就故意裝成東西在我身上的模樣，好教別人都來追我，他就可以平安了。」

小魚兒呆了呆，道：「原來這是金蟬脫殼，調包之計。想不到你竟是個肯捨己爲人的好人。」

鐵心男垂首道：「我雖不是好人，但那人是我哥哥。」

小魚兒道：「哦，原來如此，但那究竟是什麼東西，你總可以告訴我吧。」

鐵心男頭垂得更低，道：「那是張藏寶的秘圖。」

小魚兒笑道：「原來是這種東西，早知道是這種東西，我連瞧都不要瞧了，我若要寶貝，簡直到處都有，何必那麼費事？」

他站起來，轉了一圈，小魚兒走到門口，笑道：「這外面還有井。」

鐵心男道：「這破櫃子裡還有幾隻破碗，我去打些水來給你喝。」

小魚兒眨了眨眼睛，道：「你不會逃吧？」

鐵心男道：「我爲什麼要逃？」

小魚兒大笑道：「我知道你不會逃的。」

鐵心男果然沒有逃，卻提著個木桶走了進來。他臉上的傲氣已全不見了，突然變得十分溫柔，竟真的打水、洗碗，做了些男人不願做的事，而且做得很仔細。

小魚兒瞧著他，覺得有趣得很，突然一陣馬蹄傳來，兩人俱都一驚，面無人色，幸好小魚兒眼尖，已瞧見是匹白馬。

那小白馬居然也一路追著他們來了。

小魚兒又驚又喜，跳著迎了出去，撫著小白馬道：「馬兒馬兒你真乖，明天請你吃白菜，對了，我也該給你取個名字，別人紅馬叫櫻桃，你就叫白菜吧。」

他向屋子裡瞟了一眼，屋子裡很黑，過了半晌，鐵心男端了兩碗水出來，滿面笑容，道：「我已嚐了嚐，這水是甜的。」

小魚兒道：「我們喝水，馬兒呢？牠跑累了讓牠先喝吧。」

鐵心男趕緊道：「不行不行，這……我只洗了兩個乾淨碗，叫牠拿桶喝吧。」將一隻碗放到井邊，一隻碗交給小魚兒，飛也似的跑了回去。

他跑得可真快，等他跑出來的時候，小魚兒還站在那裡沒動哩。鐵心男眨了眨眼睛，笑道：「你喝呀，水真是甜的！」

小魚兒笑道：「我怕這井水有毒。」

鐵心男咯咯笑道：「不……不會的，水裡有毒的話，我已經被毒死了，我剛才已經喝了一碗，現在，我再喝一碗。」

他拿起井邊的碗，一口氣喝了下去。

小魚兒笑道：「你先喝，我就放心了。」

他喝了一碗，又是一碗，簡直比馬喝得還多。

天色更暗了，星星，已在草原上升起。

小魚兒面色突然大變，道：「不……不好！奇怪，我的頭怎麼發暈了？」

話未說完，真的倒了下去，大呼道：「毒，井水裡一定有毒！」

鐵心男突然後退兩步，冷冷笑道：「你放心，水裡沒有毒，只不過是迷藥，你在這裡好好睡上一夜，明天早上，就可以走路了。」

小魚兒呻吟著道：「你……你爲什麼要……下迷藥？」

鐵心男道：「只因我要去個地方，不能被你纏著。」

小魚兒道：「你……你……」

他愈來愈不行了，連話已說不清。

鐵心男笑道：「你這孩子，雖然還算聰明，但……」

他邊說邊走，說到這裡，腳下突然一軟，幾乎跌倒。他面色也立刻變了，再走兩步，竟真的撲地跌倒，倒在水桶旁，竟似連爬都沒有力氣爬起來，顫聲道：「這……這是怎麼回事？」

小魚兒道：「莫非你在自己碗裡也下了迷藥？」

鐵心男道：「不……不會的，我……我明明……」

小魚兒突然大笑起來，大笑過後一躍而起。

鐵心男大駭道：「你……你莫非……」

小魚兒拍掌大笑道：「你這孩子，雖然還算聰明，但和我比起來，可就差多了。你在屋子裡下迷藥，以爲我瞧不見？嘿嘿，告訴你，我這雙眼睛是藥水泡大的，就算半夜裡，也可以在地上找出根繡花針的。」

鐵心男面色如土，道：「原來你……你換了碗。」

小魚兒笑道：「不錯，我換了碗，你卻瞧不見，老實告訴你，這種把戲，我在兩歲時就會玩了，把我帶大的那些人，都是天下迷藥的祖宗。」

鐵心男連眼睛都張不開了，但卻拚命大聲道：「你……你想把……我怎樣……」

小魚兒道：「我也不想把你怎麼樣，只是，你說的話，我全不相信，我先要將你從頭到腳仔細搜一搜，看看究竟藏有什麼東西。」

他話未說完，鐵心男蒼白的臉，又像是火一般的紅了起來，顫聲道：「求求你……求……求你，不……不要……」

他不但聲音顫抖，竟連身子也顫抖起來，他的一雙手，死命地抓緊衣服，死也不肯放鬆。他口中不斷呻吟著道：「求求你……不……求求你……」

但聲音愈來愈弱，終於沒有聲音了，手也終於鬆開。小魚兒站在那裡，笑嘻嘻地瞧著他。直等他再也不會動了，小魚兒才在他身旁蹲了下來，把他的手拉開，他愈是求，小魚兒愈搜。這時，一陣風吹過，吹來了一條人影。

這人影來得竟一絲聲音也沒有，幽靈般站在小魚兒身後，朦朧的星光下，依稀可看出她身上的衣裳是紅的。小魚兒竟似完全沒有察覺！

十四 倩女現形

紅衣的人影，在星光下看來是那麼窈窕，那麼可愛。

她緩緩抬起了手，姿勢也是這麼輕柔而美麗，就像是多情的仙子，在星光下向世人散播著歡樂與幸福。

但這隻手帶來的卻只有死亡！這隻手剎那間就要取小魚兒的性命。

小魚兒還是好像完全不知道，但口中卻突然喃喃道：「這人真奇怪，怎麼躺在這裡睡覺，叫也叫不醒……喂，喂！這位大哥，你醒醒呀，在這裡睡覺要著涼的。」

那隻本要拍下的手，突然停住不動了。

小魚兒還在自言自語道：「這怎麼辦呢？……我既然見著了，就不能不管，唉，誰叫我瞧見了這口井，誰叫我要來喝水，我也只好自認倒楣了。」

紅衣人影突然道：「你不認得此人？」

小魚兒就像被針戳著屁股似的跳了起來，轉了個身，瞪著大眼睛瞧著這人影，又像是見了鬼似的。其實，星光下，水桶裡剩下的半桶水，就像是面鏡子，早已告訴了小魚兒來的這人就是小仙女。但小魚兒卻裝得真像，他瞪著眼睛怔了半天，才囁嚅著道：「小……小姑娘，你是幾時來的？」

他話未說完，小仙女一個耳光打了過去，他想躲，卻像是躲不開，直被打得滾倒在地。

「小仙女」張菁冷冷道：「你這小鬼也敢叫我小姑娘？」

小魚兒捂著嘴，哭喪著臉從地上爬起，慘兮兮的道：「是……大姑娘，我……」

話未說完，另外半邊臉又挨了一個耳刮子。

小仙女厲聲道：「大姑娘也不是你叫的。」

小魚兒道：「是，姑姑……阿姨……我不敢了。」

小仙女道：「哼，這樣還差不多。」

這話雖然還是冷冰冰的，但在她說來已是和氣多了。她簡直想不到自己會這樣和氣，也不知怎地，瞧見小魚兒這樣的孩子，竟連她的心都硬不起來。

小魚兒眨著眼睛，突然又道：「阿姨，你也莫要生氣，我有個叔叔，說人若生氣，肉會變酸，不……不……人若生氣，就會變老、變醜的，阿姨你這麼美，若是萬一真的變老變醜了豈非要教人難受得很？」

他眨著大眼睛說著，小仙女居然聽了下去。她瞧著小魚兒的臉，不禁覺得這孩子真是奇怪得很。

她竟不由自主脫口道：「我真的很美麼？」

一句話出口，突然覺得自己實在太和氣了，反手又是一個耳光摑了出去，瞪圓了那雙美麗的眼睛，厲聲道：「就算美也不要你說。」

小魚兒暗暗好笑，他已覺出這一掌已輕得多，但口中卻哭兮兮道：「是，阿姨雖然美，但我卻不說了。」

小仙女道：「你這小鬼，怎會到這裡來的？」

小魚兒道：「我跟著幾位叔叔來做生意，今天我大叔買了匹小馬，叫我騎著玩，哪知這匹馬雖小，卻厲害得很，竟發瘋般一陣跑，我拉也拉不住，就糊裡糊塗被這鬼馬弄到這裡，也不知這裡究竟是什麼地方。」他眼睛也不眨，想也不想，一大篇謊話就順理成章地從嘴裡流出來，簡直比真的還叫人相信。

小仙女點頭道：「不錯，無論多柔順的馬，一旦瘋狂起來，真是誰也拉不住的，莫說你這麼個小孩子了。」她自然是身受其痛，所以對這「小鬼」的遭遇不覺有些同情，卻不知使她「痛」的正是面前這「小鬼」！

小魚兒暗中幾乎笑斷了腸子，口中卻連連道：「是呀，我被這瘋馬折騰了一天，好不容易等牠跑不動了，瞧見這裡有口井，剛想喝口水，哪知卻瞧見了這個睡蟲。」

小仙女瞧了鐵心男兩眼，冷笑道：「哼！你以爲他是真的睡著了麼？」

小魚兒失聲道：「不是睡著，難道是死了！」

小仙女道：「小鬼，告訴你，他是中了別人迷藥……奇怪，他怎會被人迷倒的？……也好，我正可搜那東西在哪裡。」

她對小魚兒已全無疑心，竟也喃喃自語起來，小魚兒瞧著她搜鐵心男的身子，心裡直著急，卻也沒法子。

哪知她搜了一遍，卻什麼也沒搜著，小魚兒更奇怪，想不到那東西，竟真的不在鐵心男身上，那麼，我說要搜他時，他爲什麼急得要命？

突聽小仙女失聲道：「不好，那東西莫非已被迷倒他的人先搜走了？那會是什麼人？……小鬼快提桶水來，潑醒他，我要問他的話。」

小魚兒趕緊笑道：「是，莫說一桶，十桶我也提得動。」

但他卻像是一桶也提不動的樣子，一面打水一面喘氣，好容易打滿了一桶，喘著氣將水提過來，喃喃道：「這鬼桶怎麼這樣重，我……」腳下突然一個踉蹌，身子也撲地跌倒，水桶也直飛了出去，整桶潑在小仙女身上。

小仙女大罵道：「你這笨豬，你……你要死。」

小魚兒臉都駭白了，連滾帶爬站起來，脫下衣服，笨手笨腳地去擦小仙子身上的水，嘴裡連聲道：「阿姨，姑姑……我不是故意的，我該死！」

小仙女恨聲道：「瞧你長得還像個人，哪知你卻是個笨豬、死豬，你要不把我身上弄乾淨，我不宰了你才怪。」她跺著腳，抖著衣服，小魚兒手忙腳亂，跪在地上替她擦，她愈說愈氣，剛想把這「小笨豬」一腳踢出去，哪知她腳還未抬起，膝上「陰陵泉」突然一麻，半邊身子立刻不能動了，小仙女大驚喝道：「小鬼，你……」

小魚兒道：「對不起，我不是故意的，對不起……對不起……」口中說話，手也沒閒著，竟自她「宗鼻」、「梁邱」、「伏兔」、「髀靈」等穴道一路點了上去，竟幾乎將她「足陽明經」上所有的穴道全都點了個遍。

小仙女哪裡還會不跌倒？

她年紀雖小，但厲害的角色卻已會過不少，其中也頗有幾個出名的壞蛋，她做夢也想不到這小鬼竟比所有的壞蛋加起來還壞十倍，竟連她都瞧不出，竟連她都栽了，她氣得全身發抖，卻又偏偏無可奈何。

小魚兒這才笑嘻嘻站起來，故意瞪大眼睛道：「哎呀，你生病了麼，著涼了麼？怎會跌倒了？……唉，不想你竟如此嬌弱，才沾點冷水就病了。」

小仙女眼睛已冒出火來，顫聲道：「好……你很好，我竟瞧不出你有這麼好！」

小魚兒笑道：「對不起，我實在不是故意的，這桶水我本來是要送給你那匹馬喝的，我燒了牠的屁股，心裡實在過意不去，只可惜牠想來被你送去治傷去了，我只好將這桶轉送給你，反正你們兩姊妹誰受都一樣。」

小仙女嘶聲道：「原來櫻桃就是被你……你這小鬼燒傷的。」

小魚兒大笑道：「火燒櫻桃，水淹仙女，我這笨豬還不算太笨吧……告訴你，永遠莫要將別人瞧得太笨，也永遠不要佔人家的便宜，要別人叫你阿姨，一個小孩子若總是想佔別人的便宜，就一定會倒楣的。」他也不管小仙女氣得發瘋，笑嘻嘻的抱起了鐵心男的身子，放到那匹小白馬的背上，像是要走了。

小仙女拚命咬著牙，拚命忍住，她畢竟算聰明，知道這「眼前虧」若能不吃時，總是不吃的好。

哪知小魚兒突然又回過頭，瞧著她笑道：「對了，還有，你方才打我三巴掌，我可不能不還給你，瞧在你是個女人份上，我不加利息就是。」

小仙女驚呼道：「你……你敢！」

小魚兒笑道：「我不敢……我不敢……」隨手就是一個大耳光摑了過去，直打得小仙女臉都紅了，她一輩子幾曾吃過這樣的虧？嘶聲呼道：「你……你，好！你記著！」

小魚兒笑道：「你放心，我什麼事都忘不了的，你第一個耳光打得我好重，所以我也不能打輕，但第二個就會打輕些了。」第二個耳光摑下，小仙女雖然拚命忍住，但眼淚已不禁流了出來，她從生出來到今天，哪有人碰過她一根手指？

她流淚的眼睛，狠狠瞪著小魚兒，道：「好，我永遠也不會忘記你！永遠！永遠！」

小魚兒笑道：「我知道你永遠也不會忘記我的，女人對第一個打她的男人，總是忘不了的，能被你這樣的女人常常記在心上，我也開心得很。」

他大笑著接道：「但我這第三個巴掌，還是不能留著……只是，你第三下卻又實在打得我很輕，我也實在不忍打重了，你說該怎麼辦呢？」

小仙女大吼道：「你……你去死吧！」

小魚兒眨了眨眼睛，道：「好，就這樣吧，這樣就算互相抵過，誰也不欠誰了。」

眼睛瞧著小仙女的眼睛，緩緩俯下了頭。

小仙女連心都顫抖了起來，道：「你……你想怎麼樣？」

小魚兒笑道：「你用手打我，我用嘴打你，一定比你手打得還輕。」

小仙女驚叫道：「你這惡賊，你……」

「敢」字還未說出，小魚兒已經托住了她的下巴，在她那柔軟的小嘴上，輕輕親了親。

小仙女突然不叫了，整個人都似已呆住，整個人都似已痲木。

小魚兒卻突然嘆道：「你也最多不過十五六歲，怎麼能做我的阿姨？做我的老婆還差不多……你這麼香的嘴，我一天親十次都不會嫌多。」

小仙女瞪著眼睛，一字字道：「你若敢再動我一動，我一定要殺死你……一定要殺死你……」

小魚兒大笑道：「你放心，我再也不會動你了，像你這麼兇的女人，送給我我都不要，若有人真的娶了你這雌老虎，那才是真倒了窮楣。」

小仙女突然嘶聲大叫道：「你殺了我吧！你最好殺了我！否則我一定要你死在我手裡，我要讓你慢慢的死，一寸寸的死！」

小魚兒哈哈大笑，轉身拉過了馬。

小仙女大叫道：「你爲何不殺我？爲何不殺我？總有一天，你要後悔的，我發誓，你一定要後悔的。」

小魚兒卻已大笑著揚長而去，連瞧都不再瞧她一眼。小仙女望著他走遠，終於忍不住放聲痛哭起來。

只聽遠遠傳來小魚兒的歌聲：「小仙女，慘兮兮，掉眼淚，流鼻涕，小魚兒聽見了，拍手笑嘻嘻……」

小魚兒一面走，一面唱，他突然發覺自己歌喉還不錯，唱得簡直比小仙女的哭聲還好聽。直到小仙女的哭聲不見了，唱得也沒了精神，摸摸臉，嘆了口氣，摸摸嘴，又忍不住笑了起來。

那母老虎下手可真不輕，他的臉到現在還疼，但她的嘴卻又真香，那甜甜的香氣此刻似乎還留在他嘴邊。他突然大笑著向前跑，跑得小白馬又開始喘了氣，他突又停住了腳，在星空下躺下來，他委實累了。草原上的星空，是那麼遼闊，那麼燦爛，風吹著他的臉，他糊裡糊塗地想著，竟糊裡糊塗地睡著了。

他夢見小仙女躺在他懷裡，對他說：「每天只准你親我一百次，一次也不能多，一次也不能少。」

但他剛要去親時，小仙女卻又跳了起來，打他的耳光……不對，真的有人在打他耳光，莫非小仙女又追來了！他一驚醒，卻瞧見了鐵心男，打他的竟是鐵心男，方才那桶水，也有些濺到他臉上，他竟提早醒來了。

星光下，鐵心男蒼白的臉，滿是怒容，一雙美麗的大眼睛，正狠狠地瞪著小魚兒，咬著牙道：「小鬼，你也有睡著的時候，你也有落在我手裡的時候。」

小魚兒想跳起來，身子已不能動了，他竟也被人點了穴道。但他卻似全不生氣，也不著急，反而笑嘻嘻道：「我正在做著好夢，你把我吵醒了，你可得賠，我方才正在要親別人一百次，你就得讓我親一百次。」

鐵心男身子突然一陣震顫，失聲道：「方才你將我怎麼樣了？」

小魚兒笑道：「也沒有怎麼樣，只不過把你的身子搜了一遍，從頭到腳，仔仔細細搜了一遍，每一寸地方都沒有漏。」

鐵心男身子更抖得像是在打擺子，臉也紅得在星光下也能辨出那紅色，竟站在那裡，說不出話來。

小魚兒眨著眼睛，嘆道：「但你爲什麼不早告訴我你是女人？否則我也就不搜你了！唉，你要知道，我年紀雖小，畢竟也是個男人呀，怎忍得住……」

鐵心男大叫道：「住口！住口！再說我就殺你！」

小魚兒笑道：「我既已做了，說不說又有什麼兩樣？」

鐵心男咬著牙，眼淚又已在眼圈裡打轉。

小魚兒扮著鬼臉道：「看來，你只有嫁給我了，我也只有娶個年紀大的老婆……唉，等到我三十歲時，你已是老太婆了。」

鐵心男突然自靴筒裡拔出匕首，顫聲道：「你……你還有什麼遺言留下來，快說吧。」

小魚兒瞪大了眼睛，失聲道：「你要殺我！……你就算還要嫁給別人，也沒關係呀，我保證絕不反對，你又何必一定要殺我？」

鐵心男咬著牙道：「你若無話說，我就動手了！」

她突然轉過頭，顫聲接著道：「但你也可放心，我絕不嫁給別人。」

小魚兒聽得幾乎要笑出聲來，卻又實在笑不出，非但笑不出，倒差些要哭，老天，她竟真的相信了。

唉！女人，女人……你究竟是聰明？還是笨？

小魚兒苦笑道：「求求你嫁給別人，你愛嫁誰就嫁誰，嫁給誰都沒關係，只要不嫁給我就好了，我實在受不了。」

鐵心男斷聲道：「這，這就是你要說的話麼？好……」手裡緊握著的匕首，竟真的往小魚兒的胸膛刺了下去。

小魚兒大叫道：「慢著，慢著，我還有話說。」

鐵心男跺腳道：「快說！快說！」

小魚兒嘆道：「我還有句話，要你轉告天下的男人，叫他們千萬不要救別人的命，尤其不要救女人的命，他若瞧見有別人要殺女人，千萬莫燒那人的馬屁股，要燒也只能燒自己的馬屁股，走得愈遠愈好，愈快愈好。」

鐵心男道：「不錯，你是救了我性命，但……但我……」

突然坐到地上，放聲痛哭起來，痛哭著道：「我怎麼辦呢？……怎麼辦呢？」

小魚兒柔聲道：「你不要煩惱，還是殺了我吧，與其讓你煩惱，倒不如讓我死了算了，我能死在你手上，也很開心了。」

他嘴裡說著，眼睛卻一直偷偷瞧著鐵心男。鐵心男果然愈哭愈傷心，小魚兒心裡卻愈來愈得意：「對付女人的法子，我總算知道了，你只要能打動她的心，她就會像馬一樣乖乖地被你騎著，你要她往東，她就往東，要她往西，她就往西。」哪知他正在得意時，鐵心男卻已痛哭著一躍而起，發了狂似的向前跑，也不知要跑到哪裡去。

小魚兒這才真的吃驚，大呼道：「喂，你不能拋下我走呀，若是有狼來了，老虎來了怎麼辦？若是小仙女來了怎麼辦？你可知道，我方才又救了你……」

他叫得雖響，鐵心男卻已聽不見了。

風，雖仍是那麼柔和，星空雖也是同樣的那麼燦爛，那麼遼闊。但躺在下面的小魚兒，卻一點也不舒服了。他真是一肚子惱火，口中喃喃嘆道：「江小魚呀江小魚，這怪誰？這還不是怪你自己，誰叫你要惹上女人？狼來吃了你，小仙女來宰了你，你也活該。」

那小白馬已走了過來，在他身旁不住輕嘶。

小魚兒道：「小白菜，我說的話不錯吧？下次你若見到有人要用繩子勒死女人，你就趕緊替他架板凳，你若見到有人要用刀殺女人，你就趕緊替他磨刀。」

那小白馬一聲輕嘶，突然跑了開去。

小魚兒苦笑道：「好個小白菜，原來你也是不可靠的，你竟也拋下了我，唉，想來你大概也是匹母馬……」

但他已突然發現小白菜跑去的地方，竟動也不動地站著一個人。星光下，這人身上那雪白的衣裳，比馬還白。

鐵心男竟也回來了。小魚兒又驚又喜，卻忍住不出聲，只見小白馬跑到她身旁，輕嘶著，她身子終於移動，一步步走了過來。

風吹著她的衣服，她的體態是那麼輕盈。

小魚兒暗嘆道：「我真是瞎子，竟直到現在才猜到她是女人，我……我第一眼該已瞧出來的，男人哪有這樣走路？」

鐵心男已走到他身邊。小魚兒卻閉起眼睛，故意不理她。

只聽鐵心男幽幽道：「你並沒有真的欺負我。」

小魚兒再也忍不住，笑道：「你現在才知道麼？」

鐵心男道：「但……但你還是欺負了我，所以你……你……」

小魚兒道：「看在老天的份上，把你真正要說的話快些說出來吧。」

鐵心男垂下了頭，沉著臉道：「你願不願意陪我去一個地方？」

小魚兒道：「我自然願意，但你先得解開我的穴道，我才能走呀！你……你總不能，揹著我、抱著我走吧。」

鐵心男臉更紅了，卻忍不住噗哧一笑，果然俯下身子，輕輕拍著小魚兒，雖然還在爲他解著穴道，卻也像是不忍下重了手。

小魚兒苦笑道：「你方才打我時，下手那麼重，此刻解我的穴道，下手卻又這麼輕了，唉！老天！唉，女人……」總算站了起來。

鐵心男卻背轉了臉，輕輕道：「我以前不要你跟我，此刻又要你陪著我，只因我想來想去，知道你……你還是對我很好的。」

小魚兒道：「你以前不知道？」

鐵心男道：「我……我以前不讓你去，只因那地方太秘密！……」

小魚兒道：「你要去的地方究竟是在哪裡？」

鐵心男緩緩道：「那地方在崑崙山中，是……」

小魚兒失聲道：「惡人谷！你要去的地方莫非竟是惡人谷？」

鐵心男霍然回首，睜大了眼睛，道：「你……你怎麼知道？」

小魚兒打著自己的頭，喃喃道：「老天……老天，這位大姑娘在問我怎會知道『惡人谷』！我若不知道惡人谷，世上只怕再也沒有人知道了。」

鐵心男眼睛瞪得更大，道：「爲什麼？」

小魚兒道：「你且莫問我爲什麼，看在老天份上，先告訴我你爲什麼要去惡人谷吧？看你的模樣，實在不像是要去惡人谷的人。」

鐵心男道：「我……我只是去找個人！」

小魚兒道：「找誰？」

鐵心男道：「告訴你，你也不會知道。」

小魚兒大笑道：「我不會知道？……惡人谷上上下下，大大小小，有誰我不知道的？」

鐵心男吃驚道：「你……」

小魚兒大聲道：「我……我就是在惡人谷長大的。」

鐵心男臉色變了，道：「我不信……我簡直不能相信。」

小魚兒大笑道：「你不信？我且問你，除了『惡人谷』那種地方，還有什麼地方能養大一個像我這樣的人？」

鐵心男呆了許久，嫣然一笑，道：「的確沒有別的地方了，我本該早已想到的。」

小魚兒道：「現在你總可告訴我，找的是誰了吧？」

鐵心男又垂下了頭，默然半晌，緩緩道：「我找的人也姓鐵，他是個很有名的人。」

小魚兒道：「莫非是十大惡人中的『狂獅』鐵戰？」

鐵心男霍然抬頭，失聲道：「你認得他？他果真在那裡？」

小魚兒笑道：「幸好你遇著我，否則你就要白走一趟了。是什麼人告訴你『狂獅』鐵戰在惡人谷的？你真該打那人的屁股。」

鐵心男騎在馬上，小魚兒拉著馬，鐵心男沒有說話，小魚兒也沒有說話，那小白馬自然更不會說話了。

夜，很靜、很冷，回頭望去，仍可望見那千里無際的大草原，靜靜地沐浴在星光下，草浪起伏如海浪。他們終於已走出了草原，這平靜但又雄奇壯麗，單調卻又變化迷人的大草原，已在小魚兒心中留下永生都不能磨滅的印象。

但小魚兒卻沒有回頭，沒有再去瞧一眼——去的，既已過去了，就讓它過去吧，留戀？不，絕不！

鐵心男的臉，在星光下看來更蒼白得可怕，她的確很美，小魚兒自從知道她是女人後，就發現她實在比別的女人都美，也發現她比自己想像中脆弱得多，自從知道那消息，她非但沒有說話，簡直連動都不能動了，若不是還有這匹小白馬，她簡直連一步都不能走。

小魚兒不禁在暗中搖頭嘆息：「女人……女人究竟是禁不起打擊的，最美的女人和最醜的都是一樣。」

他暗中搖頭，嘴裡沒有說，他懶得再說。但鐵心男卻突然說話了。

她長長的睫毛，覆蓋著朦朧的眼波，她眼睛並沒有去瞧小魚兒，只是夢囈，輕語著道：「你已有許久未曾說話了。」

小魚兒道：「你不說話，我爲何要說話？」

鐵心男道：「但……你難道沒有話問我？」

小魚兒道：「我爲何要問你？我有什麼不知道。」

鐵心男道：「你知道什麼？」

小魚兒懶洋洋地一笑，道：「被人逼得沒路可走了，終於想到去投靠你的父親，雖然你本來對他並沒有多大的好感，甚至在很小的時候便已離開了他！甚至是在很小的時候便已被他拋棄了，但他，畢竟是你的親人。」

鐵心男朦朧的眼波突然亮了，瞪著小魚兒，道：「我的父親？誰是我的父親？」

小魚兒道：「狂獅鐵戰。」

鐵心男失聲道：「誰……誰說的？」

小魚兒打了個哈欠，道：「我說的……唉，女人，我知道女人明明被人說中了心事，也是萬萬不肯承認的，所以，你承不承認都沒關係。」

鐵心男瞪著小魚兒，好像是從來都沒有見過他似的——這孩子簡直不是人，是妖怪，是人中的精靈。

她呆了半晌，終於又道：「你……你還知道什麼？」

小魚兒道：「我還知道你的名字並不是男人的『男』，而是蘭花的『蘭』——鐵心蘭……這才像是你的名字，是麼？」

十五 有驚無險

鐵心男道：「不……不……唉，不錯，蘭花的『蘭』。」

小魚兒一笑道：「我知道你現在心裡很徬徨，也不知要到哪裡去，也不知該怎麼辦，所以，我不說話，讓你靜靜想一想。」

鐵心蘭苦笑道：「你究竟有多少歲？……我有時真害怕，不知道你究竟是個真正的孩子，還是個……是個……」

小魚兒道：「妖怪？」

鐵心蘭輕輕嘆息一聲，道：「我有時真忍不住要以為你是精靈變幻而成的，否則，你為什麼總是能猜中別人心裡的事？」

小魚兒正色道：「因為我比世上所有的人都聰明得多。」

鐵心蘭幽幽道：「也許你真的是……」

小魚兒道：「好，現在你想通了麼？」

鐵心蘭道：「想通什麼？」

小魚兒道：「你可想通你究竟該怎麼辦？到哪裡去？」

鐵心蘭又垂下了頭，道：「我……我……」

小魚兒道：「你可要快些想，我不能總是陪著你。」

鐵心蘭霍然抬頭，臉更白得像張紙，失聲道：「你……你不能？」

小魚兒道：「自然不能。」

鐵心蘭道：「但……但本來……」

小魚兒道：「不錯，本來我想和你結伴，到處去闖闖，但現在你既然是個女人，我計劃就要變了，我也不能再要你做徒弟了。」

鐵心蘭顫聲道：「但你……你……你……」

小魚兒道：「我和你非親非故，兩個人在一起到處跑算什麼？何況，我還是有許多事要做，怎麼能被個女人纏著？」

鐵心蘭像是突然挨了一鞭子，整個人都呆住，整個人都顫抖了起來，也不知過了多久，終於淒然一笑道：「不錯，我和你非親非故，你……你走吧。」

小魚兒道：「那麼你……」

鐵心蘭努力挺直身子，冷笑道：「我自然有我去的地方，用不著你關心。」

小魚兒道：「好，你現在只怕還不能走路，這匹馬，就送給你吧。」

鐵心蘭拚命咬著嘴唇，道：「謝謝，但……但我也用不著你的馬，我什麼都用不著你的，你……你……」一躍下馬，立刻轉過了頭。只因她死也不願小魚兒瞧見她已淚流滿面。小魚兒也裝作沒有瞧見，牽過了馬，笑道：「你用不著也好，我本也有些捨不得這匹馬，我若和牠分別，倒真還有些難受。」

鐵心蘭顫聲道：「我……我……」

她本想說：「我難道還不如這匹馬？你和我分別難道沒有一點難受？」但她沒有說出來，雖然她心已碎了。

小魚兒道：「好，我走了，但願你多多保重。」

鐵心蘭沒有回頭，只聽到他上馬，打馬，馬蹄剛去——他竟就真的這樣走了，鐵心蘭終於忍不住嘶聲呼道：「我自然會保重的，我用不著你假情假意地來關照我，我……我但願死也不要再見你！」

終於仆倒地上，放聲大哭起來。

小魚兒並沒有聽到這哭聲——無論如何，他至少裝作沒有聽見，他只是拍馬的頭，喃喃道：「小白菜，你瞧我可是個聰明人，這麼容易就將個女人打發走了，你要知道，女人可不是好打發的。」

他騎著馬，頭也不回地往前走，走了許久，突又喃喃道：「小白菜，你猜她會到哪裡去，你猜不著吧？……告訴你，我也猜不著，咱們在這裡等等，偷偷瞧瞧好麼？」

小白菜自然不會答對的，雖然牠也未必贊成。

小魚兒卻已下了馬，喃喃道：「能瞧瞧女孩子的秘密，總不是件壞事，何況……咱們也沒有什麼事急著去做，等等也沒關係，是麼？」小白菜自然也不會揭穿他這不過是自己在替自己解釋的——有時候馬的確要比人可愛得多，至少牠不會揭穿別人的秘密，也不會出賣你。

星群漸漸落下，夜已將盡。

鐵心蘭還沒有來，難道她不走這條路？但這是唯一的路呀，莫非她迷了路？莫非她又……小魚兒突然上馬，大聲道：「走……小白菜，咱們再瞧瞧去，瞧瞧她究竟要搞什麼鬼？你要知道，我可不是關心她，我是什麼人都不關心的。」

他話未說完，馬早已走了，走得可比來時要快得多，片刻間又到了那地方，小魚兒遠遠便瞧見了鐵心蘭。

鐵心蘭竟還臥倒在那裡，也不哭了，但也不動。

小魚兒從馬上就飛身掠過去，大聲道：「喂，這裡可不是睡覺的地方。」

鐵心蘭身子一震，掙扎著爬起，大聲道：「走！走！誰要你回來的，你回來幹什麼？」

夜色中，只見她蒼白的面色，竟已像是紅得發紫了，那嬌俏的嘴唇不住顫抖著，每說一個字，都要花不少力氣。

小魚兒失聲道：「你病了。」

鐵心蘭冷笑道：「我病了也用不著你管，你……你和我非親非故，你爲什麼要管我？」她身子雖已站起，但卻搖搖欲倒。

小魚兒道：「我現在就偏偏又要管你了。」突然飛快地伸出手，一探她的額角，她額角竟燙得像是火。

鐵心蘭拚命打開他的手，顫聲道：「我不要你碰我。」

小魚兒道：「我偏要碰你。」突然飛快地抱起了她。

鐵心蘭大叫道：「你敢碰我……你放手，你滾。」她一面掙扎，一面叫，但掙扎既掙不脫，叫也沒力氣，她拳頭打在小魚兒身上，也是軟綿綿的。

小魚兒道：「你已病得要死了，再不乖乖的聽話，我……我就又要脫下你的褲子打屁股了，你信不信？」

鐵心蘭嘶聲叫道：「你……你……」

突然埋頭在小魚兒懷裡，又放聲痛哭起來。

鐵心蘭真的病了，而且病得很重。

到了海晏，小魚兒就找了家最好的客棧，最好的屋子，這屋子本已有人住著的，但他拿出塊金子，大聲道：「你搬走，金子就給你。」他一共只說了八個字，那人已走得比馬都快——金子雖然不會說話，但卻比任何人說八百句都有用得多。

焦急、失望、險難、打擊、傷心，再加上草原夜裡的風寒，竟使得鐵心蘭在高熱中暈迷了一天多。

她醒來的時候，小魚兒正在煎藥。她掙扎著想爬起，小魚兒卻將她按下去。

她只呻吟著道：「你……你為什麼……」

小魚兒卻大聲道：「不准開口。」

她瞧見小魚兒眼圈已陷了下去，好像是為了照顧她已有許多夜沒睡了，她眼淚不禁又流下面頰。

小魚兒將藥碗端過來，道：「不准哭，吃藥，這是最好的藥方，最好的藥，你吃下去後，立刻就會好了，若像小孩子似的好哭，就又要打屁股了。」

鐵心蘭道：「這……這是誰開的藥方？」

小魚兒板著臉道：「我。」

鐵心蘭道：「原來你還會看病，你難道什麼都會？」

小魚兒道：「不准開口，吃藥。」

鐵心蘭輕輕一笑，雖在病中，笑得仍是那麼嫵媚。

她嫣然笑道：「你不准我開口，我怎麼吃藥呢？」

小魚兒也笑了，他突然發現女孩子有時也是很可愛的，尤其是她在對你很溫柔地笑著的時候。

黃昏，鐵心蘭又睡了。

小魚兒踱到簷下，喃喃道：「江小魚呀江小魚，你切莫忘記，女孩子這樣對你笑的時候，就是想害你，就是想弄條繩子套住你的頭，她對你愈溫柔，你就愈危險，只要一個不小心，你這一生就算完了。」

那白馬正在那邊馬棚嚼著草。小魚兒走過去，撫著牠的頭，道：「小白菜，你放心，別人縱會上當，但我卻不會上當的，等她病一好，我立刻就走……」

突聽一陣急遽的馬蹄聲，停在客棧外，這客棧麻雀雖小，五臟俱全，外面還附帶家酒舖。

小魚兒聽得這蹄聲來得這麼急，忍不住想出去瞧瞧。

遠遠就瞧見四、五條大漢衝進店來，一言不發，尋了張桌子坐下，店家也不敢問，立刻擺上了酒，但這些人卻呆子似的坐在那裡，動也不動。他們的衣著鮮明，腰佩長劍，氣派看來倒也不小，但一張張臉卻都是又紅又腫，竟像是被人打了幾十個耳刮子。過了半晌，又有兩個人走進來，這兩人更慘，非但臉是腫的，而且耳朵也像是不見了一隻，血淋淋地包著布。

先來的五個人瞧見這兩個人，眼睛都瞪圓了，後來的瞧見先來的，腳一縮，就想往後退，卻已來不及。

小魚兒瞧得有趣，索性躲在外面，瞧個仔細。

這兩批人莫非是冤家路窄，仇人見面，說不定立刻就要動起手來，小魚兒可不願進去蹚這趟渾水。哪知這兩批人卻全沒有動手的意思，只是先來的瞪著後來的，後來的瞪著先來的，像是在鬥公雞。

先來的五人中有個麻面大漢，臉上已腫得幾乎連滿臉的金錢麻子都辨不清了，他瞧著瞧著，突然大笑道：「鏢銀入安西，太平送到底……安西鏢局的大鏢師豈不是從來不丟東西的麼，怎地連自己耳朵都丟了，這倒是奇案。」他這一笑，臉就疼得要命，但卻又實在忍不住要笑，到後來只是咧著嘴，也分不出是哭是笑。

後來的兩人連眼睛都氣紅了，左面一條臉帶刀疤的大漢，突也冷笑道：「若是被人打腫了臉，還是莫要笑的好，笑起來疼得很的。」

麻面大漢一拍桌子，大聲道：「你說什麼？」

刀疤大漢冷冷笑道：「大哥莫說二哥，大家都是差不多。」

麻面大漢跳了起來，就要衝過去，刀疤大漢也冷笑著站起身子，小魚兒暗道：「這下可總算要打起來了。」

哪知兩人還未動手，手已被身旁的人拉住。

拉住麻面大漢的，是個頷下鬍子已不短的老者，年紀看來最大，臉上也被打得最輕，此刻搖手強笑道：「安西鏢局和定遠鏢局，平日雖然難免互相爭生意，搶買賣，但那也不過只是生意買賣而已，大家究竟還都是從中原來的江湖兄弟，千萬不可真的動起手來，傷了兄弟間的和氣。」

拉住刀疤大漢的一條瘦長漢子，也強笑道：「歐陽大哥說得不錯，咱們這些人被總局派到這種窮地方來，已是倒了楣了，大家都是失意人，又何必再嘔這閒氣！」

那歐陽老者嘆道：「何況，咱們今日這觔斗，還像是栽在同一人的手上，大家本該同仇敵愾才是，怎麼能窩裡反，卻讓別人笑話。」

那瘦長漢子失聲道：「各位莫非也是被她……」

歐陽老者苦笑道：「不是她是誰？除了她，還有誰會莫名其妙地下如此毒手，唉！咱們弟兄今天可真算栽了。」他說了這句話，七個人全都長嘆著坐了下去。

這七人臉上雖已腫得瞧不出什麼表情，但一雙雙圓瞪的眼睛裡，卻充滿了懷恨怨毒之意。

那痲面大漢又一拍桌子，恨聲道：「若真是為著什麼，咱們被那丫頭欺負，那倒也罷了，只恨什麼事也不為，那丫頭就出手了！」

歐陽老者長嘆道：「江湖之中，本是弱肉強食，不是我長他人志氣，咱們武功實在連人家十成中的一成都趕不上，縱然受氣，也只得認了。」

那瘦長漢子突然笑道：「但瞧那丫頭的模樣，也像是在別處受了欺負，非但眼睛紅紅的，像是痛哭了一場，就連她那匹寶貝馬都不見了，只怪咱們倒楣，恰巧撞在她火頭上，她就將一肚子氣都出在咱們身上了。」

痲面大漢拍掌笑道：「徐老大說得不錯，那丫頭想必是遇上了比她更厲害的，也說不定遇著個漂亮的小伙子，非但人被騙去了，就連馬也被人騙走了。」

幾個人一齊大笑起來，雖然一面笑，一面疼得齜牙咧嘴，但還是笑得極爲開心，像是總算已出了口氣。

聽到這裡，小魚兒早已猜出這些人必定是遇著小仙女了，小仙女打耳光的手段，他是早已領教過的！但小仙女這次出手，可比打他時要重得多，她在那井邊想必受了一夜活罪，這口氣正好出在這群倒楣蛋身上。小魚兒愈想愈好笑，但突然間，外面七個人全都頓住了笑聲，齜牙的齜牙，咧嘴的咧嘴，歪鼻子的歪鼻子，所有奇形怪狀的模樣，全都像中了魔般凍結在臉上，一雙雙眼睛瞪著門口，頭上往外直冒冷汗。

「小仙女」張菁已站在門口，一字字道：「我叫你們去找人，誰叫你們來喝酒！」

小魚兒一顆心已跳出腔子來，但卻沉著氣，一步步往後退，他自然知道小仙女要他們找的人，就是他自己。幸好這時已入夜，屋子裡已點上燈，院子裡就更暗，小魚兒沿著牆角退，一直退到那馬棚。

他不但人不能被小仙女瞧見，就是馬也不能被她瞧見，該死的是，這匹馬偏偏是白的，白得刺眼。馬槽旁地是濕的，小魚兒抓起兩把濕泥，就往馬身上塗，馬張嘴要叫，小魚兒就塞了把稻草在牠嘴裡，拍著牠的頭，輕輕道：「小白菜，白菜兒，你此刻可千萬不能叫出來，誰叫你皮膚生得這麼白，簡直比鐵心蘭還要白得多。」

他說完了，白馬已變成花馬，小魚兒自己瞧瞧都覺得好笑，他將手上的泥都擦在馬尾上，悄悄退回屋子。這屋子裡沒點燈，但鐵心蘭卻已醒了，兩隻大眼睛就像是燈一樣瞪著，瞧見小魚兒進來，突然一把抓了他，嘶聲道：「我的靴子呢？」

小魚兒道：「靴子？就是那雙破靴子？」

鐵心蘭喘息著道：「就……就是那雙！」

小魚兒道：「那雙靴子底都已磨穿，我已拋到陰溝裡去了。」

鐵心蘭身子一震，顫聲道：「你……你拋了！」

小魚兒笑道：「那雙破靴子，叫化子穿都嫌太破，你可惜什麼！緊張什麼！我已替你買了雙新的，比那雙好十倍！」

鐵心蘭掙扎著往床下跳，顫聲道：「你拋到哪裡？快帶我去找！你……你這死人，你可知道我那靴子，靴子裡藏著……。」

小魚兒眼睛眨眨，道：「藏著什麼？」

鐵心蘭道：「就是那東西……我爲了它幾乎將命都送了，但你卻將它拋到陰溝裡，我……我不如死了算了。」

小魚兒道：「那東西？那東西豈非不在你身上麼？」

鐵心蘭眼眶裡已滿是眼淚，道：「那是我騙你的。」

小魚兒嘆道：「誰要你騙我，這一來你可是自己害自己，我把那破靴子隨手一拋，根本不知道拋在哪裡。」

鐵心蘭當場倒在床上，不能動了，口中喃喃道：「好……很好……什麼都完了。」

小魚兒微微笑道：「那東西也只不過是張破紙而已，丟了也沒什麼了不起，你又何苦如此著急，急壞了身子可不是好玩的。」

他話未說完，鐵心蘭已一骨碌爬起來，瞪著他道：「你……你怎知道那……那是張紙？」

小魚兒笑道：「你若說的就是那張紙，我已從靴子裡拿出來過，紙不但已破了，還是臭臭的，有股臭鹹魚的味道。」

鐵心蘭整個人都撲到他身上，搥著他的胸，又笑又叫，道：「你這死人……你故意讓我著急。」

小魚兒笑道：「誰叫你騙我……我早已猜出那東西是在你靴子裡的……你居然想得出把那麼重要的東西藏在靴子裡，可真是個鬼靈精。」

鐵心蘭道：「你才是鬼靈精，什麼事都瞞不過你，你……你方才真駭死我了。」

小魚兒道：「但東西還是落在我的手裡，你不著急？」

鐵心蘭垂下了頭，道：「在你手裡，我還著急什麼？」

小魚兒道：「你不怕我不還給你？」

鐵心蘭道：「我不怕。」

小魚兒道：「好，我就不還你。」

鐵心蘭柔聲道：「那，我就送給你。」

小魚兒瞪起眼睛道：「但……但你本來死也不肯將這東西給別人的。」

鐵心蘭道：「你……你和別人不同。」

也不知怎地，小魚兒突然覺得心裡甜了起來，全身飄飄然，就好像一跤跌進成堆的棉花糖裡。

但他立刻告訴自己：「江小魚，小心些，這糖裡有毒的。」他立刻想把鐵心蘭往外推，怎地卻推不下手。

鐵心蘭悠悠道：「方才你到哪裡去了？」

小魚兒道：「外面……我還瞧見了一個人。」

鐵心蘭道：「誰？」

小魚兒道：「這人你認得的……我不幸也認得。」

鐵心蘭悚然道：「小……小仙女？」

小魚兒笑道：「對了，就是她。」

鐵心蘭顫聲道：「她在哪裡？」

小魚兒道：「你打開窗子只怕就可見到。」

鐵心蘭手腳都涼了，道：「她……她就在外面，你卻還有心在這裡和我開玩笑？」

小魚兒道：「她就在我面前，我也是照樣開玩笑。」

鐵心蘭咬著嘴唇，道：「你這人……現在，我們該怎麼辦呢？」

小魚兒道：「現在，三十六著，走爲上策，咱們……」

話猶未了，突聽外面遠處有人厲聲喝道：「叫你開門你就得開門，大爺們是幹什麼的，你管不著！」接著，「砰」的一聲，像是有扇門被撞開了！

小魚兒嘆道：「好啦，走也走不了啦！」

鐵心蘭面色如土，顫聲道：「看樣子小仙女已找了人一間間屋子查過來了，她想必已聽說咱們落腳在這附近，但現在他們還未查到這裡，咱們趕緊從窗子裡逃，還來得及。」

她一把拉住小魚兒的手，就想往窗外跳。

小魚兒卻搖頭道：「不行，咱們現在若從窗裡逃走，他們就必會猜出咱們了，那時小仙女追蹤而來，咱們也是逃不遠的。」

鐵心蘭掌心已滿是冷汗，道：「那……那怎麼辦？」

小魚兒微微笑道：「不怕，我自有法子。」

這時遠處又傳來女子尖銳的呼聲，叫道：「出去……快出去，你們這群強盜怎地也不敲門就闖進來了！……」

小魚兒笑道：「這女人莫非正在洗澡。」

他竟似一點也不著急，一面嘻嘻笑著，一面從懷裡掏出個已陳舊得褪了顏色的繡花小布袋。

鐵心蘭道：「這是什麼？」

小魚兒笑道：「這是寶貝……是我從一個姓屠的人那裡偷來的。」

說話間他已自袋中取出一疊薄薄的，軟軟的，黏黏的，像是豆腐皮，又像是人皮般的東西。

鐵心蘭眼睛瞪圓了，突然失聲道：「這莫非就是人皮面具？」

小魚兒笑道：「總算你還識貨。」

他從那一疊中仔細選出了兩張，道：「你先脫下外面的衣服，隨便塞在哪裡……再把我這斗篷，反著披在身上……好，現在把臉伸過來。」

鐵心蘭只覺臉上一涼，全身都起了雞皮疙瘩，等她張開眼來，小魚兒的臉已完全變了模樣。

他竟已滿臉都是皺紋，只差沒有鬍子。

鐵心蘭忍不住輕笑道：「真像是活見鬼，你……你竟已變成個小老頭了。」

小魚兒道：「小老頭正好配小老太婆。」

這時腳步聲、人語聲已漸漸近了。小魚兒仍是不慌不忙，先從袋子裡掏出一撮鬍子，黏在他自己嘴上，又取出瓶銀粉，往鐵心蘭和他自己頭髮上灑——兩個人頭髮立刻變爲花白的，然後，小魚兒又取出幾隻粗細不同的筆，也不知蘸了些什麼，就往鐵心蘭臉上畫。

人語聲、腳步聲愈來愈近，好像已到他們門口。鐵心蘭手腳冰冷，四肢已簌簌的發抖。

小魚兒的手仍是那麼穩，口中還不住悄聲道：「莫怕……莫怕，我這易容改扮的工夫，雖還並不十分到家，但唬唬他們已足夠有餘了！」

現在，腳步聲真的已到他們門口。

小魚兒閃電般收拾好東西，扶著鐵心蘭，道：「走，咱們從大門出去。」

鐵心蘭駭然道：「大……大門！」

她連聲音都急啞了，但小魚兒卻已不慌不忙地打開了門。

只見方才那條臉被打腫的大漢，恰巧正走到他們門外，小仙女那窈窕的紅衣身影，就在這幾人身後。

小魚兒卻連頭也不抬，連聲道：「大爺們讓讓路，我這老婆子也不知吃錯了什麼，突然得了重病，再不快去瞧大夫，就要送終了。」

他的語聲竟突然變得又啞又蒼老，活像是個著急的老頭子。鐵心蘭身子不住發抖，也正像是個生病的老太婆。

那群大漢非但立刻閃開了路，還閃得遠遠的，生怕被這老太婆傳染，那麻面大漢連鼻都掩住，皺眉道：「六月天突然發病，八成是打擺子，否則怎會冷得發抖？」

小魚兒一面嘆著氣，慢吞吞地從他們中間走了過去。鐵心蘭簡直要暈了，恨不得立刻插翅而逃，她真不懂小魚兒怎地如此沉得住氣。好不容易走過小仙女身旁，走到了院子裡，小仙女瞪大了眼睛瞧著他們，也像是絲毫沒有懷疑。

哪知他們還未走出幾步，「嗆啷」一聲，小仙女突然自一條大漢腰畔抽出了柄快刀，一刀向小魚兒腦袋上砍下，口中喝道：「你想騙得了我？」

鐵心蘭駭得魂都飛了，但小魚兒卻似毫未覺察，直到那柄刀已到了他頭上，立刻就可以將他腦袋切成兩半，他還是動也不動，還是一步步慢吞吞走著。那柄刀居然在距離他頭髮不及半寸處頓住。

就連那些大漢們都不禁嘆了口氣，暗暗道：「這丫頭疑心病好重，連這個糟老頭子都不肯放過。」

小魚兒像是什麼事都不知道，居然還走到馬棚裡，牽出了那匹也「易容」過的馬，喃喃道：「馬兒馬兒，老太婆雖病了，我可也不能丟下你。」

鐵心蘭急得眼睛都花了，汗已濕透衣服——小魚兒居然還要牽這匹馬，她真恨不得狠狠捏他幾把。

現在，小魚兒和鐵心蘭已站在大街上，鐵心蘭真不知道自己是怎麼走出來的，這簡直像做夢，一場噩夢。

她糊裡糊塗的被小魚兒扶上了馬，小魚兒拉著馬居然還在慢吞吞的走，鐵心蘭忍不住道：「老天，求求你，走快些好麼？」

小魚兒道：「千萬不能走快，他們或許還在後面瞧，走快就露像了……你瞧夜色這麼美，騎在馬上慢慢逛，多麼富有詩情畫意。」他居然還有心情欣賞夜色，鐵心蘭長長嘆了口氣，真不知是該哭還是該笑，但長街終於還是走完了。

眼前是一片郊野，燈火已落在他們身後很遠。

鐵心蘭這才長長鬆了口氣，苦笑道：「你這人……我真猜不出你的心究竟是什麼做的？」

小魚兒笑道：「心?……我這人什麼都有，就是沒有心。」

鐵心蘭咬著嘴唇，帶笑瞟著他，道：「方才那把刀若是砍下，你就連頭也沒有了。」

小魚兒笑道：「我早就知她那把刀只不過是試試我的，她若真瞧破了我，真要動手，又怎會再去拔別人的刀？」

鐵心蘭嘆道：「不錯……你在那種時候居然還能想到這種關節，你真是個怪人……你難道從來不知道害怕？」

小魚兒大笑道：「你以爲我不害怕？……老實告訴你，我也怕得要死，世上只有瘋子白癡才會完全不害怕的。」

鐵心蘭嫣然一笑，道：「咱們現在到哪裡去？」

小魚兒道：「到哪裡去都沒關係了，反正再也沒有人能認得出你……只是，你的病……」

鐵心蘭笑道：「我方才被他們一駭，駭出一身冷汗，病倒像是好了，手腳也像是有了力氣，你說怪不怪？」

小魚兒道：「你已能走了？」

鐵心蘭道：「能，不信我下馬走給你看看。」

小魚兒道：「好，你下馬走吧……我也要走了。」

鐵心蘭身子一震，失聲道：「你……你……你說什麼？」

小魚兒道：「我們不是早已分手了麼？只因爲你有病，我才照顧你，現在你病好了，我們自然還是各走各的路。」

鐵心蘭面色慘變，變得比方才聽到小仙女來了時更蒼白、更可怕。她身子竟已又開始發抖，淚珠已奪眶而出，嘶聲道：「你……你難道真的……真的……」

小魚兒道：「自然是真的，你將那東西送給了我，我也救了你一命，咱們可算兩相抵過，誰也不欠誰了！」

鐵心蘭淚流滿面，咬牙道：「你難道真的沒有心……你……你的心莫非已被狗吃了？」

小魚兒笑道：「這次你猜對了。」

鐵心蘭突然揚起手，狠狠給了小魚兒一個耳刮子。

小魚兒動也不動，瞧著她，淡淡道：「幸好我的心已被狗吃了，我真該謝謝那條狗，否則男人的心若被女人捏在手裡，倒真不如被狗吃了算了。」

鐵心蘭已痛哭著自馬背上仆倒在地，放聲痛哭道：「你不是人……你根本不是人！」

小魚兒拉起了她，笑道：「再見吧……無論我是不是人，至少不是被女人眼淚打動的呆子，我……」

突然一人冷笑道：「不錯，你不是呆子，你聰明得很！只可惜太聰明了些！」

十六　弄巧反拙

這語聲冷而美，赫然竟是小仙女的聲音。

鐵心蘭哭聲立刻頓住，小魚兒身子雖也一震，但卻絕不回頭去瞧一眼，口中立刻嘆息道：「孩子的媽，你哭什麼？又死不了的，快去找大夫吧，再遲人家只怕就要關起門來睡大覺了。」

只聽小仙女冷笑道：「你說完了麼？不錯，你裝得很像，你此刻真該去找大夫了，只可惜世上所有的大夫都已救不了你。」

小魚兒站在那裡，像是突然被釘子釘在地上，動也不能動。鐵心蘭也是那樣伏在地上，連頭都未抬起。

小仙女道：「你還有什麼話說？」

小魚兒突然轉過頭，突然大笑道：「很好，終於被你瞧破了，但你是如何瞧出來的？可否說來聽聽。」

小仙女冷笑道：「我砍下那一刀時，風聲連聾子都聽得出，你若真是個糟老頭子，早已駭得仆倒在地，又怎會還是若無其事地往前走？」

小魚兒歪著頭想了想，長嘆道：「不錯，原來你也是個聰明人，聰明得出乎我意料之外。」

小仙女道：「你現在才知道，不嫌太遲了麼？」

小魚兒笑道：「但你也莫要神氣，我總算還是騙過你一陣子，你發覺得才真的是太遲了，我若不是身旁有個累贅，早已不知走到哪裡去了，還會等著被你追上！」

小仙女居然沒有動怒，冷笑道：「你既然那麼聰明，此刻就該還能再想出個法子逃走……你若想不出，可見你的腦袋還是沒有用，不如割下來也罷。」

小魚兒笑嘻嘻道：「我何必再想什麼法子？你以為我真的打不過你？我先前只不過是懶得和你動手罷了，常言道，好男不與女鬥，我……」

他話未說完，小仙女的手掌已到了他面前。這一掌招式倒也平常，但卻奇快，簡直快得不可思議，若非眼見，誰也想不到世上竟有人出手如此迅急。小魚兒口中說話時，眼睛雖一直盯住她，防備著她，但這一掌擊來，他竟然還是躲不開。

他身子全力一擰，臉上還是被那春蔥般的指尖刮著一些，臉上立刻多了三道紅印，火辣辣的發疼。

小仙女第二掌又跟著發出。

小魚兒大嚷道：「住手，好男不跟女鬥，住手！」

他大叫大嚷，小仙女卻似全未聽見，她實在恨透這壞小子了，鐵青著臉，瞬息間已擊出了二、三十掌！小魚兒看來看去，也看不出她招式有什麼奇妙之處，她一掌擊來，小魚兒明明覺得自己可以從容化解，但到她一掌真的擊來時，小魚兒卻不知躲得多麼狼狽。他連變了十幾種身法，連掏心窩的本事都使了出來，但卻竟然無法還手擊出一掌——他一招還未擊出，小仙女的第二招已跟著攻來，他好容易再躲過這一掌，再想還手，小仙女第三招又來了，他簡直只有捱打的份兒。

鐵心蘭忍不住抬起頭來，眼睛也已瞧直了。

她根本瞧不清小仙女的身法、招式，她只瞧見一條紅衣人影，那兩隻白生生的手掌，竟已化為一條白線。這條白線在紅影中竄來竄去，又好像一條鞭子，小魚兒就被這條鞭子打得到處亂跑，他跑到哪裡，鞭子就追到哪裡，鐵心蘭委實也瞧不出這掌法有什麼特別奇妙之處，但卻一輩子也沒有瞧見過這麼快的掌法。小仙女的這雙手生像是附著什麼妖魔精靈，否則怎會有如此快的出手？

小魚兒只覺她像生著十幾隻手似的，剛躲過這一隻，另一隻已來了，他簡直連氣都不能喘。到後來，小魚兒眼前已全都是她那白生生的，蘭花般的掌影，他連頭都暈了，突又放聲大呼道：「住手，住手，你已中了我的毒，你……」

他又想重施故技，怎奈小仙女卻全不聽他這一套。鐵心蘭也急得變了顏色，但身子還是軟軟的，卻又無法助他出手。

小魚兒滿頭大汗，叫道：「你不相信？你可知我這毒藥有多厲害？」

小仙女冷笑道：「在我手下，天下可說絕無一人還能抽出手來施毒，何況是你這小鬼，你又想騙我，你簡直是做夢！」

小魚兒大叫道：「我不騙你，我……」

突然「啪」的一聲，他臉上已著了一掌，身子竟被打得直飛了出去，遠遠落在一丈外，在地上直滾。

鐵心蘭失聲驚呼道：「小魚兒，你……你……」

哪知小魚兒不等她話說完，一個翻身又跳了起來，擦了擦從嘴角淌下來的鮮血，笑嘻嘻道：「你放心，她打不死我的，只要她打不死我，我總能打倒她。」

小仙女冷笑道：「好，我倒要看看你骨頭有多硬。」

她話未說完，身子又衝了過去，又攻出七掌。不錯，她掌式既不奇詭，也不算狠辣，但卻實在太快，快得令對方簡直不能喘息，不能還手。

別人若不還手，又怎能勝她？

小魚兒咬著牙，發下狠，無論如何，也得還她兩拳。他看準小仙女掌法中有個破綻，拚命一招擊出！

哪知等到他這一招擊出時，小仙女手掌已將那破綻補上，他一招還只擊出一半，肚子上已捱了一拳！

鐵心蘭驚呼道：「不好！」

呼聲中，小魚兒又被打得飛了出去，滿地亂滾。

鐵心蘭顫聲道：「算了吧，求求你……你打不過她，她實在太快了！」

哪知小魚兒還是站起來。

他雖然疼得齜牙咧嘴，還是笑道：「就因爲她太快，所以打不死我……出手太快，就不會太重，這道理你難道不明白。」

小仙女面色也變了，她委實也未想到這小子竟然變得如此有種，居然還能站起來，她知道自己出手並不輕，若是換了別人，捱了這三下，縱然不死，也丟了半條命，但這小子非但能站起來，竟反而也出手反擊起來了。

小仙女咬了咬嘴唇，道：「好，算你骨頭硬，我倒要瞧瞧你的骨頭有多硬！」

她出手愈來愈快，小魚兒卻愈打愈慢。

但是他躺下去，又爬起來，躺下去，又爬起來……

小魚兒第七次爬起來，卻又跌下去，他還是掙扎著要爬起來。小仙女瞧著他，臉上的表情很奇怪，也不知是憤怒？是痛恨？還是已有些可憐，有些不忍？

她口中只是冷冷道：「你只要服輸，我就饒了你！」

小魚兒道：「放屁！誰要你饒我……要你求我饒你……我要扒下你的衣裳，把你吊在樹上，狠狠地抽你……」

他搖搖擺擺，才站直身子，小仙女已衝過去，飛起一腳，將他踢得連滾幾滾。

鐵心蘭已閉起眼睛，不忍去瞧了，她的心已碎，腸已斷，她自己也不知道爲何對這可恨的冤家如此關心。

小魚兒伏在地上，不住喘息，終於不能動了。小仙女胸膛已有些起伏，她喘息著道：「小鬼！小壞種！小流氓！你還能站起來麼？你還能再打麼？」

小魚兒雙手抓著地上的草，身子慢慢向上爬，顫聲道：「你才是壞種！流氓！你……你還是強盜……」

小仙女大怒叫道：「你還敢罵我！」

她又衝上去，一腳又將小魚兒踢了幾個滾。

鐵心蘭嘶聲道：「你……你……你好狠，人家已躺在地上，你還要動手！」

小仙女恨聲道：「誰叫這小鬼罵我！」

小魚兒道：「我罵你，我偏要罵你，你見財起意、你無惡不作、你殺人如草、你……你是見鬼的小仙女，你簡直是個母夜叉。」

他聲音已愈來愈弱，但還是罵不絕口。

小仙女氣得身子發抖，一腳踩在他胸膛上，道：「好，你罵，你罵……我叫你永遠再也罵不出，我本不想殺你，這是你逼我的，我……」

她咬著牙，一掌方待擊下，鐵心蘭失聲驚呼，也掙扎著要爬過去，滾過去，哪知就在此刻——

小魚兒突然出手，抱住了小仙女的腳！

他也不知道是哪裡來的力氣，竟將小仙女纖巧窈窕的身子一掄，掄了起來，接著飛起一腳踢在小仙女腰眼上！

小仙女再也想不到這垂死的人還能出手，腳一麻，身子被掄起，頭一暈，腰上挨了一腳，接著就摔在地上。

小魚兒也仆倒下去，壓在她身上，兩隻手片刻不停，把可以摸得到的穴道，不管三七二十一全點了。

鐵心蘭又驚又喜，顫聲道：「小魚兒，你……你這是怎麼回事？」

小魚兒喘息著笑道：「我早就告訴過你，她打不死我的……我這身子是被藥水泡大的，別人吃奶的時候，我就已開始吃藥……莫說是她，就算是出手比她再重十倍的人，也休想將我打得真個爬不起來！」

鐵心蘭道：「但你……你方才……」

小魚兒大笑道：「我方才只是故意裝出來騙她的，好教她不防備，然後再故意罵她，讓她生氣，她氣暈了頭，我就笑歪了嘴。」

鐵心蘭終於破涕爲笑，但還是有些不放心，道：「你真的沒事麼？」

小魚兒站起來，笑道：「我這一身銅筋鐵骨，憑她那兩隻又白又嫩的小手能傷得了我？她拳頭打在我身上，簡直好像在彈棉花似的。」但這棉花卻委實彈得不輕，他嘴雖說得硬，但身子一動，就到處發疼，全身骨頭像是被打散了。

他狠狠瞧著小仙女，道：「現在你還有什麼話說？」

小仙女閉著眼睛，眼淚已一連串流下來。

小魚兒大笑道：「你哭也沒有用的，我說過要還你幾拳，就是要還你幾拳，一拳也不會少……」

說著說著，他已一拳打了出去！他一連打了四拳，打得可真不輕。小仙女閉著眼，咬著牙，哼也不哼。

小魚兒道：「你求我饒你，我就少打幾拳。」

小仙女突然大叫道：「你這惡賊，你打死我吧！」

小魚兒一個耳光打過去，打得她住了嘴。

鐵心蘭忍不住道：「你就饒了她吧！」

小魚兒道：「饒她！我爲什麼要饒她？她方才爲何不饒我？我說過要扒下她的衣服，將她吊在樹上……」

小仙女嘶聲呼道：「你敢！你若真的，我……我死了也不饒你！」

小魚兒笑嘻嘻道：「你活著我尚不怕，何況死的。」

他一把抓起小仙女的頭髮，將她整個人抓起來，正正反反，先打了她四個耳刮子，笑道：「這是本錢，先還你，還要再加利息。」

小仙女淚流滿面道：「你……你好狠……」

小魚兒道：「我狠？你自己難道不狠？……你只知別人對你出手狠，難道就忘了你對別人出手時，豈非還要比這狠得多？」他愈說愈氣，一把就撕開了小仙女的衣服。

小仙女整個軟玉般的肩頭都露了出來，她嘶聲大罵道：「你這惡狗、惡魔……」她簡直將心裡想得出的什麼話全都罵了出來。

小魚兒笑嘻嘻地聽著，搖頭道：「你若罵得好，我聽聽也沒關係，還覺有趣，但你實在不會罵人，罵人的技術你一點也不懂，我只有請你住嘴了。」他竟從地上抓爛泥，要往小仙女嘴裡塞。

小仙女現在真的怕了，終於痛哭著道：「求求你……饒了我吧……饒了我吧……」

小魚兒大笑道：「好，你終於求我饒你了，你莫要忘記。」

小仙女哭得腸子都斷了，她畢竟是個女孩子，她畢竟年紀還小，她第一次嚐到被人欺負的滋味。

小魚兒大笑著將她摔在地上，道：「好，我饒了你。」

他再也不瞧小仙女一眼，轉過身子，扶起鐵心蘭，撮口而哨，叫道：「小白菜……小白菜……」

那匹小白馬竟真的和他有緣，竟真的跑了回來。

小魚兒笑道：「白菜兄，這次辛苦了你，揹我們兩人一程吧，到了前面，我一定好好請你吃一頓，還得喝兩杯。」

他扶著鐵心蘭上了馬，自己也上了馬，這匹馬雖然小，氣力卻不小，輕嘶一聲，輕快地向前就跑。

小魚兒大笑道：「小仙女，再見了……嗯，還是莫要再見的好。」

他竟然就這樣揚長而去，留下動也不能動的小仙女，躺在地上，小仙女的哭聲，他像是完全沒有聽到。

兩個人擠在馬背上，靠得緊緊的，鐵心蘭只覺身子又輕又軟，像是靠在雲堆裡，既不願動，也不願說話。

小仙女的哭聲，終於聽不見了。鐵心蘭終於輕嘆一聲，道：「你真的是張菁的剋星。」

小魚兒笑道：「她遇見我，算她倒楣。」

鐵心蘭默然半晌，悠悠道：「我真沒想到，你真的打起來時，竟那麼狠，那麼不怕死……」

小魚兒大笑道：「我也許是個壞蛋，但卻絕不是孬種！別人想要我幹什麼都容易，但誰也休想叫我求饒。」

鐵心蘭嫣然一笑，柔聲道：「不錯，你就算壞，但也壞得是個男子漢！」

星光月色都很亮，銀子般的月光，將他們的影子照在地上，他們兩人的影子，幾乎已變成了一個。

又過了半晌，鐵心蘭突然道：「你可知道『小仙女』張菁爲什麼要搶我那張藏寶圖？」

小魚兒道：「還不是見財起意。」

鐵心蘭道：「那你就錯了，她手段雖然毒辣，卻不是個壞人。」

小魚兒笑道：「她難道是好人？……好人要殺你，壞人卻救了你，這豈非怪事！」

鐵心蘭道：「我跟你說正經的，她要搶我的藏寶圖，只因爲她母親和這批寶藏的主人有很密切的關係。」

小魚兒道：「哦！……她已經這麼兇了，她母親豈非更是個母夜叉？」

鐵心蘭笑道：「她母親非但不是個母夜叉，還是昔日江湖中一位大大有名的美人，只要看見過她的男人，沒有一個不被她迷得要死要活的。」

小魚兒笑道：「這樣的人，我倒想瞧瞧。」

鐵心蘭咬著嘴唇，道：「只可惜你遲生了幾年，她現在已經老了，但江湖中老一輩的人聽到『玉娘子』張三娘的名字，心還會直跳。」

小魚兒笑道：「你爲什麼不說只可惜她早生了幾年，見不著我……那麼，小仙女的父親又是個何許人物？」

鐵心蘭道：「這……這我卻不清楚。」

小魚兒大笑道：「不錯，有名美人的子女，的確有許多是找不到父親的，只因爲可能是她父親的人太多了。」

鐵心蘭噗哧一笑，道：「你少缺德，那『玉娘子』雖然美得如玉，但也冷得如冰，江湖中追求她的男人雖不知有多少，但她瞧得上的卻只有一個。」

小魚兒眨了眨眼睛，道：「誰有如此艷福？」

鐵心蘭道：「就是那藏珍的主人，名叫燕南天！」

小魚兒身子微微一震，失聲道：「燕南天！」

鐵心蘭道：「你也聽過這名字？」

小魚兒道：「我……我好像聽見過，卻已記不清了。」

鐵心蘭道：「你若聽見過這名字，就不該忘記，他本是昔日江湖中最最有名的劍客，他的劍法，至今還沒有一個人能比得上。」

小魚兒道：「哦！」

鐵心蘭悠悠道：「他生得雖不英俊，但卻是江湖中最有男人氣概的男子漢，只可惜我也遲生了幾年，見不著他。」

小魚兒笑道：「你可要我幫你找他？」

鐵心蘭嘆道：「你已找不著他，任何人都找不著他，江湖傳言，十幾年前，他不知爲了什麼，闖入『惡人谷』，從此就沒有再出來，他雖然劍法無敵，但遇著那許多惡人，只怕……還是難逃毒手。」

小魚兒默然半晌，道：「噢……」

鐵心蘭道：「這藏寶圖，據說就是他入谷之前留下的，他似乎也自知入谷之後必死，所以便將他生前蒐集的古玩珍寶，以及他無敵天下的劍譜，全都藏在一個隱密之處，若沒有這藏寶圖，誰也找不到。」

小魚兒緩緩點頭道：「珍寶雖不足令人動心，但這劍譜卻的確令人眼紅，誰得了這劍譜，誰就可無敵於天下，那就難怪有這許多人要來搶了。」

鐵心蘭道：「但小仙女卻非爲這劍譜，而是爲了要安慰她的母親……」

她方待回頭，但眼光溜過地上，整個身子突然一震，失聲道：「你……你瞧，這……這是……」

小魚兒笑道：「我早就瞧見了，地上的影子，已多了一個。」

地上的影子，竟赫然真的多了一個，多出來的影子，就站在小魚兒身後的馬屁股上。

但馬還是照樣往前跑，像是全無知覺。小魚兒雖沉得住氣，鐵心蘭卻慌了，抱著小魚兒的手，拚命一勒馬韁，那匹馬長嘶而起，鐵心蘭卻跌下馬去！

只聽一人冷冷道：「你怕什麼？我若要取你們性命，早已出手了！」

小魚兒笑道：「我若害怕，早已跳下馬了。」

那語音咯咯笑道：「不錯，你這人很有意思，我早就瞧出你很有意思，想交交你這朋友，所以才跟著來的。」這語聲又尖又亮，說話人的嗓子，就像是金鐵鑄成，這語聲雖然冰冰冷冷，但卻又似帶著稚氣。

鐵心蘭驚惶爬起，抬眼瞧去，只見一個身材瘦小的黑衣人，輕飄飄站在馬股上，活像是黏在上面的紙。他不但全身都被一件閃閃發光的緊身衣服緊緊裹住，一張臉也蒙著漆黑的面具，只剩下一雙黑白分明的眸子，黑的地方如漆，白的地方如雪，這雙眼睛在夜色中一眨一眨的，也說不出有多麼詭異可怖。

鐵心蘭聳然動容，失聲道：「你莫非就是黑蜘蛛！」

那黑衣人怪笑道：「不錯，你居然認得我。」

鐵心蘭道：「你……你怎會到這裡？」

黑蜘蛛道：「我本也是爲你來的，但瞧見這小伙子，覺得很有趣，可真比那藏寶圖有趣多了，我想交這朋友，只好放棄那藏寶圖。」

小魚兒大笑道：「想不到居然會有人將我瞧得比這藏寶圖還重，這種朋友我也要交的……只是，黑蜘蛛，這又算什麼名字？」

黑蜘蛛冷冷道：「你連『黑蜘蛛』這名字都未聽過，簡直是孤陋寡聞，當今天下，不知我的名字的，還能在江湖中混麼？」

小魚兒道：「你什麼時候跟上我的？」

黑蜘蛛道：「你將白馬塗成花馬時，我就瞧見了。」

小魚兒道：「奇怪，我竟不知道。」

黑蜘蛛冷笑道：「我若存心要跟住一個人，就算跟上一輩子，那人也不會知道。我若不願被人瞧見，當今天下，又有誰能夠瞧見我的影子？」

小魚兒縱身下馬來，瞧著他那搖來搖去的身子，笑道：「你年紀雖小，口氣可真不小。」

黑蜘蛛怒道：「誰說我年紀小！」

小魚兒道：「我聽你說話，難道還聽不出？」

黑蜘蛛眨著眼睛，瞧了他半晌，咯咯笑道：「我年紀縱然小，也大得可以做你叔叔伯伯了，只是我既想交你這朋友，也不願倚老賣老，你就叫我大哥吧！」

十七 碧蛇神君

小魚兒笑道：「大哥？……你個子比我還小，該叫我大哥才是。」

黑蜘蛛眼睛一瞪，怒道：「江湖中人求我要叫我一聲大哥的人也不知有多少，但卻被我一個個踢回去了，我要你叫我，你還不願意？」

鐵心蘭已站了起來，不住向小魚兒使眼色。

小魚兒卻似沒有瞧見，還是笑道：「很好！……黑老弟，你的本事不小……」

黑蜘蛛怒道：「你叫我什麼？」

小魚兒道：「黑老弟，咱們喝兩杯去如何？」

黑蜘蛛咯咯笑道：「你可知你現在已將有大禍臨頭，除了我外，沒有人能幫你，你若叫我一聲大哥，不知有多少好處。」

鐵心蘭已急得要跺腳，直恨不得掐住小魚兒的脖子，要他叫「大哥」，但小魚兒卻還是笑嘻嘻道：「黑老弟，我有什麼大禍臨頭，你且說來聽聽。」

黑蜘蛛瞪著眼睛瞧住他，瞧了半晌，突然冷笑道：「好，我本來想幫你個忙的，但你既然要在我面前充老大，我也就犯不著再管你的事了。」說話間，手突然一揚，月光下只見他袖管中彷彿有條閃閃發光的銀絲，筆直飛了出去。

小魚兒還想仔細瞧瞧這是什麼，哪知他眼睛才眨了眨，黑蜘蛛的手一抖，人已跟著飛了出去，就像是箭一般！接著，他人就不見了，那銀絲也不見了。

小魚兒也不禁怔了怔，嘆道：「難怪他口氣這麼大，輕功果然有兩下子。」

鐵心蘭嘆道：「豈止有兩下子？他這手獨門輕功，『神蛛凌空，銀絲渡虛』，在江湖中簡直沒有第二個人能比得上。」

小魚兒道：「這種功夫有什麼巧妙？」

鐵心蘭道：「他袖中所藏的，據說真是南海千年神蛛所結的絲，又堅又韌，刀劍難傷，他將這蛛絲藏在一個特製的機簧筒中，手一揚，蛛絲就飛了出去，最遠據說可達一、二十丈，而蛛絲頂端的銀針，無論釘住什麼東西，他人立刻就能跟著到那裡，當真可說是來去飄忽，快如鬼魅。」

小魚兒笑道：「這小子非但人古怪得有趣，所練的功夫也古怪得有趣，卻不知他年紀竟是大是小？為什麼如此喜歡充老？」

鐵心蘭道：「江湖中沒有一個人瞧見過他的臉，更沒有人知道他年紀，只知他最恨別人說他小，誰要犯了他這毛病，馬上就要倒楣。」

小魚兒道：「我怎麼還沒有倒楣？」

鐵心蘭展顏笑道：「這倒是怪事，他倒真像是和你有緣，否則，就憑你叫他那幾聲老弟，他只怕已經要割下你的舌頭了。」

笑著笑著，突又長長嘆息了一聲，皺眉道：「但這人從來不說假話，他說咱們立刻就將有大禍臨頭，只怕……只怕也不會說假。」

小魚兒笑道：「哪有什麼大禍臨頭？你別聽他鬼話。」他語聲愈說愈小，說到最後一字，已幾乎聽不出了，他的眼睛，也已緊緊盯在馬屁股上，不知瞧見了什麼。

鐵心蘭剛發覺，剛想去瞧。

但小魚兒卻拖著她上了馬，道：「咱們快走吧！」

鐵心蘭道：「你……你瞧見了什麼？」

小魚兒道：「沒有什麼……哈哈，哪有什麼？」

鐵心蘭垂下了頭，默然半晌，幽幽道：「我知道你一打哈哈，說的就不是真話。」

小魚兒怔了怔，大笑道：「不想我這毛病竟被你瞧出了……我這毛病是從小被一個人傳染的，竟一直到現在還改不過來。」

鐵心蘭自然不知道傳染這毛病給他的就是從來不說真話的「哈哈兒」，她也不想問，只是急著道：「那麼，你究竟瞧見了什麼？」

小魚兒道：「也沒什麼了不起的東西，你不瞧也罷。」

鐵心蘭笑道：「我知道你不讓我瞧，是怕我著急，但我若不瞧，就會更著急……」

小魚兒苦笑搖頭道：「唉……女人，你要瞧，就瞧瞧吧。」馬股上，不知何時，竟被人印上一條綠色的小蛇。

這條小蛇是以碧磷印上去的，在月光下閃著醜惡的綠光，光芒閃動，這條蛇也像是在蠕動，那鏟形的蛇頭，更像是隨時都會跳出來噬人。小魚兒雖然明知牠不是活的，但不知怎的，卻愈瞧愈覺得噁心，全身上下，像是都起了雞皮疙瘩。

鐵心蘭更早已面色大變，道：「蛇……碧磷蛇……青海之靈，食鹿神君！」

小魚兒眨著眼睛，笑道：「你說什麼？」

鐵心蘭蒼白著臉，顫聲道：「你不懂的……不懂的……」

小魚兒道：「一條小蛇就算是真的，也沒什麼可怕。」

鐵心蘭道：「真的不可怕，這假的才可怕！」

小魚兒失笑道：「不怕真的怕假的，為什麼？」

鐵心蘭深深吸了口氣，道：「這碧磷蛇就是那『青海之靈，食鹿神君』的標誌，標誌所在，他人就不遠了，他人既不遠，禍事就真的要來了。」

小魚兒皺眉道：「這食鹿神君又是什麼玩意呢？」

鐵心蘭道：「你可聽過『十二星相』這名字？」

小魚兒目光閃動，道：「好像聽過，又好像沒有。」

鐵心蘭嘆道：「這『十二星相』乃是近三十年，江湖中最殘酷、最狠毒的一批強盜，他們平日極少下手，但若瞧見值得下手的東西，被他們瞧中的人便再也休想跑得了，三十年來，據說『十二星相』只有一次失手！」

小魚兒道：「這條蛇自然就是『十二星相』中的人。」

鐵心蘭道：「不錯，這『食鹿神君』，正是『十二星相』中最陰毒、最狡猾的一人，他的老窩就在青海……唉！我本該早已想到他要向我下手的。」

小魚兒道：「為什麼你早就該想到？」

鐵心蘭道：「十二星相唯一失手的一次，據說就是栽在燕南天手上，他們若知道燕南天有藏劍譜留下，又怎肯放過！」

小魚兒眨著眼睛笑道：「不想你年紀雖小，知道的事卻不少。」

鐵心蘭幽幽道：「我很小的時候，就出來闖蕩江湖，知道的江湖秘辛，自然比別人多些，你將來在江湖走動，便會知道的！」

小魚兒笑道：「知道的愈多，就害怕的愈多，倒不如索性什麼都不知道，無論遇著什麼人，都可以不管三七二十一先和他拚了再說。」

鐵心蘭笑道：「但我們現在既然知道了，又該怎麼辦呢？」

小魚兒道：「咱們此刻既拚不過他，自然唯有走。」

鐵心蘭喃喃道：「走？……能走得了麼？……」

兩人一騎，策馬狂奔，兩人俱是滿頭大汗，都已將面具取了下來，小魚兒輕輕道：「小白菜，辛苦你了，抱歉抱歉！……」

只見前面有個小小的山村，此刻雖然只不過曙色初露，但這山村的屋頂上，卻已嬝嬝升起了炊煙。

青灰色的炊煙，在乳白色的蒼穹下嬝娜四散，就像是一幅絕美的圖畫。但任何丹青妙手也休想描繪得出。

這裡已迫近青海、四川的接境，漢人已多。

只見一個身穿青布短褂的老漢，站在一家門口，嘴裡刁著管旱煙，瞧著天色，喃喃道：「看來今天又是個好天氣，該把棉被拿出來曬曬了。」

小魚兒翻身下馬，走過去唱了個喏，笑道：「老丈可有什麼吃喝的，賞給我兄妹一些？」

那老者上下瞧了他幾眼，又瞧了瞧馬上的鐵心蘭，呵呵笑道：「小官人說話真客氣，只要不嫌老漢家裡茶飯粗陋，就快請進來。」一面說著話，一面已含笑揖客。

小魚兒笑著謝過，扶鐵心蘭下馬，悄聲道：「不想這裡的鄉下人倒好客得很。」

鐵心蘭笑道：「瞧見你這麼可愛的孩子，話又說得這麼甜，無論你要什麼，只怕沒人能狠得下心拒絕你。」說到這裡，臉突然一紅，垂下了頭。

小魚兒瞧著她嫣紅的臉，笑道：「只怕別人是瞧在你這病美人的面子，他雖是個老頭子，但卻沒有瞎眼。」

鐵心蘭嫣然一笑，扶著他的肩走了進去。

只見那老漢已擦乾淨了桌子，擺上了四副碗筷，笑道：「兩位稍坐，老漢子瞧瞧老婆子飯可煮好了沒。」

他人走進去，飯香就一陣陣傳了出來，小魚兒肚子嘰哩咕嚕直叫，眼睛睜得大大的瞪著廚房的門，廚房裡碗杓叮噹直響。

一個白髮蒼蒼的老婆子終於走了出來，一手捧著一大碗熱氣騰騰的糙米飯，上面還擺著一塊鹹肉，幾條鹹菜。

她蹣跚著將飯送到桌上，彎腰笑道：「兩位小客人先用吧，莫客氣，飯涼了就不好吃了。」

小魚兒笑道：「既是如此，我兄妹就不客氣。」

他還沒等到這老婆子走出門，已拿起了碗筷，就要往嘴裡扒飯，突聽「噹」的一聲，鐵心蘭剛端起了碗，立刻又鬆下了手，笑道：「真燙。」

小魚兒目光一閃，突然出手如風，用筷子在鐵心蘭手上一敲，鐵心蘭筷子落地，瞪大了眼睛道：「你這是幹什麼？」

小魚兒也不說話，卻將那碗飯倒在桌上，又乾又硬的糙米飯灑了一桌子，卻有條小小的青蛇從飯粒中蠕動著鑽了出來。

鐵心蘭失聲驚呼，道：「蛇……十二星相！」

小魚兒已飛身衝進了廚房，鐵心蘭接著衝進去，只見方才那老漢仰天倒在地上，一張臉已變成黑的！

還有個老婆子倒在灶旁，臉也是又黑又青，但頭髮卻也是黑的，看得出不是方才送飯進去的那老太婆。

那白髮蒼蒼的老婆子已不見了！

鐵心蘭顫聲道：「好狠……好毒……唉，好險。」

小魚兒咬著牙，恨聲道：「這些人看來竟比我還壞十倍，竟連這老人家都不肯放過。」

鐵心蘭道：「我……我早就知道咱們跑不了的！」

小魚兒取出塊金子，拋在地上，又用塊焦柴，在牆上寫了十個大字：「厚殮兩人，否則必追你命！」突聽門外馬嘶，小魚兒立刻衝出去，一條小蛇已沿著馬腿在往上爬。小魚兒撕下條衣襟，將蛇撣在地上，踩得稀爛，摸著馬鬃道：「小白菜，莫要怕，這些惡人害不死你的，也休想害得死我。」拉著鐵心蘭上馬，打馬飛奔而去。

那白馬似也知道兇險，跑得更是賣力，霎眼間便穿過那小小的村莊。

鐵心蘭身子還在發抖，不住喃喃道：「好險！……好險，咱們只要吃進一粒飯，就活不到現在了。」

小魚兒大笑道：「但咱們現在還是好好的活著！」

鐵心蘭道：「你……你是怎麼會發覺的？」

小魚兒道：「你端起飯碗，還燙得不能留手，那老婆子卻安安穩穩從廚房裡一路捧出來，這雙手沒有練過毒砂掌一類的功夫才怪。」

鐵心蘭嘆道：「真是什麼事都逃不過你這雙眼睛。」

突見前面路上，一塊綠草如茵，仔細一瞧，這塊草竟不住蠕動，赫然是百餘條青色的小蛇。

鐵心蘭失聲驚呼，小魚兒已調轉馬頭，往旁邊一條岔路衝了過去，這條路雖然窄小，但兩旁竟有林蔭夾道。

小魚兒一路上從未見過如此蔭涼幽美的道路，心裡方自有些驚疑，突然一條蛇自樹上倒掛下來！

這條蛇雖仍是碧綠色，但卻不小，綠油油的蛇身，粗如兒臂，赫然正掛在鐵心蘭的眼前。

白馬驚呼人立，鐵心蘭嚇得魂都飛了。

小魚兒喝道：「莫慌，捉蛇打狗的本事我最在行！」

喝聲中出手如電，捏住那蛇的七寸，往樹上摔了過去，這一抓一摔，果然是迅急美妙，蛇果然已被捽暈。

鐵心蘭這才鬆了口氣，道：「幸好你不是女人，女人可都是怕蛇的。」

小魚兒道：「你那柄匕首拿來。」

鐵心蘭遞過匕首，道：「小心些，莫要被蛇血濺在身上。」

小魚兒道：「哼！……」

只見他鐵青著臉，突然一刀往自己臂上割下！

鐵心蘭吃驚道：「你……你這是……」

一句話未說完，已像是被人扼住咽喉，再也說不出一個字，甚至連呼吸都已困難。

自小魚兒臂上刀口流出來的血，竟是黑的。

小魚兒臉色慘白，嘶聲道：「我終於還是上當了！」

緩緩攤開手掌，掌心凝結著幾滴血珠，竟是黑的。

再瞧那條蛇雖已暈死，但蛇身卻仍筆直，七寸處隱隱竟似有光芒閃動，鐵心蘭變色道：「原……原來這條蛇早已死了，那惡魔竟在蛇身裡藏著一柄軟劍，劍上有劇毒，你一捏蛇身，裡面的劍鋒就割傷了你！」

小魚兒悠笑道：「你真聰明，真是天才兒童。」

鐵心蘭道：「幸……幸好你……你發覺得早，已將毒血放出，只怕已沒……沒事了吧？」

小魚兒道：「沒事了……半個時辰後，什麼都沒了！」

鐵心蘭身子一震，從馬上跌了下去，顫聲道：「你……你胡說！」

小魚兒道：「這毒是沒有救的，我若不放血，此刻已要去見那老頭子了，縱然放了血，也拖不著半個時辰！」

鐵心蘭撲到他身上，淚流滿臉，道：「這毒有救的，你根本不知道……」

小魚兒大笑道：「我從小就在使毒的大名家群中打滾，我若不知道，天下還有誰知道！」他居然還像是得意得很，居然還笑得出。

鐵心蘭叫道：「既然如此，你就該能配解藥。」

小魚兒道：「我自然能配解藥。」

鐵心蘭大喜道：「你……你原來又在嚇我！」

小魚兒緩緩道：「但這解藥卻要三個月才配得好！」

鐵心蘭笑容還未綻出，又已軟軟地跌倒，流淚道：「你現在還有心情開玩笑，你……你……你叫我怎麼辦呢？」流淚變爲抽泣，抽泣變爲痛哭，痛哭搥地道：「你簡直不是人！你竟對自己的生死都要開玩笑，卻不管別人心裡如何，我恨死你……恨死你了！」

小魚兒也不理她，卻從懷裡掏出了張發黃的羊皮紙，拿在手裡揮來揮去，口中大聲呼道：「小臭蛇，你瞧見了麼？這就是那藏寶圖，你想不想要？」

他喊了兩遍，樹梢果然傳下來一聲又尖又細，又滑又膩，教人聽得全身都要起雞皮疙瘩的冷笑。

一人冷笑著道：「這遲早是我的，我並不著急。」

只見這人穿著條碧綠的緊身衣，藏在樹葉中，當真教人難以發覺。他又瘦又長的身子，彎彎曲曲地藏在枝椏間，全身像是沒有骨頭，那雙又細又小的眼睛瞪著小魚兒，活脫脫就像是條蛇，毒蛇！

鐵心蘭抬頭瞧了一眼，全身都不覺發麻，就像是有條冰涼的蛇鑽進了她衣服，沿著她背脊在爬。

小魚兒卻大笑道：「這真已遲早是你的了麼？」

那碧蛇神君陰惻惻笑道：「你若趁早雙手奉上，本座只怕還會救你的命。」

小魚兒大笑道：「是，是，我很相信……」

鐵心蘭嘶聲道：「你就給他吧，反正……反正咱們已用不著了！」

碧蛇神君道：「還是這女子聰明。」

小魚兒哈哈笑道：「是，是，她聰明，我卻很笨！」

突然將那張羊皮紙塞入大笑著的嘴裡，大嚼起來。

碧蛇神君在樹上一滑一閃，便「嗖」地竄了下來，從馬上一把抓了小魚兒，厲聲怒喝道：「吐出來！」

小魚兒也不招架閃避，任憑他拖下馬，卻趁機將那張紙吞了下去，張開嘴笑道：「吐不出來了。」

碧蛇神君怒喝道：「你這是找死！」

小魚兒嘻嘻笑道：「這藏寶圖世上只有一張，也只有我一人將它看熟了，你若讓我死，一輩子都休想瞧那藏寶一眼。」

碧蛇神君怔了怔，手掌不由得漸漸放鬆。

小魚兒悠悠道：「我若是你，此刻就該將解藥拿出來了，只要我活著，說不定還會將那藏寶圖畫出來，死人的手是不會動的。」

碧蛇神君狠狠瞧著他，一張幾乎已只有皮包著骨的臉上，突然泛起了殘酷的獰笑，獰笑著道：「你只當本座真的要被你這小鬼要脅住了麼？」

小魚兒仰起了頭，笑嘻嘻道：「假的麼？」

碧蛇神君一字字道：「那羊皮紙又輕又韌，你縱然吞下去，也還是好好的在你肚子裡，本座只要剖開你的肚子，還怕拿不到？」

小魚兒臉上雖在笑著，心裡卻不禁透出一股寒意。

鐵心蘭嘶聲大呼道：「你不能這麼做……你不能！……」

碧蛇神君咯咯笑道：「誰說不能？你瞧著吧！」

他手一抖，已自腰畔拔出柄碧光閃閃的軟劍，迎風抖得筆直。

小魚兒雖然智計百出，此刻卻也想不出法子。鐵心蘭拚命撲過去，怎奈大病未癒，碧蛇神君反手一掌就將她打得滾倒在地，獰笑道：「捉蛇打狗你最在行，開膛剖腹卻是我最在行的，但你只管放心，我這一劍刺下，絕不會要你的命。」

小魚兒雖已滿頭大汗，卻仍笑道：「多謝多謝！……」

碧蛇神君道：「我就算將你肚子剖開，將那羊皮紙拿了出來，你還未必死的……我要叫你慢慢的死！」

小魚兒笑道：「但你動手時卻要小心些，我今天早上吃了條蛇祖宗在肚子裡，還未消化，你切莫不小心傷了你的祖宗。」

碧蛇神君怒道：「小鬼，臨死還要貧嘴！」

他一劍刺下，突然「噹」的一聲，掌中劍竟被震開！

原來小魚兒已悄悄將那條「死蛇」拿在手裡，用死蛇身子裡的劍，擋了他一劍，接著又是一劍刺出！

碧蛇神君輕輕一閃，獰笑道：「你妄動氣力，毒性發作更快，死得更早。」

口中說話，掌中劍連續擊出，小魚兒擋了四劍，手臂發軟，竟再也舉不起來！

鐵心蘭已暈了過去，小魚兒心也涼了。

碧蛇神君嘶聲笑道：「小鬼！你還有什麼花樣？」

他掌中劍抵住了小魚兒的胸膛，一分分往下刺。

小魚兒胸膛已見血，放聲狂笑道：「剖肚子乃人生一大快事也，不想我江小魚竟在無意中得之！……」

笑聲未了，突聽「噹，噹，噹」三聲，碧蛇神君掌中劍不知怎地，竟突然斷成四段，一段段落在地上！

碧蛇神君凌空翻身，緊緊貼在樹上，小眼睛四下亂閃，嘶聲道：「什麼人？」

一個甜笑的女子聲音道：「我是什麼人，你會不知道？」

這語聲竟赫然又像是小仙女的聲音。小魚兒絕處逢生，方在歡喜，聽見這語聲，又如一桶冷水當頭淋下──落在小仙女手裡，可未必比落在碧蛇神君手裡好多少。

碧蛇神君面色霎時蒼白，道：「你……姑娘你……」

那語聲緩緩道：「你縱不知道我是誰，總該知道這條路是通向什麼地方的，你有多大的膽子，竟敢在這裡撒野！」

小魚兒本已垂頭喪氣，此刻又幾乎拍起掌來！

十八 慕容九妹

這不是小仙女！

她的語聲，聽來雖和小仙女也有七分相似，但小仙女說話不會這麼慢的，小魚兒從未聽過小仙女慢慢的說一句話。

只見一個綠衣少女，手挽著花籃，肩著花鋤，款款自樹後走出。她的體態是那麼輕盈，像是一陣風就能將她吹倒，她的柳眉輕顰，大大的眼睛充滿了憂鬱，容貌雖非絕美，但卻楚楚動人，我見猶憐。

她身後還跟著個濃眉大眼的少年，個子雖然又高又大，卻是滿面稚氣，畢恭畢敬地跟在她身後，連頭都不敢抬起。這男女兩人一個就像是弱不禁風的閨閣千金，一個又像是循規蹈矩，一步路也不敢走錯的世家少年。

但碧蛇神君瞧見這兩人，卻像是被人在脖子上砍了一刀，頭立刻垂了下去，強笑著道：「原來是九姑娘。」

綠衣少女淡淡道：「很好，你還未忘記我，但你莫非忘了這是什麼地方，居然要在這裡開膛剖腹，你的膽子也未免太大了吧？」

她神色並非冷酷，只是一種淡淡的輕蔑與冷漠，她並非要對別人不好，只是對任何人都不關心。世上無論多重要的人物，在她眼中似乎都不值一顧。

小魚兒實在猜不出這少女身分，她看來本該是皇族貴冑千金公主，卻又偏偏只不過是個草野女子。她年紀輕輕，本該對世上的一切都抱著美麗的幻想與希望，但她卻偏偏似乎已看破一切，所以對任何事都這麼冷淡。

只見碧蛇神君頭垂得更低，顫聲道：「小人以爲這裡還未到禁區，所以……」

綠衣少女道：「現在你知道了麼？」

碧蛇神君道：「現在知道了。」

綠衣少女道：「既已知道，你總該知道怎麼辦吧？」

碧蛇神君慘笑道：「是，小人知道。」

突見劍光一閃，他竟將自己的左手齊腕斬斷！

就連小魚兒都不禁爲之動容，但這綠衣少女「九姑娘」卻仍是那麼淡漠，只是輕輕揮了揮手，道：「好，你現在可以走了。」話未說完，碧蛇神君竟飛也似的逃走。

突聽鐵心蘭振聲大呼道：「你不能放他走……不能放他走！」她不知何時已醒來，此刻掙扎著要站起，卻又跌倒。

綠衣少女瞧了她一眼，道：「爲什麼？」

鐵心蘭指著小魚兒，道：「他已中了劇毒，只有碧蛇神君的解藥，否則他……他……他就只怕活不過今天了！」

綠衣少女淡淡道：「他的死活，與我又有何干？」

鐵心蘭身子一震，又仆倒在地！

那少年突然笑道：「九姊，咱們救救他吧。」

綠衣少女道：「你若要救他們，你只管救，我不管。」轉過身子，款步而去，再也不回頭瞧任何人一眼。

那少年瞧了瞧躺在地上的鐵心蘭，垂頭道：「對不起……」突也大步趕了上去，跟著她走了。

鐵心蘭顫聲呼道：「姑娘……求求你……你……」

小魚兒大眼睛轉來轉去，突然大笑道：「咱們也走吧，何必求她？」

鐵心蘭道：「但你……你……」

小魚兒大聲道：「我死就死，活就活，有什麼關係？她小小年紀，又怎能救得了咱們？你逼她相救，豈非令她爲難？」他用力扶起鐵心蘭，才走了兩步，突聽那少女冷冷道：「站住！」

小魚兒嘴角泛起一絲微笑，但口中卻大聲道：「爲何要站住？我若死在這裡，豈非玷污這條乾淨的道路？」他頭也不回，還是往前走。

人影一閃，綠衣少女已擋住了他的去路，冷冷道：「你已死不了啦……但你莫以爲我不知道你這是在激我，要我救你，只是爲了要你知道世上沒有慕容姊妹辦不到的事。」

小魚兒冷笑道：「我可沒有激你，也並未要你救我，我自己高興死就死，高興活就活，用不著別人操心。」

九姑娘淡淡道：「我既已要救你，現在你想死都已不能死了。」

小魚兒眨了眨眼睛，道：「這可是你自己心甘情願要做的，我既未求你，你縱然救活了我，我也不會感激你的。」

九姑娘不答話，轉過身子，道：「隨我來。」

道路盡頭，竟是座莊院。

這莊院依山而建，佔地並不廣，氣派也不大，但每一片瓦、每間房子，都建築得小巧玲瓏，別具匠心，看來別有一番風味。走進去便是個小小的院子，小小的廳房，雖然瞧不見一個僕役，但每寸地方都打掃得乾乾淨淨，一塵不染。小魚兒走到這裡，已不住地喘氣，似將跌倒，那少年悄悄出手，在後面扶著他，小魚兒感激的一笑，道：「謝謝你，你叫什麼名字？」

那少年臉紅了紅，道：「顧人玉。」

小魚兒道：「你不姓慕容？」

顧人玉紅著臉道：「我是她們的表弟。」

小魚兒笑道：「你這人倒真不錯，只是太老實了些，倒像是個女孩子，怎地還沒說話，臉就先紅了起來。」

顧人玉吃吃道：「我我……我……」

他若非生得又高又大，濃眉大眼，絕不會是個女子，小魚兒真要以爲他又是個女扮男裝的。

九姑娘腳步不停，穿過廳房，穿過迴廊，偌大的庭院，到處都不聞人聲，更瞧不見一個人影。

最後，她走到小園中兩三間雅軒門前，方自站住了腳，道：「進去。」說完了這句話，竟又轉身走了。

顧人玉道：「請……請進，這就是我住的屋子。」

鐵心蘭竟也笑了笑，接道：「這裡恐怕只有這間屋子是男人能住的。」

小魚兒笑道：「哦……這裡除了你，莫非全是女子？」

顧人玉瞪大了眼睛，道：「你難道沒有聽過慕容九姊妹的名字？」

鐵心蘭本已連眼睛都已闔起，此刻突失聲道：「莫非就是江湖人稱的『人間九秀』？」

她一說話，顧人玉臉又紅了，輕聲道：「不……不錯。」

小魚兒瞧著鐵心蘭笑道：「原來你又知道了，你且說說這九姊妹又有什麼厲害。」

鐵心蘭輕嘆了口氣，道：「這九姊妹不但輕功、暗器，可稱天下一絕，而且每個人都是秀外慧中，只要是別人會的事，她們姊妹就沒有不會的，所以，天下的名門世家，沒有一家不想娶個慕容家的女兒回去做媳婦。」

小魚兒眨了眨眼睛，笑道：「她們嫁了麼？」

鐵心蘭道：「據說除了最小的九妹外，另外八姊妹嫁的不是武林世家的公子，就是聲名顯赫的少年英雄……」

小魚兒大笑道：「這就難怪江湖中人要怕她們，別人縱然惹得起她們九姊妹，卻也惹不起她們這八個有本事的丈夫。」

他此刻臉上已泛出黑氣，說話時一口氣也常常提不上來，但他居然還是旁若無人，大聲談笑，竟又一拍顧人玉肩頭，笑道：「常言說得好，近水樓台先得月，你只管緊緊盯住她吧，這主意一點也不錯，哈哈，一點也不錯！」

顧人玉臉更紅得像火，垂下了頭，偷偷瞧了鐵心蘭一眼，道：「這……這是家母的意思，小弟我……」

哪知慕容九姑娘突然走了進來，冷笑道：「這本是舅媽的意思，你本不願來這裡受氣的，是麼？」

顧人玉簡直恨不得找個地縫鑽下去，吃吃道：「我……我不是這意思。」

慕容九妹冷冷道：「顧少爺，這裡可沒有人請你來，也沒有人留著你，舅母雖當你是寶貝，別人可不稀罕你。」

她再也不瞧顧人玉臉一眼，「噹」的，將一個小小的黑色玉瓶，拋在小魚兒面前的桌子上，冷冷道：「一半內服，一半外敷，三個時辰內，你這條命就算撿回來了，就快走吧。」轉過身子，就往外走。

小魚兒嘻嘻一笑，道：「我可沒有求你救我，我也沒有要娶你做媳婦，你用不著對我這麼神氣，別人雖當你是寶貝，我可不稀罕。」

慕容九妹霍然回身，冷冷的瞪著他。

小魚兒卻若無其事，拔開瓶塞，「咕」的一聲，將半瓶藥嚥了下去，舐了舐嘴唇，嘖嘖道：「這藥怎地酸得像醋。」接著又把另半瓶敷在傷口——他究竟是聰明人，嘴裡雖說著風涼話，手裡卻趕緊將藥先用了再說。

慕容九妹狠狠瞪著他，冷漠的目光中，突然像是要冒出火來。她瞬也不瞬瞪了半晌，一字字道：「我雖然救了你，一樣還是可以殺你！」

小魚兒吐了吐舌頭，笑道：「你不會的，你看來雖狠，心卻還是不錯。」

也不知怎地，慕容九妹蒼白的面頰竟紅了紅，但瞬即厲聲喝道：「出去，現在就出去，永遠莫要被我再瞧見，否則我……我就先割下你的舌頭，挖出你的眼睛，再殺了你！」

顧人玉已嚇呆了，他一生從未見到冷冷淡淡的九姑娘，發這麼大的脾氣，更未想到她會說出這麼狠的話來！

小魚兒卻仍是笑嘻嘻的道：「我自然要走的，但我走了後，你可莫要再求我回來。」

慕容九妹氣得身子發抖道：「你……你這……」

突聽外面一個人聲遙遙呼道：「慕容九妹，你在哪裡？……小姊姊來瞧你了。」

這呼聲來得好快，一句話說完，便似已由大門外來到小園裡。慕容九妹咬了咬嘴唇，輕盈的身子，流雲般飄了出去。

小魚兒聽到那呼聲，整個人都呆住了，再也笑不出來。

鐵心蘭也變了顏色，道：「莫非是……是小仙女張菁？」

顧人玉道：「不……不錯，她和九姊是好朋友。」

小魚兒噗地坐到椅上，苦笑道：「這世界怎地如此小……」

只聽小仙女與慕容九妹在園中寒暄的語聲漸漸走近。

鐵心蘭聽得手足冰涼，悄聲道：「咱們怎……怎麼辦？」

小魚兒坐在椅子上，長嘆道：「打又不能打，逃也不能逃，我也什麼法子都沒有了。」

話未說完，小仙女已衝了進來，失聲道：「果然是你這小鬼在這裡！」

小魚兒笑嘻嘻道：「許久不見，你好嗎？」

慕容九妹皺眉道：「菁姊，你認得他？」

小仙女恨聲道：「認得，我自然認得，但……但他怎會在這裡？」

慕容九妹淡淡道：「他在外面受了傷，我……」

小魚兒突然大聲道：「你莫要問了，我和慕容家絲毫沒有關係，此刻又受了傷，你若要殺我，只管殺吧，既不必怕傷別人的面子，也不必怕我還手！」

小仙女冷笑道：「你還手又怎樣？」

小魚兒大笑道：「我若能還手，你就又要躺著不能動了！」

小仙女反手一個耳光摑過去，怒道：「你再說！」

小魚兒動也不動，反而笑道：「我不說了，我還有什麼可說的？你兩次落在我手上，只怪我看你可憐，兩次都饒了你，今日就算死在你手上，也是活該。」

他說的當真是大仁大義，動人已極，至於小仙女是如何會落在他手上的，他自然一字不提。

慕容九妹終於忍不住問道：「菁姊，你真的兩次……」

小仙女氣得全身發抖，卻偏偏說不出一句辯駁的話來。慕容九妹瞧見她這模樣，面上神情突然變得甚是古怪。

小魚兒瞧在眼裡，失聲道：「慕容姑娘，你就讓她殺了我吧，我雖然是在你家裡被她殺的，但我也知道你看不起她，我絕不怪你。」

小仙女已氣極了，不怒反笑，道：「你以爲我不敢殺你？」

小魚兒道：「你自然敢的，大名鼎鼎的『小仙女』張菁，一輩子怕過什麼人來？何況是我這根本不能還手的人！」

小仙女怒喝一聲，並指如劍，向小魚兒額角太陽穴直點過去。小魚兒根本不能閃避，鐵心蘭心膽俱裂！

哪知就在這時，人影一閃，慕容九妹突然已擋在小魚兒面前，小仙女的手指已觸及她嬌怯怯的身子，方自硬生生收住，怒道：「九妹，你難道要幫外人！」

慕容九妹淡淡道：「若是在別的地方，你將他是打是殺，我全不管，但在這裡，菁姊你總該給小妹個面子？」

小仙女道：「我殺了他再向你賠罪。」

慕容九妹道：「這莊院自從蓋成以後，就沒有殺人流血的事，菁姊你一定非想破這個例，你難道不能等等？」

小仙女跺腳道：「你……你不知道這小鬼有多可惡！」

慕容九妹道：「縱然可惡，也等他走出去再……」

小仙女大喝道：「我等不及了！」

她身形連閃七次，想衝過去，但慕容九妹嬌怯怯的身子，卻總是如影隨形，擋住了她的路。

其實慕容九妹若真是讓她動手，她也未必會真個殺了小魚兒，但慕容九妹愈是攔阻於她，她反而愈是憤恨，竟真的要將小魚兒殺了才甘心，只見她纖指連續向慕容九妹攻出了七招！

慕容九妹身子飄飄閃動，冷冷道：「菁姊，這是你先向小妹出手的，可怪不了我。」

小仙女手上不停，冷笑道：「我若要做一件事時，世上沒有一個人能攔得住我，你也不行……你只管將慕容家那些小針小箭使出來吧……」

話猶未了，突聽身後一人喝道：「用不著，看招！」

一股拳風擊過來，竟是雄渾沉厚，無與倫比！

小仙女一伏身「嗖」的竄了出來，大喝道：「好呀，顧小妹，你也敢向我動手了。」

小魚兒暗笑道：「原來他外號叫做『顧小妹』，這倒真的是名副其實，只是他人雖老實，武功卻端的紮實，究竟不愧爲武林世家的後人，看來就算這自命不凡的『小仙女』，也未必能勝得了他。」

他卻不知顧人玉正因爲人老實，是以武功才能練得紮實，「玉面神拳」顧人玉這七字，在江湖中也是赫赫有名的！

小仙女瞪著眼睛，叉著腰，喝道：「你們還客氣什麼，來呀！」

小魚兒也在心裡說：「是呀，還客氣什麼，趕緊打吧。」

誰知顧人玉卻站在那裡動也不動，低著頭道：「只要張姑娘不向九姊出手，小弟又怎敢向張姑娘出手？」

小仙女冷笑道：「原來顧家神拳的傳人，竟是個沒出息的小子，你除了向你的九姊討好之外，難道什麼都不會？」

顧人玉站在那裡，連一句話都不說了。

小仙女氣得跺腳，道：「好，慕容九妹，你來吧，你那寶貝『七巧囊』中，究竟有什麼玩意兒，也只管一起使出來。」

慕容九妹冷冷道：「只要你不在這裡殺人，我又怎會和你動手？」

小仙女瞧瞧她，又瞧瞧顧人玉，兩個人一個堵著窗子，一個堵著門，竟硬是和小仙女泡上了。

小魚兒笑嘻嘻道：「你瞧也沒用，反正你是闖不進來的，原來大名鼎鼎的小仙女，也有被人攔住的時候。」

小仙女眼珠子一轉，突也笑道：「你希望我和他們打得落花流水，你才好在旁邊瞧熱鬧，是不是？」

小魚兒大笑道：「你不敢打就走吧，又何必找個梯子下台階！」

小仙女道：「我正要走了，你若能在這地方躲上一輩子，我算服你，否則，你只要踏出這大門一步，我就要你的命。」轉身向慕容九妹一笑，道：「除非你嫁給他，一輩子守著他，否則他總是要死在我手上的，我又何苦現在和你動手，教別人聽見，反說我欺負你。」

她倒退三步，身形已在銀鈴般的笑聲中飛掠而去，這位姑娘居然真的說走就走，倒也是小魚兒想不到的事。

他瞪著眼睛，呆了半晌，苦笑道：「女人……女人……唉，女人的心思，變起來真的嚇得死人……」

慕容九妹輕輕嘆息了一聲，道：「此人心思變化，當真無人能以猜測，性格也教人捉摸不定，唉！當今天下，只怕也唯有她才配做我的對手……」

小魚兒眨了眨眼睛道：「如此說來，天下英雄，只有你和她兩人了？」

慕容九妹道：「正是。」

小魚兒道：「那麼，誰是江湖第一？」

慕容九妹沉吟道：「她行事精靈古怪，脾氣變化無常，連我都測不透她下一步想做什麼，可算是江湖中第一厲害的人物。」

小魚兒道：「你呢？」

慕容九妹冷冷道：「我並未插足江湖。」

小魚兒道：「你若插足江湖，她就得變爲第二了，是麼？」

慕容九妹道：「哼。」

小魚兒一本正經，點頭道：「不錯，你確是天下第一……」

慕容九妹揚了揚眉，淡淡一笑。小魚兒接著又道：「你這自我陶醉的本事，的確可算是天下第一。」

慕容九妹心情立刻又變了，小魚兒終於忍不住大笑起來，笑得前仰後合，撫著肚子笑道：「我本來以爲只有男人才會自我陶醉，哪知女人自我陶醉起來，比男人還要厲害得多，何不走出去瞧瞧，就該知道江湖中比你強的人也不知有多少，但你若只要關起門來稱第一，我也沒法子。」

慕容九妹道：「你……你……」

小魚兒笑道：「你雖然兩次救我性命，但那都是你自己願意的，我可沒有求你，我既不領你的情，自然也不必說好聽的話拍你的馬屁。」

慕容九妹道：「好……很好。」

她雖然拚命想做出冷淡從容，若無其事的樣子，卻偏偏作不出，偏偏忍不住氣得全身發抖。她的確也是個冷漠寡情，不易動怒的人，但不知怎地，小魚兒隨便三兩句話，就能把她氣得發瘋。

顧人玉走了過來，吶吶道：「她總算對你不錯，你又何苦如此氣她？」

小魚兒笑嘻嘻瞧著她，道：「我就是喜歡故意逗她生氣，她生氣的時候，豈非比平時那副冷冰冰的樣子好看得多？」

顧人玉忍不住也轉頭瞧了瞧，只見慕容九妹蒼白冷漠的面頰微現暈紅，早就比平時更增嫵媚。

他瞧了兩眼，不覺已瞧得癡了，連連搖頭道：「不錯，不錯，果然漂亮多了。」

慕容九妹眼睛一瞪，道：「你……你也敢在我面前說這樣的話，你當我是什麼？」

顧人玉駭得趕緊低下了頭道：「不……不……不漂亮，你生起氣來醜得很。」

鐵心蘭雖然滿腹心事，一言未發，到此刻也不禁「噗哧」笑出聲來，小魚兒更早已笑彎了腰。

只見兩個垂髫少女，穿林而來，遠遠便嬌笑喚道：「九姑娘……九姑娘……」

慕容九妹正是滿肚子氣沒處發作，怒道：「喊什麼？我又不是聾子。」

那少女也駭得趕緊一起垂下了頭，道：「是……九姑娘。」四隻眼睛偷偷一瞟小魚兒，又趕緊垂下頭接著道：「屋子已經整理好了，姑娘你是不是現在……」

慕容九妹道：「自然現在就去睡，每天都如此，還問什麼？」

那兩個少女從來未見著她們的九姑娘這樣說話，垂頭說了聲「是」，頭也不抬，一溜煙走了。

慕容九妹冷冷道：「顧少爺若是沒事，就請在這裡看著他們，否則我也不敢留你。」

顧人玉道：「小弟沒事，沒事，沒事……」

他一連說了五、六句「沒事」，慕容九妹早已走出了門外。小魚兒向鐵心蘭擠了擠眼睛，也跟著走了出去。

顧人玉失魂落魄地瞧著慕容九妹，鐵心蘭也呆呆地瞧著小魚兒，顧人玉不由自主嘆了口氣，鐵心蘭也不由自主嘆了口氣，道：「你對她真好……也許太好了。」

她嘴裡在說顧人玉的事，心裡想的卻是小魚兒的事，顧人玉爲什麼會對慕容九妹這麼的好，而小魚兒……她柔腸百折，想來想去，顧人玉說了句什麼話，她完全沒有聽到，過了半晌，幽幽又道：「你是不是很喜歡她？」

顧人玉茫然道：「我……我不知道。」

鐵心蘭輕輕一笑，道：「你不知道？」

顧人玉嘆道：「別人都覺得我應該喜歡她，我自己也覺得應該喜歡她，但……但我……我是不是喜歡她，我也不知道，我只知道我是怕她的。」

鐵心蘭嫣然一笑，道：「你真是好人。」

顧人玉瞧了她一眼，垂首道：「你……你也是個好人。」

慕容九妹走到園中，突然回過頭，冷冷道：「你跟來幹什麼？」

小魚兒笑嘻嘻道：「我本不想跟來的，但我若不跟著你，小仙女若是乘機來將我殺了，我生死雖沒什麼要緊，你的面子豈非難看？」

慕容九妹瞪了他半晌，再不說話，又往前走。小魚兒踉踉蹌蹌，跟在她身後，不住喘氣，柔聲道：「我走不動了，你扶著我的手好嗎？」慕容九妹根本不理他，走得更快。

小魚兒道：「好，我就累死算了，我死了之後，你把我的屍體送給小仙女，她以後就必定不會找你的麻煩了。」

慕容九妹雖未回頭，但腳步卻果然已放緩。

小魚兒道：「有些女孩子，平時看來雖比男人強，但真的見著男人，可就沒用了！喂，你可瞧見過不敢扶女人手的男人麼？」

慕容九妹終於忍不住冷冷笑道：「不敢？哼，我只是……」

小魚兒道：「你只是不願，是麼？哈哈，世上又有哪一個人會承認自己是不敢的？這『不願』兩字，正是『不敢』的最好托詞。」

慕容九妹突然轉身，拉起了他的手，向前急行。

小魚兒行不由主的跟著她跑，嘴裡還在笑嘻嘻道：「你的手真小，大概還沒有我一半大……」他嘴裡不停在說，眼珠子也不停在轉。只見花園之側，一道淺階曲廊，沿著山坡蜿蜒而下。曲廊之旁，便是一間精緻的屋子，每一間建築的形式都不一樣，每一間的窗紙顏色也不一樣。小魚兒數了數，這樣的屋子一共有九間，想來就是慕容九姊妹的閨房，第一間的窗紙是淺黃色的，慕容九妹推窗走了進去，屋子裡的窗幔、桌布、被褥……也都是淺黃色的，簡簡單單幾樣東西，卻自有一種優雅之意。

慕容九妹走了進去，把每樣東西都仔細瞧了一遍，瞧瞧上面可有灰塵，小魚兒卻在瞧著她，道：「這是你大姊的閨房，你大姊可是就要回來了？」

「不回來就可以任它髒麼？」

小魚兒笑道：「不錯，雖然不回來，也要將每樣東西保持乾乾淨淨，看來你們姊妹間果然是情意深厚。」他突然不再說尖酸刻薄的話了，慕容九妹一時間倒摸不到他的用意，哼一聲，也不答話。

小魚兒道：「你大姊想必是位優雅嫻靜、溫柔美麗的女人，唉，這樣的女人，世上已不多了，卻不知她的夫婿可配得上她？」

慕容九妹終於回頭瞧了他一眼，道：「世上自然沒有能配得上我大姊的人，但若有一人能勉強配得上她，那就是我大姊夫了。」

小魚兒道：「他武功如何？」

慕容九妹冷冷道：「你總該知道，『美玉劍客』這名字。」她本來決定再也不願和這可恨可厭的小鬼說話的，但此刻不知不覺間又說了許多，只是這「小鬼」和她說的，正是她最願意說的話題，這小鬼雖然兩句話就能將她氣得半死，但兩句話又可將她的氣說平了。

第二間屋子全都是粉紅的，粉紅的牆壁，掛著柄長弓，還掛著口短劍，連劍鞘都是紅的。

小魚兒笑道：「你二姊脾氣想必和大姊不同，她想必是個天真直爽的人，有時脾氣雖然壞些，但心地卻是最好的，而且最肯替別人設想。」

慕容九妹默然半晌，終於忍不住問道：「你怎會知道？」

小魚兒道：「慕容家暗器之精妙，天下皆知，但你二姊偏偏要使長弓大箭，可見她脾氣必是豪爽，喜歡痛快，自然就不喜歡那些精巧的玩意兒。」

慕容九妹道：「嗯，還有呢？」

小魚兒道：「劍長則穩，劍短則險，你二姊用的劍短如匕首，可見她脾氣發作時，必是勇往直前，不顧一切。」

慕容九妹不由得點了點頭，道：「我二姊劍法之辛辣險急，可稱海內第一。」

小魚兒笑了笑，道：「但你二姊夫武功卻不高，是麼？」

他突然間說出這話來，慕容九妹也不禁一怔，詫異地瞧著他，瞧了足足有半盞茶時分，才緩緩點頭道：「我二姊夫乃是『南宮世家』一脈單傳的獨子，『南宮世家』武功雖然高絕，但我二姊夫卻是自小多病，所以……唉！」

小魚兒拍手笑道：「這就是了！」

慕容九妹道：「是什麼？」

小魚兒道：「你二姊出嫁之後，仍將隨身的兵刃留在這裡，爲的自然是不願以自己的武功來使夫婿覺得慚愧難受，由此可見她夫婿武功必不如她，因此也可見她心地是多麼善良，多麼肯替別人著想。」

慕容九妹默然瞧了他幾眼，轉身走到第三間房子。

這第三間屋子窗上糊著的竟是極厚的黑紙，屋子裡自然光線黝暗，但陳設卻是精緻，妝台旁有琴案、棋枰，畫架上滿堆著畫，牆上掛著極精妙的工筆仕女，題款是「慕容女史」，想來就是她自己的手筆。

小魚兒目光四轉，笑道：「你這位三姊，想必是個才女，只是，性情也許太孤傲了些，也未免太憂鬱，但古往今來的才子才女，豈非俱是如此？」

慕容九妹悠悠道：「她最不喜歡見到陽光，最喜歡的就是雨聲，在雨聲中她畫出的圖畫，真是不帶絲毫人間煙火氣，她撫的琴，在雨聲中傳來，更好像是天上傳下來的，只可惜……只可惜我已有許久未聽見了。」

小魚兒道：「你三姊夫呢？」

慕容九妹道：「他也是武林中的絕頂才子，不但琴棋書畫，無一不精，而且二十九歲時，便已成爲兩廣武林的盟主。」

小魚兒笑道：「如此郎才女貌，好不羨煞了人。」

十九　愛恨情仇

小魚兒隨著慕容九妹向一間間房子走過去，走完第八間，慕容九妹神情又大見溫和，甚至連眼波都溫柔起來，她覺得這「小鬼」實在並不如自己以前想像中那麼可憎可厭，談談說說，不知不覺已到了第九間。

這間房子什麼都是淺碧色的，最精緻，最華麗，房子每件東西，都是人間罕睹的珍貴之物。

小魚兒大眼睛四下轉動，突然笑道：「這間房子的主人和前面的完全不同。」

慕容九妹目中閃過一絲笑意，神情卻是淡淡的，像是漠不關心，只不過隨口問問，道：「什麼不同？」

小魚兒道：「這房子裡的綠色，正表示她自我陶醉、自命不凡。這些零零碎碎的東西，也正表示她幼稚、虛榮、俗不可耐……」他話未說完，慕容九妹面上已變了顏色，終於鐵青著臉，衝了出去，再也不瞧這可恨的小鬼一眼。

小魚兒忍不住哈哈大笑道：「我若說錯了，你又何必生氣？」

慕容九妹頭也不回，往前走，小魚兒跟著她，三轉兩轉，突然來到一條青石通道中，通道盡頭，有扇青銅的門。小魚兒自然瞧不見門裡的情況，但就只瞧見這扇門，他已感覺到一種神秘詭譎之意，他也說不出這是什麼緣故。只見慕容九妹取出柄黃金色的鑰匙，插入門上一個小洞之中轉了轉，那扇沉重的門，便無聲無息地開了。一股寒氣，自門裡湧了出來。

小魚兒立刻覺出，這間房子和他萬春流萬大叔的屋子有七分相似之處，屋子四面，也堆滿了各式各樣的藥草，自然也有些煉丹製藥的銅鼎銅爐，只是萬春流的屋子乃是以磚瓦建成，這屋子四壁卻都是巨大的青石，萬春流的屋子四季溫暖如春，這屋子卻是陰森森的教人發冷。

慕容九妹已將那扇青銅的門鎖起來了，她蒼白的面頰，到了這屋子裡更變得發青。

小魚兒笑道：「原來咱們的九姑娘還是位女大夫，當真是多才多藝，你帶我到這裡，莫非又想爲我看病？」

慕容九妹道：「不錯。」

小魚兒道：「我的毒已解了，還有什麼病？」

慕容九妹道：「你身上多了件東西，若將這件東西割去，你就好多了。」

小魚兒笑道：「哦！那是什麼東西？」

慕容九妹冷冷道：「你的舌頭！」

小魚兒伸了伸舌頭，趕緊走得遠遠的，竟道：「我說的話，真能令你如此生氣麼，那我當真榮幸得很。」

慕容九妹冷笑一聲，轉過了頭，道：「此間之藥草，俱是十分珍貴之物，你萬萬不可亂動。」

小魚兒笑道：「你想我會不會動？」

慕容九妹笑道：「你若要動，也由不得你，但這些藥草中雖有補氣延年靈藥，卻也有奪命穿腸的毒藥，你若被毒了，可沒有人再來救你。」

小魚兒又吐了吐舌頭，道：「你莫嚇我，我這人別的也沒什麼，就是膽子太小，只要被人家一嚇，可就嚇倒了。」

慕容九妹冷冷道：「但只要你老老實實在這裡不動，便絕沒有人能傷你一根毫髮。這是我練功的時候，我得走了。」

小魚兒道：「你……你要到哪裡去？我跟著你。」

慕容九妹厲聲道：「你若再跟著我，不等別人傷你，我就要你死！」

小魚兒嘆了口氣，道：「其實像你這樣漂亮的女孩子，只要笑一笑已是夠人神魂顛倒，還要練什麼功夫……功夫練老了，人也變老了。」

慕容九妹也不理他，逕自走向另一扇銅門，又取出柄黃金鑰匙將門開了一線，回首道：「你若妄入此門一步，就休想再活著出來！」

小魚兒笑道：「你門是鎖著的，我怎麼進得去？」

慕容九妹冷笑道：「諒你也進不來的。」

身子一閃，進了銅門，門立刻緊緊關起，「咯啷」一聲，又上了鎖，竟不讓小魚兒瞧一眼，這門裡又是何模樣。

小魚兒也全不著急，懶洋洋伸了個懶腰，嘻笑道：「女人……唉，女人，你們最大的毛病，就是將天下的男人都看成笨蛋傻子……你以爲我連這些藥草是毒藥還是靈藥都認不得麼？告訴你，我從小就是在藥草堆裡長大的，我認識的藥草可比你多得多。」

他一面自言自語，一面東翻翻，西瞧瞧，又笑道：「難怪她要嚇我，這裡的藥草，倒真有好些貨色。萬大叔找了幾十年沒找到的，這裡卻有三四樣，嗯，看來我的口福倒不錯。」

他竟真的選了三、四種藥草大嚼起來，慕容九妹若是在旁邊瞧著，可真的要急得暈倒過去。

這幾種藥草中，有些的確是稀世之物，小魚兒其實也未瞧見過，只是萬春流曾經繪出圖形，教他辨認。這些藥草萬春流搜尋數十年，卻未尋得一味，由此可見出價値之珍貴，若是煉成丹藥，一粒便可活人。

此刻像小魚兒這樣的吃法，卻當真是王八吃大麥，糟蹋糧食，但他一點也不心疼，片刻間便吃了個乾淨。

他撫著肚子笑道：「肚兄呀肚兄，今日可便宜了你。」眼珠子一轉，竟還意猶未足，腦筋又動到那些銅鼎中的丹藥上去。

他竟把銅鼎全部揭開，瞧了瞧，嗅了嗅，取出一把，像嚼花生米似的吃得津津有味，右手還不停地一把把往懷裡塞，塞不下了，他就將剩下的丹藥全部混在一起，扮了個鬼臉，笑道：「你既然閒著沒事，我就找些事給你做做吧！」這一來可真害苦了慕容九妹，她若想將這些丹藥分門別類，少說也得三天五天的功夫。

但小魚兒自己此刻可也不好受，十幾種草藥、丹藥，像是已在肚子燒起火來，燒得他身子發熱了，嘴唇發焦。他歪著頭想了想，自懷中取出根彎彎曲曲的銅絲，伸進那扇銅門的鑰匙洞裡，笑嘻嘻道：「你以為我進不去麼？好，我就偏偏進去讓你瞧瞧。」

他耳朵湊在鑰匙洞上，手撥著銅絲，一面撥，一面聽，臉上漸漸露出了笑容，喃喃道：「這裡……這裡……對了，就是這裡！」

只聽「喀嚓」一聲，銅門立刻開了。

裡面的房子，比外面更冷，寒氣又自門縫中襲出。

小魚兒深深吸了口氣，道：「好舒服。」

他此刻全身像是被火在燒，自然愈冷愈舒服，索性開了門，大步走進去，一面大笑道：「九姑娘，我進來了，你只管練功，我不吵你！」

話說完了，人也怔住，只見這石室中還有個地洞，地洞裡全是從冬天就窖藏留存的冰塊。

慕容九妹就坐在冰上，雙手自腿的外側彎入腿的內側，抱住了腳，食指點著足心，全身竟是赤裸裸得一絲不掛。小魚兒活了這麼大，見過的事也有不少，但赤裸的少女，卻是從未見過，他無論見到什麼都不會吃驚，此刻卻也不禁呆呆地怔住了。

慕容九妹眼睛是睜開的，也瞧見了他，她眼睛裡的驚奇、憤怒、羞急，無論用什麼話也不能形容。

但她身子卻動也不動，似乎已不能動了。

小魚兒呆了幾乎有半盞茶功夫，這才轉過身子，故意東張西望，道：「九姑娘在哪裡？我怎地瞧不見呀！」

這「小鬼」就是這麼會體貼女孩子的心意，這句話出來，慕容九妹明知是假的，也可自我安慰一下了。

小魚兒一面說，一面走，就要退出門，忽然瞧見牆上掛著九幅圖畫，他又忍不住要停下來瞧瞧。只見第一幅圖上，刻畫著赤身露體的女子，以手腳倒立在冰上，旁邊寫著幾行小字：「化石神功，須處女玄陰之體方能習之，此乃化石神功之入門第一步，三年有成，口訣如下。」

「化石神功，功成九轉，肌膚化石，厲物不傷，九轉功成，無敵天下……」

小魚兒看到這裡，已不禁失聲道：「這鬼功夫竟活活的要將人練成殭屍，慕容九妹練了這種鬼功夫，難怪對什麼人都要冷冰冰的了。」

他趕緊去瞧第二張圖，只見上面畫的人已由倒立而直立，上面寫著：「功成二轉，由逆爲正……」

小魚兒也懶得往下瞧，他可無心來學這種鬼功夫，人若變成了石頭般又硬又冷，縱能無敵天下，又有何用？

第三張圖上畫著的人形，姿態就和慕容九妹此刻練功時一樣，小魚兒鬆了口氣，喃喃道：「幸好只練成第三轉就被我瞧見，否則她功夫若是練成了，人也必定要變成個怪物，那就真是害人又害己了。」

他再也不往下瞧，七手八腳，將掛的圖全扯了下來，慕容九妹仍在瞪著他，目光卻已由羞憤變成哀求。

小魚兒也不回頭去瞧，口中大聲道：「九姑娘，你莫恨我，我這是爲你好，你好好一個人，活得快快活活，爲什麼偏要自己給自己找罪受。」慕容九妹此刻若能說話，若不放聲痛罵，便要苦苦哀求，她若能動，只怕早已將小魚兒吞下肚裡。怎奈她既不能言，也不能動，只有眼睜睜瞧著小魚兒揭起九張圖揚長而去，她目中不禁流下眼淚。

小魚兒將九張畫全丟在銅爐燒了，又弄開外面那扇門的鎖，走了進去，居然也不去瞧鐵心蘭，就越牆走出了這山莊。他做事全憑一時高興，有時做對，有時做錯，但是錯是對，他全不管，只管做了這件事，心裡頗是舒服，做完了後果如何，他全不放在心上。只是此刻身子一點也不舒服，不但熱，而且發起脹來，就像是有人不斷往他肚子裡塡火。

他一口氣也不知奔出了多遠，一頭鑽進了個樹林，涼風穿林而過，自然要比外面涼快得多。

小魚兒實在走不動了，倒在樹下直喘氣，心裡只希望小仙女此刻莫要來，慕容九妹更莫要來。

他身上又熱、又脹、又癢，嘴裡乾得冒火，喃喃道：「這裡要是有個池塘就好了，我現在最需要的就是水……水……」

突聽一人冷冷道：「你此刻最需要的不是水，是棺材！」

小魚兒但覺脖子一涼，已有一口劍架在他脖子上。

他一驚一怔，苦笑道：「到底還是女人厲害，男人若被女人盯上了，一輩子就休想跑了。」

那語聲冷笑道：「你現在才知道，已嫌太晚了。」

小魚兒道：「你是慕容姑娘？還是小仙女？」

那語聲道：「你還想九丫頭救你，你是做夢。」

小魚兒突然笑了起來，喃喃道：「很好……很好……是你，就還算我運氣不錯。」

小仙女自然想不到小魚兒此刻最怕見的不是她，而是慕容九妹，冷笑道：「很對，你的運氣好極了，偏偏要走這條路，偏偏我就在這裡等著。」

她這話自然是故意來氣小魚兒的，小魚兒縱然走別的路，還是跑不了的。

小魚兒脖子動了動，道：「你這柄劍很快嘛！」

小仙女道：「哼，也不太快，只是我削下你腦袋時，只怕你嘴裡還能說話。」

小魚兒笑道：「我那般折磨你，你一劍削下我腦袋，就能出氣麼？嘿嘿，我若是你，可就沒有這麼便宜了。」

小仙女道：「你想受什麼罪，只管說吧！我一定包你滿意。」

小魚兒道：「至少先得臭揍一頓再說。」

小仙女冷笑道：「你以爲我不敢揍你？」

小魚兒笑道：「你雖能狠一狠心將我殺了，卻是捨不得見我挨揍的。」

話未說完，脖子上就挨了一掌，背上又挨了一腳。

小仙女咬牙道：「很對，我捨不得揍你，很對……」

她說一聲「很對」就揍出一拳，說一聲「捨不得」，又踢出一腳，小魚兒被揍得滿地打滾，口中卻大笑道：「舒服……舒服……」

他是真的舒服，可不是假的，他身子正脹得發癢，小仙女拳頭打在他身上，倒像是替他搥背，鬆骨。

小仙女怒道：「好，你既舒服，就再打重些。」她話未說完，小魚兒背上已重重的捱了一拳。

小魚兒道：「不行，還是太輕了……再重些。」

小仙女幾乎氣破肚子，但瞧小魚兒面上竟真的全無痛苦之色，她又不覺驚訝、奇怪。她哪裡知道小魚兒體內十幾種靈丹妙藥的藥力已活動開，縱然是鐵鎚擊在他身上也傷不了他的筋骨。小仙女的手倒有些打疼了，小魚兒還是不住道：「舒服，舒服，再重些……」小仙女想起那日他被痛揍之後，還能奮起擊人之事，更是奇怪這小鬼爲何如此能挨揍。

突聽一人冷冷道：「你打夠了麼？」

小仙女霍然轉身，站在樹下的正是慕容九妹。

只見她披頭散髮，眼睛裡滿是紅絲，指尖不住發抖，小仙女再也想不到她怎會如此模樣，大聲道：「還沒有打夠，你要怎樣？」

慕容九妹道：「你若打夠了，就讓給我。」

小仙女冷笑道：「這裡可已不是你的家了，你若再阻攔我，我也……」

慕容九妹道：「你以爲我是來救他的麼？」

小仙女又怔了怔，道：「你不是來救他的，還是來殺他的不成？」

慕容九妹道：「正是來殺他的！」

突然掠到小魚兒身旁，抽出一柄匕首，直刺而下！

小魚兒見到她們兩人全來了，心裡反倒不怕了——既然非死不可，還有什麼好害怕的？他瞪著眼睛，瞧著這柄匕首，突見寒光一閃，「叮」的一響，小仙女手裡的短劍已架住了匕首。

慕容九妹怒道：「你方才本要殺他的，此刻爲何要救他？」

小仙女冷笑道：「你方才本是救他的，此刻爲何要殺他？」

慕容九妹道：「你……你管不著。」

小仙女大聲道：「我偏要管。」

慕容九妹手腕一抖，閃電般刺出七刀，道：「今日無論是誰來攔阻我，我也是要殺定他了！」

小仙女短劍揮出，閃電般接了七刀，道：「你方才不許我殺他，我現在也不許你殺他！」

慕容九妹道：「你方才苦苦要殺他，此刻卻反要救他，莫非……莫非是你對他……」

小仙女臉飛也似的紅了，大聲道：「你方才苦苦要救他，此刻反卻要殺他，莫非……莫非是他對你……」

慕容九妹蒼白的臉也飛紅起來，喝道：「你敢胡說！」

小仙女喝道：「你才是胡說！」

兩人刀劍齊地擊出，「嚐」的，又硬拆了一招，兩人都覺手腕有些發麻，身子也被震得後退數步。

突然間，兩人同時驚呼出來。

小魚兒竟已不見了！

小仙女跺足道：「都是你害得我……」

慕容九妹跺足道：「都是你害得我……」

兩人同時開口，同時閉口，說出來的竟是同樣的一句話，同樣的幾個字，兩人臉都紅了。

小仙女瞧了瞧慕容九妹，慕容九妹瞧了瞧小仙女，小仙女垂下頭，慕容九妹也垂下了頭。

小仙女終於抬起頭來，道：「他逃不了的！」

慕容九妹也同時抬起了頭，道：「追！」

兩人紅著臉想笑一笑，卻又笑不出。

小仙女咬著嘴唇，道：「這次追著了，咱們兩人同時下手殺他！」

小魚兒也知道自己無論憑輕功，憑體力，都是逃不了的，所以他什麼地方都不逃，卻逕自逃回慕容山莊，他從原路躍回，竟筆直走到那石室銅門前，門自然又鎖上了，他自然也又輕易地將鎖弄開。然後，他將兩扇門都從裡面鎖起，伸展了四肢，舒服舒服地躺在那貯冰的地洞旁，忍不住笑了起來。想起小仙女與慕容九妹方才的模樣，他就要笑，這兩人在別人眼中是俠女、才女，但在小魚兒眼中，她們卻只不過是個女人。在小魚兒眼中，世上的男人可能有一百七、八十種，但女人卻只有一種。

但身子愈來愈熱，嘴唇愈來愈乾，他索性跳下地洞，躺在冰堆裡，敲了塊冰，嚼得「喀吱喀吱」直響，嚼了七八塊後，但覺通體生涼，舒服得很，索性就躺在冰上呼呼大睡起來。

此時此地，他居然還睡得著，本事當真不小。

睡夢中，突聽「喀啷」一聲，銅門竟似開了，小魚兒一顆心登時提了起來，動也不敢動，氣都不敢喘。

只聽小仙女的聲音道：「好冷。」

又聽得慕容九妹的聲音道：「昔日家母建造這藏冰窖時，本爲了家父怕熱，在暑中最嗜冰鎮酸梅湯，哪知後來我卻做了別的用途。」

小仙女又道：「什麼用途？」

慕容九妹默然半晌，低低嘆道：「現在，什麼用途都沒有了。」語聲中充滿了傷心失望，也充滿了怨恨。

小魚兒聽得直發毛，他知道慕容九妹實已恨透了自己，自己若被她們堵在這冰窖裡，可是再也休想逃了。

小仙女道：「你怕那小鬼還逃到這裡來麼？」

「嗯。」

小仙女笑道：「你也未免太多慮了，那小鬼又怎會有這麼大的膽子？」

慕容九妹道：「我真不懂，他會逃到哪裡去？」

小仙女嘆道：「那小賊當真滑溜如鬼，詭計多端，下次見著他時，我話也不跟他說就宰了他，看他還有什麼花樣使得出來。」

語聲漸遠，又是「喀啷」一聲，門已鎖上了。

謝天謝地，她們總算走了，小魚兒笑道：「幸好女人都是小處仔細，大處馬虎，既要瞧，又不瞧個仔細，否則我真要倒楣了。」

他又靜靜地伏了兩盞茶功夫，身上已有些發冷，這才一躍而起，他若在冰上調息運氣，將藥力歸納入元，功夫必有駭人的增長，只可惜他只是睡了覺就爬起來，這良機竟被他平白的糟蹋了。

小魚兒展息靜氣，湊眼在那鑰匙洞上向外瞧了瞧，便發覺小仙女與慕容九妹竟還在外面那屋子裡。小仙女斜斜倚在牆上，似乎在出神地想著心思，慕容九妹身子站得直筆，面色蒼白得可怕。鐵心蘭竟也在這屋子裡，她坐在藥鼎前，正將鼎中的藥一粒粒擇出來，分別裝到幾個銅罐裡。她滿眶淚水，每撿一粒藥，眼淚就落下一滴。

小魚兒瞧得直皺眉頭，暗笑道：「我本是要害慕容九妹的，哪知卻害了她，想來是慕容九妹恨我入骨，竟把氣出在她身上，叫她來做苦工。」

顧人玉呢？顧人玉想必是連這屋子都不准進來。

小仙女出了會兒神，突然向鐵心蘭走過去。鐵心蘭一驚，手裡握著一把藥丸，灑了滿地。

語聲自鑰匙洞裡傳進來，只聽小仙女嘆道：「你不要怕，我不會難爲你了，咱們都是被那小鬼騙苦了的，正是同病相憐。」鐵心蘭垂下頭，眼淚一滴滴落在衣襟上。

小仙女展顏一笑道：「來，快動手，我幫你的忙，看來咱們若不將這些藥丸整理清楚，九姑娘是不肯給咱們飯吃的了。」

慕容九妹冷冷的瞧著她們，面上沒有一絲笑容。

過了半晌，小仙女突又道：「那張圖……你可是真的被那小鬼騙走了？」

鐵心蘭默然半晌，低聲道：「不是騙，是我送給他的。」

小仙女道：「送給他……你爲什麼要送給他？」

鐵心蘭霍然站了起來，大聲道：「我高興送給誰就送給誰，這事誰也管不著。」

小仙女怔了怔，失笑道：「你兇什麼？」

小魚兒暗笑道：「小仙女外剛內和，鐵心蘭卻是外和內剛，這兩人性子當真是兩個極端，而慕容九妹呢！她練了那種鬼功夫，外面冷冰冰，心裡只怕也是冷冰冰的，這三人中，最不好惹的就是她了。」

又過了半晌，小仙女道：「你還生不生氣？」

鐵心蘭垂下了頭，似也有些不好意思，別人若對她兇惡，她死也不服，別人若是對她好，她反而沒法子。

小仙女道：「那張圖你想必是看過了的，你可記得？」

鐵心蘭道：「我……記不清了。」

小仙女道：「我可不是想要那些藏珍，我發誓決不動它們，只是，我想……那小鬼必定會到那裡去的，你若記得那地方，咱們就可找著他，我替你出氣。」

鐵心蘭頭垂得更低，道：「我真的記不得了，我不騙你。」

小魚兒自鑰匙洞裡往上瞧，正好瞧見她的臉，只見她說話時眼珠子不停地在轉，不禁暗笑道：「她想必是記得那藏寶的地方，只是不肯說出來。這丫頭看來老實，嘴裡直說不騙人，騙起人來卻篤定得很。」

心念一轉，又忖道：「她爲何要騙人？……莫非是爲了我？我對她這麼壞，但到現在爲止，她非但還是不肯說我一句壞話，聽到別人說我壞話，她反而要生氣，這是爲了什麼？」

想著想著，他似也有些癡了，但瞬間又暗中自語道：「我管她是爲什麼，反正女人都是神經病。」

突見慕容九妹快步走了出去，小魚兒正在奇怪，她又走了回來，手裡卻拿了個小小的銅杓子。

小仙女道：「這裡面是什麼？」

慕容九妹道：「鉛。」

小仙女奇道：「鉛？你拿鉛來要做什麼？」

慕容九妹也不說話，卻將那銅杓在火上煨了半晌，目中突然露出一種殘忍而得意的光芒，口中緩緩道：「裡面那屋子，反正也沒有用了，我索性用鉛將這鑰匙洞塞住，這樣，誰也休想再進得去，誰也休想再出來！」

小魚兒瞧見她那笑容，已覺不對，再聽到這話，更是心膽皆喪，這慕容九妹好狠毒的手段，竟想將小魚兒活活關死在裡面，她雖然發覺小魚兒，卻絕不說破，只因她生怕小仙女和鐵心蘭還會救他！

小魚兒大駭之下，趕緊想弄開鎖衝出去，但慕容九妹已一步掠過來，小魚兒只瞧見銅杓在鑰匙洞外一晃，接著，就什麼也瞧不見了，鉛汁，已灌了進去，外面的人聲也一起被隔斷。只聽外面突然有人在銅門上敲打起來。

這慕容九妹竟生怕小魚兒在裡面敲門，被小仙女與鐵心蘭聽見猜出，所以她竟自己先敲起門來，小魚兒再拍門，外面也聽不見了。

小魚兒又驚又怕，跺足大罵道：「慕容九妹，你這妖婦、惡婆娘，你的心爲何要這麼狠，我又沒害死你爹媽，又沒強姦你，你爲什麼定要我死！我方才若不是瞧你那把瘦骨頭全無興趣，早已趁機修理了你，你現在只怕反不會要我死了。」

他破口大罵，什麼話都罵了出來，在「惡人谷」長大的孩子，罵人的技術，自然也比別人高明得多。這些話若被慕容九妹聽見，不活活氣死才怪，只是四面石牆堅厚，鑰匙洞又被塞住，小魚兒罵得雖賣力，外面連一個字都聽不到。

罵了半天，小魚兒也知自己罵破喉嚨也是沒用的了，在屋子裡亂敲亂轉，想弄出條出去的路，怎奈藏冰的屋子，必須建造得分外牢固，不能讓一絲熱氣透入，正是天生的牢獄，小魚兒想盡法子，也挖不出一個小洞。

小魚兒苦笑道：「誰說這屋子沒用了？這屋子用來關人，豈非比什麼地方都好得多？看來，我只怕真要變成條凍魚了。」

他已冷得牙齒打戰，只有盤膝坐下，運氣相抗，一股真氣傳達四肢，這才漸漸有了些暖意。小魚兒本不是個用功的人，方才縱然明知自己將大好機緣白白糟蹋了，他也滿不在乎。只因爲他覺得自己是天下第一個聰明人，武功好不好都沒關係，反正無論多厲害的人遇著他也無可奈何，他又何必吃苦用功？

但現在情勢卻逼得他非用功不行，他這才知道那十餘種靈藥功用當真非同小可，糟蹋了實在有些可惜。藥力隨著真氣流轉，功夫也跟著增進，他不知不覺間竟已入了人我兩忘之境，竟將生死之事也忘懷了。

廿 人心難測

這樣也不知道過了多久，是幾個時辰？還是幾天？休息的時候他就將懷中的藥丸掏出來吃，既不覺餓，也不覺冷。但出去是無法出去的，他遲早也是要活活地被困死在這裡，那麼縱然練成了絕世的武功，又有何用？小魚兒想到這裡，便要自暴自棄，只是功夫一不練，就冷得厲害，他死活沒關係，又何必在活著時多吃苦。

他終究不是神仙，肚子終於餓了，餓得連用功都不能，一餓更冷，他自知死期已不遠了。他再也想不到自己這麼聰明的人竟也會被人困死，尤其想不到的是，自己竟會死在女人的手上。這才知道女人並不如自己所想像得那麼簡單，那麼無用，他忽而自責自罵，忽而自艾自怨，不住喃喃道：「看來好人真是千萬做不得的，我若早將小仙女和慕容九妹殺了，又怎會有今日之事……」

於是他又怪萬春流，若不是萬春流，他徹頭徹尾都是個壞人，壞人縱被人恨，被人罵，至少命總比好人活得長些。

他冷得全身發抖，餓得頭暈眼花，喃喃道：「唉，死就死吧！反正人人都要死的，人死之後，至少也有件好事，那就是他再也不會聽到女人的囉嗦了。」

但突然間，他竟不再覺得冷了。非但不冷，而且還發起熱來，他又驚又奇，張開眼睛，又瞧見樁怪事，那一大塊一大塊冰，竟也在溶化。

伸手一摸，冰冷的石壁，竟也熱得燙手。

小魚兒跳了起來道：「這是怎麼回事？難道慕容九妹那丫頭凍死我還不過癮，還要烤熟我？……不對，她將她姐姐的那幾間房間瞧得那般珍貴，又怎會在此引火？」

他圍著屋子走了一圈，四面石壁，三面都燙得像火，只有背山的那面，還是溫熱的。

小魚兒心念一轉，恍然道：「是了，想必是慕容九妹的仇人來了，不但要殺人，還要放火……只是你們這些蠢才不知道，你們放火燒了慕容家的破屋子不打緊，卻連天下第一個聰明人也要被你們害死了！」說著說著，他又跳腳大罵起來。

還不到頓飯功夫，巨大的冰塊全都溶化了，小魚兒已被泡在水中，想跳腳都無法跳了。水，本來還是涼的，人泡在裡面還不覺難受，小魚兒既然想不出法子，索性脫了衣服，在裡面痛痛快快洗了個澡。他天生不見棺材不流淚的脾氣，不到真正走投無路的時候，誰也休想要他著急，害怕。

但現在已到了他真正走投無路的時候了。

水，已漸漸熱了起來，像是快要沸滾了，小魚兒泡在水裡，就像是被人拋進熱鍋裡的一條活魚，燙得他在鍋中亂蹦亂跳。他只望火能將石壁燒燬，但這見鬼的石壁偏偏堅固得出奇，非但沒有毀壞，簡直連條裂縫都沒有。到後來他什麼力氣都沒有了，竟沉了下去，鼻子一酸，「咕嘟咕嘟」，灌了好幾口水。

小魚兒苦笑道：「好大的一碗鮮魚湯，叫我一個人獨自消受，豈非可惜……」

突然銅門外有人在叮叮噹噹敲打起來。

小魚兒精神一振，暗道：「好了，這下子總算有人來和我分享這碗魚湯了！」

他已想到這大火雖燒不燬銅門，卻可將鑰匙洞裡的鉛燒溶，那精巧的機簧，被滾熱的鉛汁一燙，只怕就不包險，外面只要有人用鑿子、釘子之類的東西一敲，銅門九成是要敲開的。

他念頭還未轉完，銅門果然開了，水勢如黃河決堤，一下子湧了出去，小魚兒也不動，任憑水將他沖出。外面兩人再也想不到開了門後會湧出這麼大的水，一驚之下，全身已被淋得像是落湯雞。

他們更做夢也未想到的是，水裡竟還有個人。

小魚兒被水沖得遠遠的，就躺在那裡，死人般地不動，他已被餓得半死，泡得半死，又怎能妄動。瞇著眼偷偷瞧了瞧，外面的火，竟已熄了，從這間屋子的門瞧出去，只見一片焦木瓦礫，仍在冒著青煙。

老房子著火，自然燒得快些。

再瞧這兩人，前面一個高大魁偉，滿臉橫肉，一嘴兜腮大鬍子，雖被水淋得濕透，看來仍是雄赳赳，氣昂昂，就像是條牛似的。小魚兒瞧見此人，心裡很放心，這種四肢發達的人，頭腦一定也被肌肉擠得很小，他只要略施小計，包險可教這人服服貼貼。

但另一人他卻瞧得有點寒心，這人一身白衣，彎著腰，駝著背，一張臉就像是倒懸的葫蘆，再加上一嘴山羊鬍子，兩條細眉小眼，就算將他放到山羊窩裡去，也不會有人瞧出他是人來。

他身子本就輕枯瘦小，再駝背，頭還夠不著那大漢的胸口，但看來卻比那大漢可怕十倍。小魚兒一瞧這兩人，就知道他們十成中有九成必定就是「十二星相」中的「白羊黃牛」了。

他發覺這「十二星相」長得實在都不像人，卻像是畜牲，這十二人湊在一起，也不知是怎麼找出來的。

兩人瞧見小魚兒，都怔了半晌，那「黃牛」咧著嘴道：「誰要聽你的話，那人準是祖宗沒積德，上輩子倒了楣，我早就發誓將你說話當放屁，誰知道這次還是上當。」

那「白羊」道：「聽我的話，才是福氣。」

黃牛直著嗓子怪笑道：「福氣？被淋了一身臭水難道也算是福氣？你說這石頭屋子裡必有寶貝，寶貝卻又在哪裡？」

白羊瞧著小魚兒，道：「這小子就是寶貝。」

黃牛道：「這小子一身嫩肉，若是李大哥在這裡，倒可以趁熱飽餐一頓，但你這隻只會嚼草的老山羊，還想拿他怎樣？」

小魚兒瞧見這白羊，心裡本在發愁，聽到這話，精神立刻一振，愁懷大解，突然嘻嘻一笑，道：「老牛老羊，你們近來好麼？」

黃牛怔了怔，道：「這小子認得咱們。」

小魚兒笑道：「閒暇之時，我常聽大嘴兄說起，『十二星相』中，就數黃牛最勇，白羊最智，不想今日竟在這裡瞧見你們。』

黃牛哈哈大笑道：「過獎過獎……」突然止住笑聲，瞪大眼睛道：「你……你怎會認得我，李……李老哥？」

他這次不但已將「大哥」改成「老哥」，而且「老哥」這兩字說出來時，說得有些結結巴巴。

小魚兒眼珠子一轉，道：「但大嘴兄對我說起時，只說『十二星相』中有個黃牛乃是他的後輩，聽你喚他老哥，莫非是那黃牛的叔伯？」

黃牛紅臉一笑，道：「我……我就是黃牛。」

小魚兒道：「既然如此，雖在背後，你也該稱他大叔才是，你胡亂改了輩份，若是被他知道可不高興的。」

黃牛涎臉笑道：「是，是，小兄弟，你千萬莫要告訴他……他老人家。」

小魚兒板著臉道：「這『小兄弟』三個字，也是你叫得的麼？」

黃牛道：「是是是，我……在下……」

白羊突然冷笑道：「你在下若非跟著我出來，就算被人賣了，還不知是被誰賣的。」

黃牛眼睛一瞪，道：「這是什麼話？」

白羊道：「你真相信這小子是李老前輩的小兄弟？……哼，他年紀簡直連做李老前輩的兒子都嫌太小了。」

黃牛摸了摸頭，道：「但……但他說的倒也不錯。」

白羊道：「呆子，他說的話，有哪句不是你自己賣給他的……請問，他若真是李老前輩的兄弟，哪會在這慕容山莊裡？」

黃牛道：「他……他只怕是被慕容那丫頭關起來的。」

白羊冷笑道：「這兩間屋子是做什麼用的，你難道還瞧不出，慕容那丫頭又不是瘋子，怎會將人關在煉丹藏寶的密室裡？這小子既然能在這裡，慕容家的丹藥藏何處，他必定知道，所以我說他就是個寶貝。」

黃牛又摸了摸頭，瞧著小魚兒道：「好小子，我還在替你辯駁，哪知你卻是個小騙子。」

小魚兒冷笑道：「這屋子難道規定是要煉丹藏寶的麼？不煉丹時，關人難道不可以？慕容那丫頭又不是瘋子，這屋子若有藏寶，她又怎會灌一屋子水？」

黃牛拍掌道：「是呀，不錯呀……譬如說我這雙手，雖可以摸女人的小臉蛋，但也可以打人的耳摑子，煉丹的屋子，為什麼就不能關人？」

小魚兒道：「你年紀也和大嘴兄相差無幾，但卻是他的後輩，我年紀雖和他相差多些，為何就不能是他兄弟？」

黃牛再摸了摸頭，瞧著白羊道：「是呀，他說的不錯呀，咱們龍大哥的妹子，豈非也只有十來歲！」

白羊冷笑道：「世上若真有活了四五十歲，還要上孩子當的人，那人就是你，但我……哼，他若要我相信，除非……」

小魚兒招手笑道：「你過來，我讓你瞧件東西。」

他此刻仍水淋淋地躺在地上，白羊方自走到他面前，小魚兒身子突然一滑，雙手雙腿連續擊出四拳三腳。

這四拳三腳幾乎是在同一剎那間擊出來的，世上唯有一個躺在地上的人，才能將雙拳雙腿同時擊出，世上也唯有李大嘴才練得有這種招式，只因這種招式聽來雖厲害，其實卻不實用，試問一個好好的人，怎會躺在地上和人動手？除非他是在裝病詐死的，要向人猝然偷襲。

式。

而世上除了李大嘴這樣外貌老實，內心奸惡的人外，誰也不會挖空心思去創此等招

白羊大驚之下，整個人都跳了起來，不像是羊，倒像隻兔子——若非小魚兒已累得半死，他此刻就是隻死兔子了。

小魚兒盤膝坐起，笑嘻嘻道：「你此刻相信了麼？」

白羊喘著氣還未說話，黃牛恭敬作了三個揖，道：「小爺叔……無論你年紀多大，就算你剛生出來只有三天，只要你是李大叔的兄弟，你就是我的小爺叔。」

小魚兒道：「老山羊，你呢？」

白羊目光閃動，仰起了頭，緩緩道：「李老前輩在谷中過得還好麼？」

小魚兒道：「好人不長命，他卻死不了的。」

白羊陰惻惻一笑，道：「谷中的人，一個個俱都長命百歲，李老前輩自然也樂在谷中享福，是不會再出來受罪的。」

小魚兒眼珠一轉，笑道：「他本來是不會再出來的。」

白羊一怔，道：「現在呢……現在呢？」

小魚兒慢吞吞道：「現在，不但是他，就算是杜大哥、陰大哥、屠大姐……嘿嘿，他們若不出來，我又怎敢一個人在外面亂闖？」

白羊面色登時變了，道：「但……但他們……」

小魚兒道：「他們在谷中悶了這許多年，每人又都練了身江湖中誰也沒見過的功夫，你若是他們，你出不出來？」

白羊垂首道：「是是，閣下……前輩可知他們現在……」

他雖然低著頭，但目光不住閃動，冷森森的不懷好意，小魚兒瞧在眼裡，微微一笑，道：「他們這些人做事素來神出鬼沒，我也不知道他們的行蹤。」

白羊似乎暗中鬆了口氣，但小魚兒又已接著道：「說不定，他們現在就在你身後，你也未必知道。」白羊一口氣立刻又憋了回去，想回頭去瞧，又不敢去瞧。

黃牛卻是喜笑顏開，道：「若是李大叔真的來了，那就好了，慕容家那幾個丫頭縱有三頭六臂，咱們也不怕她來報仇了。」

小魚兒淡淡道：「你們被她逃走了麼？」

黃牛嘆了口氣，道：「咱們這一次雖是那條蛇約來的，其實咱們這些人自己又何嘗不是早已在動『慕容山莊』的腦筋。」

小魚兒笑道：「慕容家的靈藥，確是叫人流口水。」

黃牛苦笑道：「只可惜慕容那丫頭確是鬼靈精，也不知從哪裡得知咱們要大舉來犯，咱們還沒來，她竟已溜了。」

小魚兒吃驚道：「溜了！」

黃牛恨聲道：「不但人溜走，值錢東西也被搬得差不多乾乾淨淨，連大門也沒有鎖，只留下張條子，說什麼『妄入者死』，哼，簡直是放屁！」

小魚兒道：「不錯，簡直比屁還臭。」

他此刻已猜出慕容九妹是為何要走的了！

小仙女與鐵心蘭一心以為小魚兒已溜走，急著去找，慕容九妹知道她們嘴裡雖說得兇，心裡卻是軟的，自然再也不肯說出小魚兒已被關了起來，別人要她去找，她就跟著去找……

小魚兒想到這裡，不禁又破口大罵道：「那丫頭不但比屁還臭，簡直比蛇還毒，你們燒了她的屋子，當真再好也沒有，誰動手燒的，我可得請他喝兩杯。」

黃牛大笑道：「放火的雖已走了，但咱們……」

小魚兒笑道：「咱們卻可喝幾杯，不對，幾百杯……咱們一路走，一路喝，我帶你們去找李大嘴，在路上瞧見順眼的，還可以……哈哈，還可以怎樣，你總知道。」

黃牛拍掌道：「妙極妙極。」

小魚兒道：「白羊，你呢？」

白羊道：「這……在下……咳……」

小魚兒道：「你若不願去也沒關係，等我遇見大嘴兄時，就說你不願見他，也就是了。」

白羊大叫道：「誰說我不願去，黃牛，是你說的麼？」一把推著黃牛道：「咱們還不走……咱們還等什麼？」

這三人果然是一路走，一路喝，小魚兒忽然發現，自己喝酒原來也是天才，居然像是永遠喝不醉。

有時他簡直有些奇怪，那許多杯酒喝下去後，到哪裡去了？他看來看去，也覺得自己沒那麼大的肚子。

那黃牛、白羊兩人，對他竟是百依百順，吃喝歇住，全用不著他費半點心思，早有他兩人爲他安排得舒舒服服。

他要走就走，要停就停，黃牛、白羊兩人，也全不問他要到哪裡去，「十二星相」中這兩個煞星竟會對個孩子如此聽話，倒真是令人想不到的事。

一路上自然也遇著不少江湖人物，瞧見他們，有的遠遠行個禮，就繞路避開，有的縱不認得他們，但瞧見這兩人的奇形怪狀，也遠遠就避之唯恐不及，又有誰敢來囉嗦生事？

但入了雁門關後，小魚兒突然發現，前面的人瞧他們，雖遠遠避開，卻有不少人悄悄跟在他們身後。

他們走到哪裡，這些人就跟到哪裡，一個個神情卻都是恭恭敬敬，既不說話，也沒有半點要找麻煩的樣子。

小魚兒再瞧黃牛、白羊，面色竟全無變化，像是什麼都沒瞧見，小魚兒也不說破，傍晚時到了劍閣，找了家客棧投宿，小魚兒道：「大麴酒配麻辣雞，雖然吃得滿頭冒汗，但愈吃卻愈有勁。」

黃牛大聲笑道：「不錯，大麴酒配麻辣雞，妙極妙極。」

平日小魚兒只要一張口，黃牛、白羊兩人就動手將東西拿來了，但今日這兩人嘴裡雖說得好，身子卻動也不動。

小魚兒等了半晌，道：「既然妙極，爲何不去拿來？」

黃牛笑道：「從今日起，咱們不必拿了。」

小魚兒道：「你們不去拿，難道要我去？」

白羊笑道：「怎敢勞動你老人家！」

小魚兒道：「咱們不去拿，又不去吩咐店家，這大麴酒與麻辣雞難道會從天上掉下來，地下長出來不成？」

黃牛笑嘻嘻道：「你老等著瞧吧！」

小魚兒在屋子踱了兩個圈子，只聽門外「篤，篤，篤」敲了三聲，霍然拉開門，門外鬼影子卻瞧不見一個，但地上卻多個大托盤，盤子裡裝著一碟麻辣雞，一碟回鍋肉，一碟涼拌四件，一碟豆瓣魚，一大碗月母雞湯，還有一大壺酒，芳香甘洌，果然是道道地地的大麴。

小魚兒眨了眨眼睛，笑道：「原來你兩人還會鬼王搬運法。」

黃牛笑道：「這不叫鬼王搬運法，這叫孝子賢孫搬運法。」

小魚兒道：「哦！」

白羊道：「這一路上跟在咱們後面的那些人，你老可瞧見了？」

小魚兒道：「我只當你們沒瞧見哩！」

黃牛道：「那些小子，就是咱們的孝子賢孫。」

小魚兒道：「原來那些人是你們的門下。」

黃牛道：「狗屁門下，我連認都不認得那些孫子。」

小魚兒道：「既不認得，為何要跟著你們？」

黃牛笑道：「江湖中人都知道，只要『十二星相』在哪條道上走，哪條道上就必定有大買賣，這些孫子們自己不敢做大買賣，就總是跟在咱們身後，『十二星相』從來只取紅貨，不動金銀，這些孫子跟在屁股後，多少也可分得一杯羹。」

白羊道：「所以咱們『十二星相』無論走到哪裡，哪裡的黑道朋友總是大表歡迎，若有什麼風吹草動，不用咱們自己探聽，總有人來走報消息。」

小魚兒撫掌笑道：「難怪『十二星相』不發則已，一發必中，原來並不是真的有千手千眼，而是有這許多別人不知道的徒子徒孫。」

黃牛大笑道：「但這一次，他們卻上當了，平白孝敬了許多東西，卻是肉包子打狗，有去無回，連血本都撈不回去。」

白羊也大笑道：「但這是他們自己心甘情願的，咱們樂得消受，也不必客氣。」他們笑聲雖大，語聲卻小得很。

這一路上自然走得更是舒服，無論他們想要什麼，只要把聲音說大些，不出片刻，自然就有人送來。

小魚兒入關之後，竟不再東行，反而又轉向西南，過綿陽、龍泉、眉山，竟似要直奔峨嵋。他居然像是認得路的，走到哪裡，只要問問那地方的名字，就知道方向，根本不向黃牛、白羊問路。

蜀中風光，自然與關外草原不同，小魚兒走得頗是高興，蜀中的烈酒辣菜，更使小魚兒一路讚不絕口。到了峨嵋，黃牛、白羊一個未留意，小魚兒竟一個人溜了出去，直到深更半夜時，才施施然回來。

黃牛、白羊既不問他去了何處，小魚兒也一字不提，到了第二日，他也不說走，傍晚時又悄悄溜了出去。這樣竟一連過了三天，小魚兒還不說走，黃牛、白羊還是不聞不問，這兩人的確已服了小魚兒，簡直比小魚兒的兒子還聽話，看來李大嘴雖然退隱多年，但在這些人心裡，對他仍是畏如蛇蠍。

「十大惡人」的聲名，果然不是好玩的。

第三日午夜，小魚兒一個人卻到市上兜了個圈子，只見大大小小的酒樓飯舖裡，每一家都有幾個江湖人坐著。十人中有九人只是喝著悶酒，非但沒有大聲吵笑，簡直連話都不說一句。

小魚兒也不知道他們貴姓大名，這些人是黑道？是白道？是成名的英雄？還是無名小卒？小魚兒全不想問。

街道上不時還有些烏簪高髻，立服佩劍的道人走過，他們腰佩的劍又細又長，神情更是倨傲異常，既像是全不將別人瞧在眼裡，但卻又不時以銳利的目光去打量別人，他們既像是來市上散步閒逛的，面色偏偏又十分凝重。

小魚兒知道這些道人必就是「峨嵋」門下，峨嵋劍法之辛辣迅急號稱天下無雙，門下弟子的眼睛自然難免要生在額角頭上，何況，這裡就在峨嵋山下，正是峨嵋弟子的地盤，他們要在這裡招搖過市，作虎虎眈眈巡邏調查狀，也只好由得他們，又有誰敢去管他。

小魚兒逛了一圈，買了個香袋，又在西街口的滷菜大王切了半斤蹄筋，一斤牛肉，才逛回客棧。

屋子裡已擺了一桌配菜，黃牛、白羊老老實實的坐在那裡等，菜都快涼了，兩人卻連筷子都不敢動。

小魚兒笑道：「這三天來，你兩人簡直比大姑娘還老實，簡直足不出戶，街上熱鬧得很，你兩人也不想瞧瞧。」

黃牛苦笑道：「瞧是想瞧的，但以我兩人的名聲，在這峨嵋山下，還是老實點待在屋子裡，太太平平地喝酒好。」

小魚兒道：「峨嵋派的雜毛們真有這麼厲害？」

黃牛嘆了口氣，舉杯道：「咱們不說這些，來……小侄敬你老一杯。」

小魚兒卻先將兩包滷菜打開，笑道：「聽說這『滷菜大王』用的是幾十年的陳湯老滷，所以滷出來的菜，滋味分外不同，你兩人不妨先嚐嚐。」

黃牛笑道：「有了孝子賢孫們送來這許多菜，你老又何必多破費！」

小魚兒道：「換換口味，總是好的。」

白羊道：「長者賜，不敢辭！」果然夾了塊牛肉在嘴裡，一面大嚼，一面讚美，等他吃完了，黃牛已吃了五塊。

小魚兒喝了兩杯酒，雖無酒意，興致卻更高了，笑道：「看來峨嵋派的劍法，果真有兩下子，江湖朋友到了這裡，連說話都不敢說了……我遲早要見識見識。」

黃牛笑道：「你老一出手，峨嵋雜毛包準嚇得滿街走。」

白羊眼睛盯著那香袋，道：「你老莫非真的要上峨嵋山去？」

小魚兒道：「我本想和你兩人一起去的，也好叫你兩人開開眼界，但你們兩人既然不敢露面，我只好一人去了。」

黃牛道：「你老準備什麼時候上山？」

小魚兒道：「明日清晨。」

黃牛嘆了口氣，道：「只可惜你老的計畫已要改變了。」

小魚兒皺眉道：「爲什麼要改變？」

黃牛瞧著他一笑，笑容突然變得十分奇怪。

白羊陰森森笑道：「你這小雜種，你還不知道！」

他稱呼突然由「你老人家」變成「小雜種」，小魚兒倒當真吃了一驚，「吧」的一拍桌子，霍然站起，怒道：「你這老山羊，你敢……」

話猶未了，身子竟軟軟地倒了下去。

白羊咯咯笑道：「小雜種，你現在總知道了吧！」

小魚兒倒在地上，道：「酒……酒裡有毒！」

黃牛得意洋洋笑道：「我兩人還生怕騙不倒你，所以跟你喝的是同一壺酒，只不過我兩人早已服下了解藥而已。」

小魚兒道：「你……你兩人爲何要如此？」

白羊道：「你只當咱們到慕容山莊去真是爲了慕容家的丹藥麼？哼，那幾個丫頭煉出來的藥，還不値得『十二星相』勞師動衆。」

黃牛道：「老實告訴你，咱們是找你去的。」

白羊道：「現在普天之下，只怕已唯有你一人知道燕南天的藏寶所在，蛇老七爲了要抓住你，早已在慕容山莊四面都佈下了眼線，一面飛鴿傳書，將咱們找去，哪知咱們方到那裡，慕容那丫頭竟鬼使神差地走了。」

黃牛道：「但你卻留在莊子裡，咱們進去找了一圈，竟找不著你，一氣之下，就放了把火將屋子燒了。」

白羊道：「屋子燒光了，咱們才瞧見那兩間石室，原來你這小雜種也不知爲了什麼得罪了人家，竟被人家關在水牢裡。」

黃牛道：「這也難怪，慕容丫頭本就喜怒無常……」

小魚兒聽得唉聲嘆氣，忍不住問道：「但後來爲何只剩下你兩人？」

黃牛笑道：「咱們早已知道你這小雜種詭計多端，若是逼著你說出藏寶之處，說不定還會想出鬼主意，你若胡說八道，咱們豈非也只有跟著你亂轉，一路上若是被你趁機溜了，豈非冤枉？」

白羊道：「但咱們的黃牛哥算準你只要一能走動，第一個去的地方，必定就是燕南天的藏寶之處，所以他就做好了這圈套，要你上當。」

小魚兒瞪大了眼睛，瞧著黃牛，道：「是你想出來的主意？」

黃牛道：「想不到吧！」

請續看【絕代雙驕】第二部

絕代雙驕（一）

作者：古龍
發行人：陳曉林
出版所：風雲時代出版股份有限公司
地址：10576台北市民生東路五段178號7樓之3
電話：(02) 2756-0949　　傳真：(02) 2765-3799
封面原圖：明人出警圖（原圖為國立故宮博物館典藏）
封面影像處理：風雲編輯小組
執行主編：劉宇青
業務總監：張瑋鳳
出版日期：古龍珍藏限量紀念版2025年1月
ISBN：978-626-7464-54-0

風雲書網：http://www.eastbooks.com.tw
官方部落格：http://eastbooks.pixnet.net/blog
Facebook：http://www.facebook.com/h7560949
E-mail：h7560949@ms15.hinet.net
劃撥帳號：12043291
戶名：風雲時代出版股份有限公司

風雲發行所：33373桃園市龜山區公西村2鄰復興街304巷96號
電話：(03) 318-1378　　傳真：(03) 318-1378
法律顧問：永然法律事務所 李永然律師
　　　　　北辰著作權事務所 蕭雄淋律師

行政院新聞局局版台業字第3595號 營利事業統一編號22759935

定價：340元　

國家圖書館出版品預行編目資料

絕代雙驕．一，／古龍 著．-- 三版．--
臺北市：風雲時代出版股份有限公司，2025.01
面；公分．（武俠經典系列）古龍珍藏限量紀念版
ISBN 978-626-7464-54-0（第1冊：平裝）

857.9　　113007070